上班族
天天在用
在家工作
萬用英文

WORK
FROM HOME

在會場上見到面，雖然當時沒有
提出具體的合作提案，但打算要
跟對方談談時
在會場上見過後，想延續情誼時
可用的表達方式
－問候語
－提醒之前曾有過的對話內容
－提議
－誘導對方回覆或延續對話
－溝通相關的表達方式
－行程安排相關的表達方式
－其他

各類留言的表達方式
－感謝／同意
－讚美／贊同－
　想表達讚美或感謝時
－表示自己理解影片內容了
－觀察／提議
－發問
－負面回應
－尋求共鳴或開玩笑
－其他反應及評論
－轉換
－其他

無接觸時代的英文：
從 contact 到 no contact，從 verbal 到 text

　　一直以來我們學習英文的目標大多以進行會話為主，期望自己在日常生活或商務場合中遇到英文母語者時，能以流利的英文與之交流對話。不過，隨著無接觸時代的來臨，海外旅行與出差的難度提升，我們的交流場所也從現實世界轉變為網路世界。現在也已證明，想要藉由網路來進行各式各樣的交流已經不是什麼不可能的事了。

　　疫情時代的到來，不僅讓網路交流變得比以往更活躍，也讓公司與個人體驗到無接觸交流所帶來的效益，即使單從減少開支及提升便利性的角度來看，這股利用網路進行交流的風潮仍會持續下去。因此，我們學習英文的目標也應從「現實生活中遇到後可以順利交流」，改成「無論在現實或網路世界都可以順利交流」。此外，就網路世界而言，若以前是以聲音，也就是以「聽和說」為中心，那麼在無接觸的交流下則是以 text（文字），即「讀和寫」為主。

征服英文？NO！
不是要先學會才拿來用，而是要邊學邊用

　　大多數上班族都將運動與學英文視為一輩子的苦差事。

相較於因為真心喜愛，而發自內心想去運動或學英文，大部分的人都是因為要去海外旅行、出差、與外國人交流、開會等等在職場或生活中的需求，才會購買課程、書籍或體驗券等來學習，但只要一忙起來，就會中斷學習而放棄，而這種情況會永無止境地反覆發生。

受到疫情影響，人們捨棄了過往那種，一定要設下超乎自身極限的減重目標或運動計畫，且絕對要達成目標的想法，健身的觀念變得更加普遍並與生活結合。隨著 Youtube 等這類線上平台上出現大量傳播與健身相關的正確醫學資訊，人們開始享受健身的過程，建立充滿樂趣的網路社群，掀起了一股運動生活化的熱潮，大眾化的健身風氣就此形成。按照自己的步調，享受健身的過程，在宅健身的影片下方留言，記錄自己每天完成了什麼，這樣一來，即使是平時不運動的人，也能從中稍微獲得一點成就感，進而得以持之以恆。

我認為學英文這件事也能如此依樣畫葫蘆。如果設下「3 個月或 6 個月內要把英文搞定」這種不切實際的目標，最終只會以放棄收場──我想這是每個人都曾有過的經驗。有時我們會拋開想要在短時間內一蹴可及的想法，試著建立並執行長期性的計畫，但又會開始覺得這件事會變成自己一輩子的沉重負擔。隨著放棄學習的經驗逐漸累積，就會漸漸失去自信心和興趣，再加上英文無法跟健身一樣，讓人可以馬上感受到身體變輕盈等的立即效果，也會讓學英文這件事變得更為困難。

我們一邊茫然想著自己不知道還要用不流利的英文生活

多久，一邊立下自己的英文學習目標，學習的內容又與實際應用大不相同，導致學習動機低落，讓學英文的這條路變得更加寸步難行。此外，我們也很難有機會可以驗證自己學到的英文是否實用。像這樣學英文所花的時間，與學習成果呈現的時間，也就是能實際運用所學的時間，這兩者之間的落差，對於維持學習動力上有著致命性的影響。

平台英文則可以讓學習與應用同時並進。因為許多線上的學習管道，同時扮演了學習（input）和應用（output）的媒介角色。讓你不會一邊期盼著不知道什麼時候才會出現的使用時機，一邊因為看不清學習目標而覺得舉步維艱。即使只學到了一點皮毛，只要每天多學一點點、多寫一句英文句子，都還是可以從中獲得成就感並體驗到學習之樂，且能實現學習英文的終極目標──溝通交流。

平台英文的效果：同時練習書寫能力與口語能力

以文字（text）為主的平台英文不僅能提升英文實力，在口語能力的提升上亦相當有成效。根據研究顯示，相較於語音對話，以文字為主的聊天方式更能快速提升口語能力，而且足足快了 67% 喔！難以置信吧？理由如下所述。

首先，因為時間充裕，所以能用英文深入思考。相較於運用立即浮現在腦海中的單字來組合成句子並直接脫口而出，用文字來對話時，更能有餘裕先理解對方的語意，再組織自己的語言。因此，比起單純反射性地使用已知的表達方式、句型或文法知識，用文字對話可以更積極地練習用英文

深入思考，提升應用英文的能力。

第二，可留下準確的記錄。雖然語音或影像交流也能留下記錄，但要聆聽或觀看該記錄卻要花上不少時間，想要找到自己想要的部分也會比較困難。反之，文字交流的記錄，在查找上很輕鬆，複習起來也比較省時。除此之外，文字交流是以視覺的方式來呈現資訊，透過眼睛來獲取資訊可加深印象。

總而言之，文字導向的學習可以加強用英文思考的能力。若能先用英文來思考，口語能力自然會有所提升。雖然這是針對聊天進行方式的研究結果，但也能推及解釋文字寫作與即時口語之間的學習效果差異。因此，無接觸英文並非僅限於文字交流，也能同時提升口語和聽力會話的實力。

我的平台英文體驗

我正在經營「以對談為基礎學英文」的 Tella，簡單來說，就是為了正在網路與電話英文課程間猶豫不決的 80% 學習者量身打造的英文會話服務，可以說是一種讓對用英文進行對話有心理障礙的英文學習者，可藉由對談持續練習英文口語能力的服務。

就個人而言，在創立 Tella 後的七年間，我一邊經營一邊實際使用著平台英文，所有業務活動都在網路上進行，90% 以上的英文商務交流也都是透過線上進行。一邊摸索著和以英文為母語的教師們有關的事務及海外市場開拓的相

關事宜，無論是跟眾多的海外合作夥伴或投資者們進行對話溝通，或使用國外服務時，都是使用英文，此時採用的溝通方式大多是透過 KakaoTalk 或 Slack 等平台的訊息功能、Facebook 等等的社群平台、電子郵件或視訊，80% 以上的溝通交流都是利用文字訊息。

我的英文能力雖然不錯，但在經營 Tella 之前卻未曾用英文進行過商務交流，所以在事業草創期間，當因為各式各樣的目的或情況，而必須運用英文時，尤其是當必須進行英文的文字交流時，常常會陷入「這種表達方式可以嗎？」、「這句型這樣用沒問題嗎？」等煩惱之中，我是透過網路搜尋、書籍或請教身邊的朋友，才逐漸擺脫了這些煩惱。我是以這幾年在經營這份事業的過程中，自然而然累積下來的平台英文經驗做為基礎，才寫出了這本書。

Platform English is the New Normal

身處於日新月異的世界，我們能夠透過網路世界來與全球接軌，大家應該都體認到要用英文來處理的事情已經變得越來越多，多到超乎你我所能想像。應該也有很多人即使已在工作或日常生活中經常使用英文，但仍希望自己能說得更流利、更自然吧？我想大家一直以來煩惱的應該是「要怎麼做英文才能像英文母語者一樣流利呢？」吧。

在經過一番掙扎後，我發現最生動的英文是在網路平台上運用的那些英文。相較於面對面的實體接觸，透過網路世界跟全世界交流的全球英文使用者正在不斷增加。我領悟到

唯有這種可隨時進行的交流模式，才能自然而然學會既生動又新穎的英文。

　　我認為這個時代學英文的目標，不是要會許多艱深的高級字彙、咬文嚼字，而是獲得可以隨心所欲運用所學的那份自由。我希望可以讓大家拋開要額外耗費心力學習的那種負擔，因此建議各位可以靈活運用我們平時就經常使用的各種平台，學習可以立刻在工作及自我成長上派上用場的英文。本書中沒有不知何時才能用到的那種英文，而是給你可以直接拿來用的內容。此外，平台英文的用字遣詞，型式介於口語與書面體之間，因為只要可以達到溝通交流無礙就行了。請學習並使用本書中跨越口語和書面體界限的英文吧！

　　本書收錄了以我自身經驗為基礎所編寫的實際與虛擬事例，告訴大家在無實體接觸下所可能會碰到的幾種情境。此外，網路上有著源源不絕的各種參考資料，希望大家可以親自動手整理各平台上取之不竭的表達方式與例句，試著將這些資訊轉化成自己的知識。

　　那麼，現在就跟著我一起進入平台的世界吧！

English will take you everywhere-

作者　陳裕河

透過 Slack
來進行工作溝通

　　近來 Slack 或 Jandi 這類商務即時通訊平台正快速興起。透過商務即時通訊平台，除了同單位的同事們可以互相聯繫和溝通，公司內部的其他部門、外部的合作／協力廠商、外包接案人員或是專案合作的夥伴等等，也都能透過這種平台，彼此進行各式各樣的溝通交流。這種商務即時通訊平台的特色之一，就是能夠與外部其他軟體服務相連結，也就是能以這些即時通訊平台為中心，使商務管理變得更為簡便。除此之外，部分即時通訊平台還提供了翻譯功能，讓想進入國際市場的企業們得以跨越語言障礙進行溝通交流。

　　隨著在家上班和遠距工作逐漸蔚為風潮，商務即時通訊平台所扮演的角色也越來越重要。也因如此，很多以往會透過電話或電子郵件來完成的工作，現在都改用即時通訊平台來完成了。在本章節中，各位能夠學到在各種情境下可以使用於通訊平台上的各種常見的英文表達方式。

■ 打招呼 & 表達狀態

(Monday morning)

A: Signing in. Happy Monday, everyone!

B: Hi guys! **Signing in for the day**.

C: Good morning. Hope you all have a great week.

(in the afternoon)

D: Good afternoon Manila, good morning, Kampala!

(Wednesday morning)

A: Happy **hump day**!

(Sometime in the middle of the day)

A: I won't be **responding** from 2 to 4. I have a meeting. Give me a call for any emergencies.

B: I need three hours of "don't disturb" **mode. For anyone who needs me, leave me a message** and I'll **check after lunch**.

(Friday morning)

A: **TGIF**!

(Friday 6:00 pm)

A: Have a great weekend, everyone!

B: I'm **signing out now**.

招呼用語並無硬性規定，因此十分多樣化。當然，如果是要進辦公室工作的情況，那就不需要特意透過即時通訊平台來打招呼。不過，在遠距工作的情況下，經常會需要和其他人打聲招呼，告訴大家自己已經登入了公司內部的即時通訊平台。這時就能運用下列表達方式來打招呼。

（星期一早上）

A：簽到。大家星期一快樂！

B：大家好！今日簽到！

C：早安。希望大家這週都很愉快。

（下午）

D：馬尼拉午安，坎帕拉早安！

（星期三早上）

A：小週末快樂！

（白天的某時）

A：我 2 點到 4 點不會回訊息。我有個會要開。有什麼急事請打電話給我。

B：我得開 3 個小時的「勿擾」模式。要找我的人，請留個訊息給我，我午餐後會看。

（星期五早上）

A：TGIF！

（星期五晚上 6 點）

A：大家週末愉快！

B：我現在要登出了。

(in the morning)

Here are my tasks **for the day**:

— Weekly meeting with the product team
— Collect and organize **performance stats** from all social channels
— **Go over** customer complaints

■ 透過即時通訊平台來打招呼／表達狀態

 ● sign in/sing out：簽到／簽退
 ● TGIF：Thank God. It's Friday. 的縮寫，是用來表示「很開心今天是星期五」的招呼用語。
 ● hump day：小週末（星期三）
 ● respond to (sb/sth)：回覆或回應某人或某事物
 ● (sth) for the day：當天／今天的某事物
 ● stats：statistics 的縮寫

　　* hump day 的 hump 指的是駱駝的駝峰，用來比喻位於一週工作日中間的星期三。

　　* 若公司或組織的工作地點是分散在世界各地且所在時區不同時，可使用上面這種配合各地區時間的表達方式來打招呼。

A: **Remember**, meeting with our number one client, Sparks, at 11:00 in the conference room. Here are the **notes** from our last meeting with them.
B: Thanks for **the heads up**!

A: **Kind reminder: all-hands** virtual meeting tomorrow 2:00 on BlueJeans. If you have questions about our recent update, bring 'em.

（早上）

我今天的工作有：

－跟產品團隊開週會
－收集並整理所有社群管道的**績效統計數字**
－**察看**客訴

表達狀態
- ～ mode：～模式（或狀態）
- anyone who needs me：要找我的人
- leave (sb) a message：留訊息給某人
- check after (lunch)：午餐後看
- go over (sth)：察看／研究某事物

■ 在內部即時通訊平台上發布通知

無論是在辦公室裡上班，還是採取遠距工作模式，都能利用下列表達方式，在平台上發布會議或重要行程的通知。除此之外，在面對面交談時，這些表達方式也能派得上用場。會用在即時通訊平台上的多半是口語而非書面的表達方式，因此在面對面交談的情況下亦適用。

A：**記得** 11 點要跟我們的頭號客戶 Sparks 在會議室開會。這是我們上次和他們開會的**記錄**。

B：**感謝提醒**！

A：**提醒一下**：明天 2 點**全體同仁**要就 BlueJeans 開視訊會議。如果你對我們最近的更新有問題，請提出來。

B: Oh, that's right! Thanks for the reminder. I keep thinking today is Thursday. That's what I get for skipping my coffee! ☕

A: Hey everyone, the meeting will **be starting in ten**. If you have any questions in advance, please let me know!

A: Today, we'll have **a last-minute meeting** regarding the bug reported earlier. Josh **will join** to **inform us** on the matter. **See you all in** 20 minutes.
B: Will Josh be making one of his uber-awesome presentations? ☺

A: **Quick note**: tomorrow is our **company-wide holiday**. No work, all reset tomorrow. ☺
B: (GIF)

■ 公告／提醒行程時的表達方式

公告／提醒

- heads up：針對即將發生的某事所做的事先提醒或警告

- kind reminder：友善提醒／提醒一下

  * 透過即時通訊平台或電子郵件來再次提醒某公告事項時，常會在前方加上這個表達方式，表示自己會提醒是出自善意。
    在類似情境下中也可用 gentle reminder、friendly reminder 等。

- start in (ten)：（10 分鐘）後開始
- see you all in (5) minutes：大家（5）分鐘後見
- quick note：（可快速閱讀的）通知一下

B：噢，對欸！感謝提醒。我一直以為今天是星期四。這就是我沒喝咖啡的後果！☕

A：嘿各位，會議十分鐘之後就開始了。如果你在開始前有任何問題，請告訴我！

A：今天我們最後要開一場和之前回報的錯誤有關的會。Josh 會加入來跟我們說明這件事。大家 20 分鐘後見。

B：Josh 會帶來精采簡報吧？☺

A：通知一下：明天全公司放假。不用工作，大家明天好好充電。☺

B：（GIF 動畫圖片）

公告的內容

- notes：會議記錄
- all-hands (meeting)：全體會議、全員大會
  * 公司召開的全體會議是員工或利益相關者，與公司領導階層溝通交流的場合，這類會議召開的目的是向全公司宣布策略或資訊，並提供 Q&A 的機會。
- questions in advance：事先提出的問題
- last-minute meeting：最後一刻召開的會議
- inform (sb)：傳達資訊給某人
- (sb) will join：某人會加入
- company-wide holiday：全公司一起放的假

■ 分享好消息或產品

New article published by Startup Recipe that features our company - check it out and give PR feedback.

On our YouTube channel this week - an interview with our VIP customers.

Guest post from one of our partners about our collaboration with Zenga Global.

Breaking news about the recent iOS update that may affect our business.

Sharing an article from Modzilla about how industry leaders predict the next three years:

FYI: applications are open for the annual start-up conference hosted by D.Camp. Let me know if you'd like more info!

■ 其他常用的縮略表達方式

- FYA：for your action：供行動參考
- IMO：in my opininon：就我而言、在我看來
- BRB：be right back：（要暫時離開）等我一下、馬上回來

也有很多人會透過即時通訊平台來傳達各式各樣的工作相關資訊或消息。如果只是傳送資訊的分享連結，收到連結的人很難了解你分享該資訊的目的為何，因此若利用下列的表達方式來簡略描述資訊內容或分享目的，就可以讓溝通更為順暢。

Startup Recipe 發了特別介紹我們公司的**新文章**——請確認一下並提供回饋意見給公關部。

我們的 Youtube 頻道上這週有對 VIP 客人進行的訪談。

來自我們其中一個合作夥伴的**客座文章**，和我們與 Zenga Global 的合作有關。

和近期 iOS 更新可能會影響我們生意有關的**新聞快報**。

分享一篇來自 Modzilla 的**文章**，和業界領袖對於未來三年的預測有關：

供參考：由 D.Camp 主辦的年度新創會議**開放申請了**。有想了解更多資訊的話再和我說！

- TTYL：talk to you later：晚點再說

觀察上面這些表達方式，可以發現它們並非都是包含動詞的完整句子。在進行正式寫作或演講時，必須使用完整文句來避免產生誤解，但一般日常生活中的文字交流，如果只是想要快速分享或通知上述這類資訊的話，就可以像這樣簡述欲分享的內容。

若想用完整的文句來寫 Breaking news about the pandemic that may affect our business 的話，可能會寫成 This is the breaking news about the pandemic that may affect our business. 或是 I am sharing the breaking news about the pandemic that may affect our business.，這裡可以看出，即使將句子前方的「主詞＋動詞」，即 This is 和 I am sharing 省略，也能順暢溝通。

A: Really need to give some **kudos to** Sunny **for helping out with** the new **influx of inquiries** yesterday. Many companies are pre-ordering our upcoming product.
B: My pleasure! **Great to see** the excitement surrounding our product.

A: I want to give a huge **shout-out** to Eddy for his **immense contribution** to the recent successful update. His leadership really **shined** during this stressful time. Let's **give him a round of applause** for all he did!
E: **Glad to hear** it was a success! Give applause to each and everyone that was involved - you guys were terrific.

A: **Proud to announce** that we finalized the contract with Zolo. The response from their employees and customers has been amazing! We will be providing our services for the following year.

■ 傳達讚美或好消息

向同事或公司分享好消息或表達讚美之意時，有一些經常用到的表達方式。相較於文謅謅的說法，請用用看下面這些可以拉近距離、增加親密感的口語表達方式吧！

這裡提供一個跟文化有關的小訣竅，在自己受到稱讚時，請盡量避免用「沒有、不是、哪裡」這些帶有否定對方稱讚意味的方式來回應。就我們文化的習性而言，在被人稱讚時，可能會因為不好意思或不敢居功，而無法大方接受他人的讚美。在此推薦各位改用另一種方式來應對，也就是在得知好消息或接受讚美時，提及和自己一起努力的人，並表達對對方的謝意或共享功勞。

A：真的要好好**稱讚** Sunny 昨天**幫忙處理**了新一波**湧入的諮詢**。很多公司都預訂了我們即將推出的產品。

B：**我很樂意**！**很開心看到**我們的產品備受期待。

A：我想要大力**稱讚** Eddy 對最近很成功的更新內容所做出的**巨大貢獻**。他的領導能力在這段充滿壓力的時間裡**表現突出**。讓我們為他所做的一切**給予熱烈掌聲**！

E：**很高興聽到**這次的更新很成功！請給所有參與其中的各位掌聲鼓勵——你們太棒了。

A：**很驕傲地宣布**我們跟 Zolo 簽定了合約。他們員工跟顧客的反應超好！我們在接下來的一年將提供我們的服務。

■ 想讚美或傳達好消息時常用的表達方式

- kudos：因特定的成就或地位而享有的榮譽、名聲、聲望、威望；讚美
- kudos to (sb) for (sth)：為某事讚美某人
- help out with (sth)：幫忙做某事
- excitement surrounding (sth)：對某事表示興奮或期待

A: How is the website renewal **coming along**? Are we **on track**?
B: Yep, everything is **going well according to schedule**.
A: **Can't wait to see** what you come up with!

A: Hi guys. **I was wondering** if there was **any news on** the Bluebird **account**?
B: Dan **worked on** the account day and night and finally **closed the deal**.

A: Does anyone know **how the** board meeting **went** yesterday?
B: Yeah, check Notion - it's already updated with **the latest decisions**.

A: **How's it going with** the creative for the New Year campaign?
B: Going great, just **putting the finishing touches** on it now.
(Soon after looking)
A: **Love it**! Maybe make the logo a bit larger?
B: Sure. I think that will **fit better with** our client's request. **Overall, looking good**!

- shou-out to (sb)：
  向某人致敬或致意，表示感謝或支持

  > * 公開大聲喊出某人的名字，表達自己對對方的感謝、支持、肯定、稱讚時使用的非正式表達方式。

- immense contribution：巨大的貢獻
- (sth/sb) shine：某事或某人很突出
- give (sb) a round of applause/give a round of applause to (sb)：為某人熱烈鼓掌
- glad to hear (sth)：很開心聽到某事
- proud to announce (sth)：很自豪／驕傲地宣布某事

A：網站更新**進行得怎麼樣**？順利嗎？
B：嗯，一切都**按照進度順利進行中**。
A：**等不及要看到你們的成果了**！

A：嗨，各位，**我想知道** BlueBird 這個**客戶那裡有什麼進展**嗎？
B：Dan 日以繼夜的和他們周旋，最後終於**達成協議了**。

A：有人知道昨天董事會**開得怎麼樣**嗎？
B：嗯，可以去看 Notion——**最新的決策**已經更新上去了。

A：新年宣傳活動的製作**進行得如何**？
B：很順利，現在**只是在做最後的調整**。
　（在看過之後很快說）
A：**我很喜歡**！也許商標再大一點點會更好？
B：好啊。我想這樣會**更符合客戶要求**。**整體看起來不錯**！

A: How are those **year-end numbers coming along**?
B: I shared them earlier this morning. **Here they are**.
A: Wow, **great progress**!

A: Has anyone **heard back** from Robert about the proposal? I hope they liked it, our team really **put everything into it**!
B: I haven't **heard back yet**. I think they didn't respond yet. @Robert, **get back to us** when you see this.

■ 確認工作進度／成果

就算是用中文，想跟某人確認進度或目前的成果也不是件容易的事吧？請試著使用下面這些例句來詢問對方吧！當只是透過即時通訊、簡訊或電子郵件等方式來簡單詢問或確認，而非正式要求對方提交報告時，就可以使用下面這些表達方式。這些表達方式也可以用作口語表達。

就像下面舉的例子，在收到對方的進度回覆之後，可以在給出正面回饋後追加一些回饋意見。

■ 用來確認工作進度／成果的表達方式

詢問過程／成果

- I wonder if ~：我納悶～；我想知道～
- news on (sth/sb)：跟某事物／某人有關的消息
- how (sth) went：某事物進行得如何
- how's it going with (sth/sb)：
  某事物／某人進行得怎麼樣？

A：那些**年終數據**處理得怎麼樣？
B：我今天一早就**分享了。在這裡**。
A：哇，**進步好多**！

A：有人從 Robert 那裡**聽到**什麼針對那個提案的意見了嗎？
　　我希望他們喜歡它，我們團隊真的**全力以赴**了！
B：我**還沒聽到**什麼消息。我想他們還沒回覆吧。@Robert，
　　請你看到的時候**回**一下我們。

- can't wait to see (sb/sth)：
  迫不及待想看到某人／某事物
- hear back from (sb)：聽到來自某人的回音
- get back to (sb)：稍後再回覆某人（*cf. get back to (sth)：稍後再回來繼續討論某事物）
- ~ account：～客戶
- year-end numbers：年終數據

回覆進度／成果
- come along：進展、發展
- on track：按部就班進行中
  （常見的表達方式：be on track、back on track、get back on track、keep (sth) on track）
- go well/good/great：進展順利
- according to schedule：按照計畫／進度安排
- finishing touches：收尾工作、最後調整
- work on (sth/sb)：
  著手進行、從事於（某人／某事）
  （若對象是人，則是「努力說服某人」的意思）

- close deal：達成協議、成交
- Love it!：我很喜歡！
- fit better with (sth)：更符合某事物
- overall looking good：整體看起來不錯

A: **Has anyone noticed** the increased user comments about our recent video?

B: I wasn't **paying attention**. **What's going on**?

C: There are negative comments **all over** our social media channels.

B: **Let me** do the **damage control**.

A: Nathan, the payment button is not working. I clicked and got no response.

N: Let me **take a look**. Looks like the **link broke** during the last push. Will fix it now.

A: **Is it just me**, or is the color **off**? And I think there's a bit of pixelization going on.

B: I do notice the subtle **low-res**. Hmm... the color seems okay to me; **maybe it's** your monitor. Let's use a color picker to check.

A: Hi everyone - seeing reports coming saying they didn't get any confirmation message after their purchase. **Can** someone **look into it**?

B: **On it**, right away. **Give me a few minutes** to fix it.

■ 發生問題／請求協助

有時在工作時會發生問題，或遇到無法獨自解決的事情，因此突然必須尋求他人的協助。在這種情況下，若能如下列例句般說明自己為何需要協助、並簡單表示一下緊急程度的話，就可以讓溝通更為順利。此外，也一併學習要如何向求助者表達自己願意幫忙吧！

A：**有人注意到**我們近期影片的使用者評論變多了嗎？

B：我沒注意耶。**發生什麼事了？**

C：我們的社群媒體管道上**到處**都是負評。

B：**我來做損害控制吧。**

A：Nathan，付款鍵不能用。我按了之後沒有任何反應。

N：讓我**看看**。看起來好像是**連結**在上次推送時**壞掉了**。現在就修。

A：**只有我覺得**這顏色**不對勁**嗎？而且我覺得圖片有點糊。

B：我確實有注意到**解析度有點低**。唔……顏色我覺得看起來還好，**可能是你螢幕的關係**吧。我們用色彩選擇工具來確認吧！

A：大家好——我看到有回報說他們在購買後沒收到任何確認訊息。有人**可以去確認一下**嗎？

B：馬上去。**給我幾分鐘**，我修一下。

A: Can someone **take on** this task for me? My **hands are full dealing with** our VIP clients, and some new clients are requesting immediate live chat support.
B: I'll **handle the rest of** them, **lickety-split. Toss them over** to me.

■ 發生問題／請求協助的表達方式

告知問題情況
- Has anyone noticed (sth)：有人注意到某事了嗎？
- Is it just me, or ~：只有我覺得～嗎？
- link broke：連結壞掉了
- off：（某事物）怪怪的、不對勁；中斷
- pixelization：
  圖片因為解析度低而模糊，呈現馬賽克顆粒狀
- low-res：解析度低的（low resolution 的縮寫）
- hands full：忙得不可開交、手頭事情應接不暇

伸出援手
- damage control：損害控制
- allow me to ~：（雖然不好意思，不過）我來～
- take a look at (sth/sb)：看看某事物／某人
- What's going on?：發生什麼事了？
- maybe it's (sth/sb)：可能是因為某事物／某人
- look into (sth)：調查、研究
- gave me a few (minutes)：給我幾分鐘／一點時間
- deal with (sth/sb)：處理或應付某事物／某人
- take on (sth)：承擔或包攬某事物

A：有人可以幫我把這個工作**接下來**嗎？我**正忙著應付**我們的
VIP 客戶，結果有一些新客要求要立刻進行即時對談支
援。

B：我會**趕快處理**他們剩下的人。把他們**丟過來**給我吧。

- handle (sth)：處理某事物
- toss (sth) over：交出／扔出某事物

其他表達方式

- pay attention：注意；關心
- screenshot：螢幕截圖
- the rest：其餘的、剩下的
- lickety-split：迅速、快速

在即時通訊平台上交談時常用的表達方式,亦能運用於實體辦公環境中在與同事進行的對話之中。以下這些都是極為常用的表達方式,請利用下方例句再複習一次。

1 In the event that we don't receive all the **stats for the day** by 5 PM, please leave a note at the front desk.

萬一我們在下午 5 點之前,沒有收到**當天的**所有**統計資料**,請在前台留個記錄。

2 I would like to inform Team Alpha that we have a **last-minute meeting** before the close of the calendar year. **See you** all **in five minutes**. On a **quick note**: bring your iPads.

我想通知 Alpha 團隊,在今年結束之前,我們**最後**還有**一個**會要開。大家**五分鐘後見**。**提醒一下**:請把你的 iPad 帶來。

3 **Kudos to** the sales team for **helping out with** the latest ad campaign. It was a roaring success.

給銷售團隊**一個讚**,他們最新**協助進行的**廣告宣傳活動超級成功。

4 Nayeon is going to be passed up for promotion yet again. **FYI**, she was voted Employee of the Year for a record three years in a row.

Nayeon 這次好像又錯過升遷的機會了。**對了**,她之前連三年都被選為年度員工。

5 I am **glad to hear** the workers **gave a round of applause to** the team leader. He makes our company **shine**.

我很高興聽到大家給了組長**熱烈的掌聲**。是他讓我們公司發光發熱的。

6 The CEO of Salesforce was **proud to announce** their acquisition of Slack.

Saleforce 的執行長**很自豪地宣布**他們併購了 Slack。

7 Our new project is **going well**. We are **on track** to complete the project **according to schedule**. The investors **can't wait to see** the results.

我們新的專案**進行得很順利**。我們正照著進度按部就班完成這個專案。那些投資人們**很期待要看到**成果。

8 **I was wondering** if you have any **news on** the Discord **account**. We need their business if we want to break even this quarter.

我想知道你有沒有客戶 Discode 的什麼消息。如果我們這季想打平的話，就需要他們這筆生意。

9 The marketing department sent its most seasoned employee to **work on** the new client. She will definitely **close** the **deal** by the end of the financial year. She will tell us **how it went** soon enough.

行銷部門派出了他們最有經驗的員工來**處理**新客戶。她一定會在會計年度結束以前**談成**這筆**生意**的。她很快就會告訴我們進行得如何。

10

A: **How's it going with** the office renovations?

B: The builders are putting **finishing touches** on the boardroom. I love it already.

A：辦公室整修得怎麼樣了？

B：建商正在對董事會會議室做**最後的調整**。我已經愛上它了。

11

It's my understanding that Sinae would **fit better with** the R&D department. Her talents are being wasted in human resources.

我認為 Sinae **更適合**待在研發部。她的才能待在人資部是種浪費。

12

Our department's **year-end numbers** are **looking good** despite earlier projections. Unfortunately, they are not the best **overall**.

儘管之前的預測是那樣，但我們部門的**年終數據看起來不錯**。可惜就**整體而言**不是最好的。

13

Has anyone noticed how the pandemic has driven up the share price of publicly listed pharmaceutical companies?

有人注意到這次疫情是如何推升上市製藥公司股價的嗎？

14

We have lost a major client tonight. Please let me do the **damage control** before it is all over for our department.

我們今晚失去了一個重要客戶。請讓我在我們部門徹底失敗之前進行**損害控制**吧。

15 The webinar was disrupted when the web page returned a **broken link**. We have called the IT team to **take a look** at it. In the meantime, all our services are **off**.

這場網路研討會在網頁**連結壞掉**的時候中斷了。我們已經打電話請資訊科技團隊去**看看**了。在此同時，我們的所有服務都斷了。

16 Please **give me a few minutes** to **look into** this.

請**給我一點時間**來**研究**這個。

17 The sales department cannot **take on** more work because it has its **hands full** already.

銷售部沒辦法再**承接**更多工作了，因為他們已經**忙得不可開交**了。

18 The director instructed Youngseo to **deal with** the AirBnb and Flutterwave. That left Jeongmin to **handle the rest**.

董事指示說要 Youngseo 去**應付** AirBnb 和 Flutterwave。這讓 Jeongmin 得去**負責剩下的**。

19 Hoza worked on the deliverables **lickety-split** minutes before the team was to meet the investors.

Hoza 在團隊要和投資人碰面的幾分鐘前**迅速**處理了工作成果。

20 Please have Mr. Lee finalize the questionnaires and **toss them over** to human resources.

請去請 Lee 先生把這份問卷完成並**交給**人資部。

自己動手寫寫看

透過 Notion 來管理自己的工作資料並公開分享

　　Notion 是一種近幾年在資訊科技與新創產業為主的領域之中相當受到矚目，可說是「進階版 Evernote」的資料管理 SaaS（Software as a Service，軟體即服務）應用程式。如果說 Evernote 代表了 2000 和 2010 年代，那麼我覺得 2020 年代會是 Notion 的時代。

　　以我自己的經驗而言，若說 Evernote 是為個人記事而量身打造的工具，那麼 Notion 則是可以讓團隊內外都得以共享資訊的最佳工具。事實上，現在有很多公司都已經改用 Notion 來取代以往的部落格、公告事項或公布欄。Notion 具有就算不習慣做資料管理，也能輕鬆上手的模板。現在市面上出現了很多用來整理工作及日常生活資料的工具，但就近年來使用的生產性工具而言，Notion 的通用性最高，且使用人數正在迅速增加。使用者能夠利用符合自身需求的模板，整理並分享與自己工作或日常生活相關的資訊。

利用 Notion 這類工具，做筆記時可以利用空白界面來隨心所欲地盡情揮灑，但也可以根據不同用途選擇適合的模板來記錄所需內容，只要在提供模板的界面複製或下載就行了。這裡提到的模板，包括開發公司親自製作並發布的範本，以及 Notion 用戶們分享的免費或付費模板。透過這些模板，可以更加了解在英語系國家內建構且常用的資料管理方式。為了讓大家能靈活運用這些模板，接下來將介紹幾種會議記錄的範例及相關的表達方式。

Remote standups

Yesterday:

— Operations Team: 1:1 with Regional Managers, **quarterly appraisals**
— **Dev Team**: Last **code review** before product launch
— Marketing Team: Storyboard for spring campaign
— CEO: on **emergency leave**

Today:

— Operations Team: Customer service responding to product launch
— Dev Team: Product launch
— Marketing Team: storyboard pitch to client
— CEO: recruitment interviews

■ 每日會議記錄－Remote Stand-ups

站立會議（stand-ups）原本是於辦公室內召開，讓成員間得以互相分享資訊與手邊工作計畫的簡易型會議。就如同字面上的意思，是「站著」進行的會議。這種會議通常會安排在上班時間的正式開始工作之前，因為想要速戰速決、在 5-10 分鐘內就散會，所以才以站立的方式開會。

若目的相同，但改以遠距方式進行，就會稱作 remote stand-ups。不管是透過遠距，還是在同一場地集合召開的站立會議，都可像下面這樣來簡單整理會議記錄。

遠距站立會議

昨天：

－營運團隊：與地區經理進行 1 對 1 面談，**季度評鑑**
－**開發團隊**：產品上市前進行最後一次**程式碼檢查**
－行銷團隊：春季宣傳活動的分鏡腳本
－執行長：休**緊急事假**

今天：

－營運團隊：應對產品上市相關的顧客服務
－開發團隊：產品上市
－行銷團隊：向客戶推銷分鏡腳本
－執行長：招聘面試

■ 每週會議記錄－Weekly Sync

每週會議的英文是 Weekly meeting，但有些公司——尤其是科技公司——常改用 sync 一詞來強調召開這種會議的目的，在於讓一個團隊或公司內部得以「同步化」。每週會議記錄的型式可如下所示。

Weekly Sync

What happened last week?
— Some data loss - **retrospective**?
— Review CRM issues

What are we doing this week?
— Create three more video ads for Instagram
— Daily standup with dev team and design team before launch

Potential blockers?
— Bugs on the new launch we weren't able to discover

Action Items
— Marketing to **draft** video ad storyboard for next **release cycle**
— Dev to **triage bugs**

每週會議

上週發生了什麼？
  －部分數據遺失－回溯？
    * **retrospective**（回溯）：召集全體組員開會，一一檢視先
      前合作過的專案計畫，找出往後合作時應保持與應改善的
      項目，主要用於軟體開發，是敏捷開發的開會方式之一。
  －檢討 CRM 議題

這週我們要做什麼？
  －製作三部要放在 instagram 的廣告影片
  －開發與設計團隊於產品上市前要天天召開站立會議

潛在障礙？
  －我們沒能發現的新產品漏洞

執行項目
  －行銷團隊**撰寫**下一次**釋出更新版**時要用的廣告影片分鏡腳本
    草稿
  －開發團隊要**找出並排序漏洞修復的優先順序**

■ 專案管理的相關資料

這是讓你在處理專案或管理所提供的產品／服務時，用來記錄
「定義問題、找出解決對策並付諸實踐」過程的相關資料。

Overview

Fixing the problem of not being able to see their purchased tickets

Problem Statement

— Currently, after completing a purchase on our website, users are unable to see their paid tickets with dates.
— Some users can find their purchase history in the main menu, but many users come straight to the live support chat to inquire. This causes confusion and requires extra staffing dealing with customers.

Proposed Solution

— Show all purchased tickets that haven't expired on My Page.
— Have the purchase history higher up on main menu.

Success Criteria

— 90% reduction of user inquiries on the issue.

User Stories

— User can easily find their purchased tickets on their My Page.
— User can easily navigate to the page that contains their purchase history.

Scope

— No change in color or text size, only change layout.

Requirements

— Changes in the "User Manual" for B2B clients.

Non-Requirements

— Notification on update to users.

概要

解決無法看到已購買票券的問題

問題陳述

- 現在用戶在我們網站上完成消費後，看不到附有日期的已購票券。
- 部分用戶可以在主選單上找到他們的購買記錄，但有很多用戶直接轉向線上支援對談進行詢問。這個狀況造成了混亂且必須加派人手來應對顧客。

提出的解決方案

- 在 My Page 介面顯示所有尚未過期的已購買票券。
- 讓購買記錄顯示在主選單裡比較上面的位置。

成功標準

- 減少 90% 用戶就此問題提出的疑問。

用戶故事

- 用戶可以輕鬆在 My Page 上找到自己購買的票券。
- 用戶可以輕鬆被引導至有自己購買記錄的頁面。

工作範圍

- 顏色或字級大小不變，只變更配置。

要求事項

- 變更 B2B 客戶的「使用者手冊」。

非要求事項

- 針對更新通知用戶。

■ 與會議記錄和資料相關的表達用語

在會議記錄或資料中，可用來說明各段重點的標題用語。

會議的類型／概要

- stand-ups：站立會議（站著進行的簡短會議）
- syncs/sync up meeting：
  為了同步各方資訊而召開的會議
- 1:1 (one-on-one)：一對一的面談或會議
- company alignment：公司一致性
  * 一致性：以組織的藍圖／任務／價值為中心，為了確保公司策略
    與工作方向一致而訂定的部門、團隊、個人目標。
- overview：概要
- agenda：議程；待處理事項

現況／問題

- problem statement：問題陳述
- status：現況
- user stories：用戶故事
- observations：觀察所得內容
- blockers：障礙、干擾
- cause analysis：原因分析

解決對策／成果

- proposal：提案
- proposed solution：提出的解決方案
- resolution：決議
- success criteria：成功標準
- traction：（與新創產業的成長息息相關的）類似於用
  戶／客戶人數等的工作成果
- metrics：（衡量成果的）指標
- user facing impact：對用戶帶來的影響

工作執行過程

- scope：（工作內容的）範圍
- action items：執行項目
- requirements：（必須達成的）要求事項、必要條件
- non-requirements：
  非（必須達成的）要求事項、非必要條件
- tasks：任務、工作（比「專案」要小一點的工作項目）
- format：形式、格式、樣式
- workflow：工作流程
- pipeline：（為了達成公司最終目標的）執行過程

與日程安排／時間相關

- (project) kickoff：（專案、計畫的）啟動或開始
- timeline：時間軸、時間表
- time card：工時卡

其他

- quarterly appraisals：季度評鑑
- dev team：開發團隊
- code review：程式碼檢查
  * 檢查程式碼並提出回饋意見的程序
- emergency leave：緊急事假
- retrospective：回溯
- draft (sth)：起草某事物
- triage bugs：找出並排序漏洞修復的優先順序
- release cycle：（軟體）更新／上市的周期、版本週期
- resources：資源、資料
- toolkit：工具包
- agreements/contracts：合約、協議
- social profile：社群檔案
- social footprint：社群足跡

■ 公司維基（Wiki）的創建範例

很多新創公司或專業人士會利用 Notion 來為公司的專案計畫建立維基頁面。隨著越來越多公司或專案計畫，必須在沒有實際碰面的情形下進行合作，我們便開始追求即使不在同一空間，也能輕鬆在同一個地方找到工作所需的所有相關資訊。

<u>Company Wiki</u>

Home

Team
— Mission, Vision, Values
— Company History
— Annual Business Plan
— Weekly Goal Tracking
— Founder Questions
— Team Directory

Communication
— General Guidelines
— How to use Slack
— How to use Notion
— How to use Google
— How to use KakaoTalk

HR
— New Employee
Onboarding
— Roles & Responsibilities
— Peer Reviews
— Vacation & Benefits
Policy
— Reporting Expenses

Resources
— Sites & Channels
— Terms of Service
— Data Privacy and
Protection

Product

Planning
— Content Roadmap
— Product Roadmap
— Business Roadmap
— Product Ideas

Resources
— Market Research
— Courses
— Product Market Fit

維基頁面通常會以個別公司、專案欲達成目標或計畫細節安排來創建。下面是可套用在各種公司或團隊上的維基頁面範例。只要按下各主要項目（bullet point）就能跳轉到該主題的細節頁面。

公司維基

首頁
團隊
　−使命、願景、價值
　−公司歷史
　−年度商業計畫
　−每週目標追蹤
　−對創始人的疑問
　−團隊聯絡資訊

溝通交流
　−一般指引
　−使用 Slack
　−使用 Notion
　−使用 Google
　−使用 KakaoTalk

人資
　−新員工就職
　−角色＆責任
　−同儕評鑑
　−休假與福利政策
　−回報開支

資源
　−網頁＆頻道
　−服務條款
　−資料隱私與保護

產品

規劃
　−內容路線圖
　−產品路線圖
　−商業發展路線圖
　−產品概念

資源
　−市場調查
　−教育課程
　−產品與市場適配

Customer Success

CRM *(Channel.io)
— Terms and Workflow
— Automation Rules
— Response Templates
— Reporting

Email *(Sendgrid)
— Terms and Workflow
— Automation Rules
— Email Templates
— Reporting

SMS *(Twilio)
— Terms and Workflow
— Automation Rules
— SMS Templates
— Reporting

Processes
— Peace-time Protocols
— Emergency Protocols
— How to Sort
Customer List
— How to Send
Rewards & Gifts

*Customer Outreach
— Customer Surveys
— In-depth Interviews
— Data Analysis

Brand & Design

Branding
— Brand Guidelines
— Design Principles
— Tone & Manner
— User Feedback
— Templates

Mini-tutorials
— How to use *Figma
— How to use *Sketch
— How to use
Photoshop
— How to use Illustrator

Marketing & Growth

Targeted Ads
— Ad Performance
Dashboard
— Facebook Ads
How-to
Resources
Tips and Tricks
— Google Ads
How-to
Resources
Tips and Tricks
— Naver Ads
How-to
Resources
Tips and Tricks

客戶成功

CRM*（Channel.io）
　－用語與工作流程
　－自動化規定
　－回應範本
　－回報

電子郵件*（Sendgrid）
　－用語與工作流程
　－自動化規定
　－電子郵件範本
　－回報

文字訊息*（Twilio）
　－用語與工作流程
　－自動化規定
　－文字訊息範本
　－回報

流程
　－平時協議
　－緊急狀況協議
　－客戶名單分類方式
　－回饋＆禮品的發送方式

客戶外展活動
　－客戶調查
　－深度訪談
　－數據分析

品牌＆設計

品牌建立
　－品牌規範
　－設計原則
　－調性＆風格
　－使用者回饋意見
　－模板

簡易教程
　－*Figma 使用方法
　－*Sketch 使用方法
　－Photoshop 使用方法
　－Illustrator 使用方法

行銷＆成長

目標式廣告
　－廣告績效儀表板
　－Facebook 廣告
　　　操作方法
　　　資源
　　　技巧與竅門
　－Google 廣告
　　　操作方法
　　　資源
　　　技巧與竅門
　－Naver 廣告
　　　操作方法
　　　資源
　　　技巧與竅門

Social Media
— Social Media Calendar
— Facebook Post
  Tracking
— Instagram Post
  Tracking
— YouTube Uploads
  Tracking
— Resources for
  Inspiration
— Tips and Tricks

*SEO
— SEO Performance
  Dashboard
— *UTM Parameters
— Target Keywords
— Competitive Analysis
— Tips and Tricks

Blogs
— Naver Blog
    How-tos
    Resources
— Company Blog
  (Notion)

PR
— Press Releases
— Media Contact List
— Media Kit
— PR Landscape
— Tips and Tricks

B2B Sales

Resources
— Contacts
— Pitch Decks
— Sales Scripts
— Pamphlets

Engineering

Guides
— Update Log
— Database & Service
  accounts
— Emergency Protocol
— Payments

Codebase
— Naming
— *CSS
— Vue.js
— *API Spec
— Backlog

Processes
— How to Deploy
— How to Add Images
— How to QA

Infrastructure
— AWS
— Databases

社群媒體
  －社群媒體行事曆
  －Facebook 發文追蹤
  －Instagram 發文追蹤
  －YouTube 上傳追蹤
  －靈感啟發資源
  －技巧與竅門

*SEO
  －SEO 績效儀表板
  －*UTM 參數
  －目標關鍵字
  －競爭分析
  －技巧與竅門

部落格
  －Naver 部落格
      操作方式
      資源
  －公司部落格（Notion）

PR
  －新聞稿
  －媒體聯絡名單
  －媒體工具包
  －PR 環境
  －技巧與竅門

B2B 銷售
資源
  －聯絡窗口
  －銷售簡報
  －銷售腳本
  －小冊子

工程
規範
  －日誌更新
  －資料庫與服務帳號
  －緊急狀況協議
  －付款

代碼庫
  －命名
  －*CSS
  －Vue,js
  －*API Spec
  －待處理事項

流程
  －部屬的方法
  －新增圖片的方法
  －確保品質的方法

基礎設施
  －亞馬遜雲端服務（AWS）
  －資料庫

－Onboarding：讓新員工融入組織，或讓新顧客熟悉產品、服務或新組織的過程或行動

－Channel.io：可用於即時線上客服的 SaaS 服務

－Sendgrid：用於自動發送行銷用電子郵件的全球性電子郵件 SaaS 服務

－Figma：提供的功能與 Sketch 相似，可以在瀏覽器操作的網路 UI/UX 設計工具，且易於團隊協作，所以跟 Sketch 一樣都很受歡迎。

－Sketch：如 Photoshop 般用於 UI/UX 設計的軟體，是設計網站或行動應用程式時常用的工具。

－Twilio：一種全球 SMS（文字訊息）發送的 SaaS 服務，可以用來發送文字訊息或設定自動發送等服務。

－Customer outreach：一般跟客戶有關的服務，例如客戶諮詢，會被稱作 CS（Customer support），而 Customer outreach 的概念則是相對來說更為積極，會主動與客戶溝通來拉近彼此的關係，讓生意或行銷活動進行得更加熱絡。

－SEO：search engine optimization 的縮寫，也就是「搜尋引擎最佳化」的意思，讓網頁或內容可以出現在搜尋引擎查詢結果前面幾筆的一種服務。

─UTM parameter：大家應該都有在網址後面看過 utm_source=Facebook&utm_medium=ad&utm_campaign=spring2020 這類的參數文字，這是行銷人員為了追蹤線上行銷活動的成效，而會使用的五種 URL 參數。UTM 是 Urchin Tracking Module 的縮寫，其概念來自於 Google Analytics 的前身 Urchin 服務。

─CSS：美化 HTML 文件中的字體大小、顏色、圖片大小、位置、表格顏色、排版等視覺效果的電腦語言。

─Vue.js：一種軟體開發語言 JavaScript 的框架。

─API Spec Backlog：定義必須實現的要求，包含細節項目與優先順序等資訊的檔案，其功能類似於產品開發中的 to-do-list。

■ 撰寫新專案計畫的公告內容

許多新創產業會替客戶或用戶發布公告事項或經營部落格。相較於網站，部落格的優點是較為平易近人，且不需要有設計師或開發人員就能輕鬆建構，修改也十分簡單。除了一般的服務公告，也常會用來介紹公司、招聘人員或是介紹新的業務／項目。

Hi, I'm Vicky, Content Manager at Savour. I've **been part of** a gourmet meal kit subscription business at Savour for the past two years. **It's been a blast**, being able to taste all sorts of gourmet dishes of many different cultures - and witness other people tasting certain food for the first time!

Before Savour, I was definitely NOT a foodie. Sure, I always liked food (who doesn't?) but wasn't the type to appreciate it in a way foodies do. Never did I imagine a day that I would be interested in where the ingredients are from, searching for certain spices, and how equipment and techniques come together to create a taste.

You may think, why the heck did Savour hire such a rookie? They hired me for **the sole purpose of** converting fellow novices into the world of gourmet dishes. I think they were skeptical at first, even when they decided to hire me. How are we going to convince people that don't eat at gourmet restaurants to buy meal kits to cook for themselves?

It turns out, gourmet food was culturally alien to most of our customers. But with a price point slightly above eating out on a weekday, and being able to avoid any anxiety about going to a high-end restaurant - making reservations, being self-conscious about what car you drive or what clothes you're

下面是這間公司在推出新的專案計畫後，因為想要鼓勵客戶參與而發布的公告。若想要吸引客戶的注意，相較於簡潔的公告，會更推薦以自然的口吻，陳述公司或工作人員自身的故事來呈現所欲公告說明的內容。除此之外，還可靈活運用 Notion 的嵌入（embed）功能，讓客戶能直接跳轉到申請書或行事曆等相關頁面，或設置轉往公司官網或社群平台的連結，供需要更多詳細資訊的人使用。

嗨，我是 Savour 的內容經理 Vicky。我在過去兩年間**參與了 Savour** 的精緻料理組合的定期訂購業務。能夠品嚐到來自許多不同文化的各種精緻料理，還有看到其他人第一次吃到某些食物的樣子，**真的非常開心！**

在進入 Savour 之前，我絕對不是一個吃貨。當然，我一直都很喜歡食物（誰不喜歡啊？），但我不是那種像吃貨一樣會去賞評食物的人。我也從沒想過，我有一天會對食材從哪裡來、尋找特定香料，還有對要怎麼將器材和技巧相結合來做出某個味道感興趣。

您也許會想，Savour 怎麼會雇用像我這種什麼都不懂的人呢？他們請我來的**唯一目的**，就是想把像我一樣的新手帶進精緻料理的世界。我想他們即使那時決定要雇用我了，一開始都還是抱持著懷疑的態度。我們要如何說服那些不會去精緻餐廳的人，去買料理組回來煮給自己吃呢？

結果，對我們大部分的客人來說，精緻料理在生活中很陌生。不過，因為只要花比平日去外面吃，再多一點點的費用，而且還能免去上高級餐廳所會帶來的種種不安——訂位、自我審查應該要開什麼車或穿什麼衣服、不知道菜單上的菜名要怎麼唸——大家其實很喜歡食物和烹飪！

wearing, not knowing how to pronounce the names on the menus - people actually enjoyed both the food and the cooking!

These conversion stories **got me wondering**, "there must be other marvelous stories behind our customers." And indeed, there was. There are so many funny, heart-warming, sometimes heart-breaking, yet inspirational stories that you guys shared on Instagram, on your blogs, and directly on our app.

I wanted to tell these stories through a podcast. **That's why I'm announcing** our podcast, "Savoury Sound." We will be cooking the meals featured on your stories together, **a bit of ASMR here and there**, and give you a platform to share your story behind it. We're inviting you - our VIP customers - as guests on the podcast.

Don't worry; the story doesn't have to be around Savour's products. That would be way too obvious. We'll even develop new meal kits through your stories.

How it works:
Step 1. **Submit** your story. We'll read all of your applications.
Step 2. We'll call you to hear more if we're interested.
　　　— If your story doesn't get through, we'll still give you a $20 Savour coupon.
　　　— If your story **gets through**, you need to provide us at least one witness that will corroborate the story. We're not **holding your feet to the fire**; we just don't want to publish fake stories only because they're fun. We'll **overlook** a bit of exaggeration, though.
Step 3. Come on the podcast! Makeup **is on us** :)

這些轉變發生的故事**讓我開始想**：「我們客人的背後一定還有其他超棒的故事」，結果真的有。你們大家在 Instagram、自己的部落格，或直接在我們的 App 上分享了許許多多有趣、暖心，有時令人心碎、卻又激勵人心的故事。

我想透過 podcast 來講這些故事。**這也就是為什麼我要宣布**我們有 podcast 節目「Savoury Sound」了。我們會一起特別煮你們故事裡出現的餐點，**到處穿插 ASMR 的感覺**，並給你們一個平台來分享料理背後的故事。我們想要邀請你們——我們的 VIP——來擔任 podcast 的來賓。

別擔心；故事不用一定要和 Savour 的產品有關。不然這樣也太厚臉皮了。我們甚至會藉你們的故事來開發新的料理組。

進行方式：
第一步、**提交**你們的故事。我們會看過所有人提交的故事。
第二步、我們如果有興趣的話，就會打給你們詳談。
　　　─就算沒被選中，我們還是會提供一張 20 美金的 Savour 優惠券。
　　　─假如**雀屏中選**，請提供至少一個可以證實這個故事真實性的證人。我們不是想要**增加你們的壓力**，只是不想要因為有趣就播出了假故事。不過有點誇張是**沒關係的**。
第三步、來上 podcast 吧！化妝就**交給我們**：)

Podcast Recording Schedule
(embedded calendar)

Apply
(embed Google form as the following:)
Your full name
Email address
Contact number
Link to your story (any link accessible to our team)

Social Media for Savour's Content Team
YouTube
Instagram
Facebook Page

■ 敘事式公告的相關重要表達方式

- be part of (sth)：（加入而）成為某事物的一部分
- It's been a blast：真的是很愉快的經驗
- never did I imagine (sth)：我從來沒想過某事物
- why the heck：究竟是怎麼一回事
- novice：新手
- the sole purpose of (sth)：某事物的唯一目的
- the world of (sth)：某事物的世界
- turns out：結果、最終發現
- alien to (sb/sth)：對某人／某事物感到陌生
- price point：價位
- self-conscious：因為別人眼光而感到侷促不安的

Podcast 錄音行程表
（嵌入行事曆）

申請
（Google 表單嵌入如下：）
全名
電子郵件信箱
聯絡電話
各位故事的連結（任何可供我們團隊取得故事的連結都行）

Savour 內容團隊的社群媒體
YouTube
Instagram
Facebook 頁面

- (sth) got me wondering：
  （某事物）讓我開始想／思考
- heart-warming：暖心的
- heart-breaking：令人心碎的、心痛的
- That's why I'm announcing (sth)：
  這也就是為什麼我要宣布某事
- way too obvious：意圖過於明顯、厚臉皮
- submit (sth)：提交某事物
- (sth) gets through：某事物通過或被選中
- hold your feet to the fire：施加壓力
- overlook (sth)：忽視或視而不見某事物
- (sth) is on us：某事物算在我們身上
- full name：全名（包含姓氏和名字）

前面提到的要點表達方式，會在寫會議記錄或做資料整理等業務事項時用到。接著讓我們看看還有哪些雖略有不同、但仍可運用這些表達方式的情境吧。

1 | Research is split 50-50 as to whether a **one-on-one** with a boss causes undue stress on employees or makes them feel appreciated.

至於和老闆進行**一對一面談**，是會對員工過度造成壓力，還是會讓他們覺得被賞識，研究結果呈現五五波。

2 | **Company alignment** can be explained as having a widely agreed upon **agenda** where every individual understands their roles.

公司一致性可解釋成擁有一個每個人都了解自己所扮演角色的被普遍認同的**欲達成目標**。

3 | An analysis of our **problem statement** has identified a few critical areas in our operation currently hemorrhaging our finances.

一份針對我們**問題陳述**所做的分析，已經找出了現在正對我們的財務造成重大傷害的一些營運上的關鍵部分。

4 | The root **cause analysis** identified the immediate cause of our website downtime: traffic overload.

這項根本**原因分析**確認了我們網站會下線的直接原因：流量超載。

5 At the risk of sounding ungrateful, I will have to say that the **proposed solution** to our predicament doesn't fully address the root cause.

雖然聽起來可能有種不知好歹的感覺，但我得說，這個針對我們的問題**所提出的解決方案**，沒有完全解決其根本的原因。

6 After careful **observation** of our workplace communication, we realized that trying to come to a consensus for all decisions was the major **blocker** to coming up with the best solutions.

在仔細**觀察**過我們在工作場所的溝通狀況後，我們意識到，無法想出最佳解決方案的主要**障礙**，是我們試圖在所有決議上都達成共識。

7 Conflict **resolution** in the workplace depends on a cool-headed mediator able to listen to both sides without bias calmly.

工作場所內的衝突**解決**，有賴於一位頭腦清楚、可以不帶偏見冷靜聆聽雙方意見的調停人。

8 Establishing **success criteria** earlier gives your subordinates an understanding of what you expect of them from the get-go.

早點訂定**成功標準**，可讓你的下屬從一開始就知道你對他們所抱持的期望為何。

9 A recurring theme from our **metrics** points to the fact that our product has failed to gain **traction** among teenagers.

我們的**指標**之中，有一個一再出現的主題，點出了我們的產品沒有成功**吸引**到青少年的這個事實。

10 Properly defining the **scope** of a project allows employees to internalize the **action items** and the time required to finish the project.

適當界定專案的**工作範圍**，可以讓員工對完成該專案的**執行項目**與所需作業時間了然於心。

11 The job posting clearly states the **requirements** and the **non-requirements** for prospective candidates.

這則徵才公告中清楚說明了有望錄取的應徵者的**必要與非必要條件**。

12 Directly assigning **tasks** cuts down on time wasted in meaningless back and forth emails.

直接分派**任務**可減少浪費在毫無意義的電子郵件往來上所花的時間。

13 Notion uses a similar **format** to EverNote, Microsoft OneNote, and Google Keep.

Notion 使用了跟 EverNote、Microsoft OneNote 和 Google Keep 相似的**格式**。

14 The plan to migrate our staff to Notion in order to streamline **workflow** is still **in the pipeline**.

將我們員工移轉到 Notion 以精簡**工作流程**的計畫尚在**籌畫中**。

15 Key stakeholders bundled together in the conference room to **kick off** the much anticipated multimillion-dollar **project**.

主要利害相關人們聚在了會議室裡以**開始進行**備受期待、價值數百萬美元的**專案**。

16 Design Hub created a visually appealing infographic **timeline** marking important milestones since their launch.

設計中心製作了一個很好看的**時間軸**資訊圖表，上面標有自他們成立以來的重要里程碑。

17 In my opinion, **time cards** make the assumption that human beings operate like machines instead of in bursts of productivity.

就我而言，**工時卡**推定了人類是像機器般運作，而不會有生產力爆發的時候。

18 Investment forums are a **resource toolkit** chock-full of tips and advice for first-time investors.

投資論壇是一個充滿給投資新手的訣竅和建議的**資源工具箱**。

19 Numerous celebrities sign unfair **contracts** all because they don't take the time to read the fine print.

許多名人都是因為沒有好好花時間來看合約細則而簽下了不公平的**合約**。

20 Recruiters are increasingly relying on years worth of **social footprint** to vet candidates.

招募人員越來越常透過應徵者數年間的**社交足跡**來調查他們。

自己動手寫寫看

對於沒有中文外掛的 SaaS 有使用問題時

　　在新創產業蓬勃發展，且無接觸時代興起所發揮的疊加效應之下，在各個工作領域之中的產能與工作效率皆得到了提升，就連讓個人生活變得更加輕鬆的 SaaS（Software as a Service，軟體即服務）產品們，也如雨後春筍般紛紛出現。除了如今已頗富知名度的 Slack 、Notion 之外，還有很多提供相似服務及功能的產品或服務接連問世。我自己經營的 Tella，員工也包括了身居海外的教師，所以大多數的員工都採取「遠距」的方式上班。為了能在有限時間內妥善管理公司，並提供客戶們最棒的服務，我會靈活運用我所找到的各種工具。因為我主要的工作對象是必須以英文溝通的教師們，所以我用過了來自世界各地五花八門的軟體服務。

　　在我試圖要使用這些軟體時，有時軟體會出現錯誤，有時則會因為不懂如何正確操作，而覺得困惑徬徨。這些軟體常常都不會有中文外掛，或即使有，也暫時（也可能是永遠）沒有能以中文溝通的客服。

　　如果是國內廠商提供的服務，通常可以馬上透過客服電話或線上對話功能來提問，但如果是來自美國或英國

等英語系國家的服務，別說電話了，很多就連客服的線上對話功能都沒有，或只提供給那些就算看完 FAQ 也無法解決問題的用戶使用。除此之外，沒有客服電話、沒有線上對話功能，導致我只能打開電子郵件信箱聯絡的情況亦所在多有。在這種時候，如果可以打通電話就把所有問題都解決掉那就好了，可是自己卻陷入了既無法回報系統出錯，又找不到聯絡方式的窘境之中。時間是如此寶貴，發生這種事真的會讓人不由自主的火冒三丈。不過，因此生氣的話，吃虧的是自己！還是好好找出查詢管道吧！

　　首先，我們通常會找到 FAQ（常見問題）並點選問題關鍵字來搜尋。大部分網站都會很貼心地放上經常被問到的題目和對應的答案。不過，有時卻會發生 FAQ 的內容沒有更新，或自己看到的畫面跟他們提供的畫面相去甚遠，甚至連用翻譯軟體或請同事確認，都無法判斷內容正確與否或是否能真的解決自己的疑惑。這時就會利用

　　Hi! I'm **having trouble with** installing the pixel. We **succeeded in** installing the tag on Google Tag Manager and **checked that** the trigger **works**, but we can't seem to **verify** the pixel on Sendmail.

　　Would you be able to **identify** the problem? Our development team also **reported** that they have been seeing this **error message**, which **hasn't been an issue** with us **before**. Error message: "Sendmail snippet included twice."

「support center」、「contact」等關鍵字來尋找聯絡客服的方法。

■ 詢問電子郵件設定流程的問題

我曾因為按照說明來設定電子郵件，卻仍無法順利設置完成而寫過電子郵件。

在寫信去確認之前，必須先釐清自己目前遇到的是什麼問題，而自己又為了解決這個問題而試著做過些什麼，並具體提出自己想要解決的問題。如果你問的問題和你可以在 FAQ 裡查到的內容有關，通常都會直接收到來自 FAQ 的回答內容。因此，信中除了提到問題或要求事項，最好要具體說明自己已經為了解決問題而做了哪些努力或舉動。除此之外，如果有與問題相關的英文專有名詞，就應該直接拿來用。去信諮詢時，相較於自己隨便翻譯英文專有名詞，還不如試著直接使用那些英文專有名詞，讓溝通更順暢。

　　嗨！我在安裝像素時**遇到了問題**。我們**成功**安裝了 Google Tag Manager 上的代碼標籤，也**確認**過觸發器**能用**，但我們卻似乎無法在 Sendmail 裡**驗證**這個像素。

　　您能**確認**問題出在哪裡嗎？我們的開發團隊也**回報**說他們一直看到這則**錯誤訊息**，而我們之前是沒有遇過這個狀況的。錯誤訊息是：「涵蓋兩次 Sendmail 片段」。

Sendmail Labs will be back tomorrow.

You'll be notified here and by email (tella@tella.co.kr)

為了讓負責此事的人收到回覆內容，

Please notify me at sarah@tella.co.kr

後來收到的

Hi, We've verified in our backend that your pixel is **installed correctly**, so you **should be able to** use it for retargeting right away. **The issue** you saw sometimes occurs with Google Tag Manager users. We're **working on a fix** and hope to **release it** right away so that customers who install our script via GTM won't have issues in the future. But you can **rest assured** your installation is correct.

Please let us know if you have any other questions or would like to speak with our team about your digital marketing strategy. We'd be more than happy to spend some 1:1 time with you to get things **up and running**.

Best,

— Norah from Sendmail Labs

的答覆如下

Sendmail Labs 將於明日營業。

將於此處及透過電子郵件（tella@tella.co.kr）通知您。

因此再次寫信給對方

通知請寄至 sarah@tella.co.kr。

回覆內容

嗨，我們在後端確認過您的像素已**正確安裝**了，因此您**應該能夠**用它立刻做再行銷。Google Tag Manager 的用戶有時會碰到**您提到的問題**。我們正在**著手製作修正檔**，並希望能立即**釋出**，這樣一來，透過 GTM 安裝我們片段的顧客，未來就不會再遇到問題。不過您可以**放心**，您的安裝沒問題了。

若有其他問題或想跟我們團隊討論與您的數位行銷策略有關的事項，請告訴我們。我們非常樂意與您進行一對一會談，讓一切能**順利進行**。

祝好

－Sendmail Labs 的 Norah

■ 詢問匯款服務相關問題

我們經常會碰到需要海外匯款的狀況，不時也會發生公司內部的資料與實際資料不一致，而造成匯款失敗的情況。有一次公司經

Remit Wallet:
> Hello, this is Remit Wallet Uganda; my name is Jane. How can I help you?

Evelyn:
> Hello Jane, my name is Evelyn. I'm the Regional Manager of Tella in Uganda. We **need your help**. We are trying to receive payments from Korea, but some people aren't able to receive the funds, while others are able to.

Remit Wallet:
> Have you **checked for sure** if your card has funds?

Evelyn:
> Well, the funds are **sufficient**.

Remit Wallet:
> Can you try sending the payment again to the people that did not receive the funds?

Evelyn:
> Okay then, let me **try it again**. **Hold on** for a moment, please.

(After a few minutes)

Evelyn:
> Hi Jane. It still **doesn't work**, and we **double-checked** that we did not max out the credit card we used. **As we speak**, we have more than 10,000 dollars left on the card, which

理甚至為了要盡快解決問題，而在匆忙之下打給了銀行的客服人員，還被要求必須透過電子郵件來確認水單號碼。

Remit Wallet：
哈囉，這裡是 Remit Wallet Uganda，我的名字是 Jane。有什麼需要幫忙的嗎？

Evelyn：
哈囉 Jane，我的名字是 Evelyn。我是 Tella 在烏干達的地區經理。我們需要妳的幫忙。我們想要從韓國收款，但有一些人沒辦法收到錢，可其他人又可以。

Remit Wallet：
您有**檢查確認**過您的卡裡有沒有錢嗎？

Evelyn：
嗯，錢是**夠的**。

Remit Wallet：
您可以試著再匯一次給沒收到錢的人嗎？

Evelyn：
好吧，那我**再試一次**。請等一下。

（幾分鐘後）

Evelyn：
嗨，Jane。還是不行，而且我們**再確認了一次**，我們用的那張信用卡還沒超過額度。**在我們說話的現在**，卡內還有超過 10,000 美金的錢，

is much more than the amount we're sending. Can there be **any other reason** for this?

Remit Wallet:

I see. Can you let me know your transaction ID so I can find out more?

Evelyn:

I don't know what you mean by the transaction ID. **To my understanding**, the transaction didn't happen, so there is no transaction ID. Allow me to share the screenshot of those transaction errors by email.

Remit Wallet:

I see. Send the email, and we'll **get back to you** within a few hours.

Evelyn:

Thank you, Jane. Please get back to me **as soon as possible**.

透過上面的電話內容,可知如果只是打電話給客服中心,並不能完全解決問題。無法解決問題的可能原因有很多,也許是因為電話講起來斷斷續續,或彼此看到的畫面不同,所以溝通起來不夠順暢。在這種情況下,可以透過電子郵件來傳送圖像資料或更具體的資訊,也就是一方面以電話溝通,另一方面以可以留下記錄、且能提供準確資訊的電子郵件來和對方溝通交流,或也可利用寄出的電子郵件內容來做為溝通基礎。

這比我們要匯的金額高多了。還有**其他什麼原因**會造成這種狀況嗎？

Remit Wallet：

我知道了。能請您告訴我您的交易帳號，讓我可以去了解更多資訊嗎？

Evelyn：

我不知道妳說的交易帳號是指什麼。**就我的理解**，因為交易沒有成功，所以不會有交易帳號。我用電子郵件把那些交易錯誤的截圖傳給妳吧。

Remit Wallet：

我知道了。請寄出電子郵件吧，我們會在幾小時內就**給您回覆**。

Evelyn：

謝謝妳，Jane。請**盡快**回覆我。

在這種情況下發送電子郵件時，必須在信中告知與問題有關的名稱或編號，同時提及該問題的急迫性。通電話時提到過的內容也必須重新整理後再提一次才行。這是因為，接收電子郵件的人和之前與你講電話的，可能會是不同人。此外，講電話時討論的內容必須要記錄下來，這樣才能提出正確的要求。

當時寫的信件內容如下。

To whom this may concern,

I tried to send salaries to a few people on Thursday, April 26th, and some of them did not receive it (screenshots **attached below**). I **found out** that this is because they had changed their phone numbers.

We did send an email asking that the numbers be changed, but **up to now,** none of them have received the payment.

I **gave you a call** earlier, and you asked me to give you the **transaction ID**. Please do help out. They are **in distress** as their salaries are **already more than five days late**!

Transaction IDs:

Esther: #8490206456818

Lydia: #849206456811

後來，收到

Evelyn, Thank you for **reaching out**.

Kindly confirm the correct **alternative** recipient phone numbers for the affected transactions; #8490206456818 (phone number: 07012345678) & #849206456811 (phone number: 070987655431). If the numbers are correct, then the payments should've arrived **by now**.

We regret the **breakdown** in communication.

Regards, Matthew

https://remitwallet.com

敬啟者：

我在 4 月 26 日星期四試圖要匯薪水給一些人，但他們有些人沒收到匯款（截圖如下所附）。我發現這是因為他們已經換了電話號碼。

我們的確有寄過信要求更改電話號碼，但到目前為止，他們沒有一個人是有收到匯款的。

我之前打過電話給你們，然後你們要求我提供你們交易帳號。請一定要幫幫忙。他們非常苦惱，因為薪水已經晚了超過五天！

交易帳號：

Esther: #8490206456818

Lydia: #849206456811

已將問題解決的回覆

Evelyn，感謝聯絡。

請確認受影響交易受款人的替代電話號碼是否正確：#8490206456818（電話號碼：07012345678）& #849206456811（電話號碼：070987655431）。如果號碼是正確的，那麼款項現在應該已經收到了。

我們很抱歉在溝通時有中斷的情形發生。

Mathew 敬上

https://remitwallet.com

Dear Matthew,

Thank you for the **prompt action**. Yes, they are correct.

I have **been informed that** you did call the **clients in question,** and they have now **received** their payment. Thank you!

Evelyn

■ 與解決問題相關的表達方式

溝通時使用的表達方式

- How can I help you? : 您需要什麼協助嗎？
- to whom this may concern : 敬啟者
- I gave you a call : 我打過電話給您。
- hold on : 請稍等
- get back to you : 再回覆您
- reach out : 聯絡
- notify me at ~ : 請用～通知我
- as soon as possible : 盡快

回報問題時使用的表達方式

- report (sth) : 回報某事
- error message : 錯誤訊息
- sufficient : 充足的
- any other reason : 其他任何原因
- to my understanding : 就我的理解
- attached below : ～如下、如下所附
- find out : 發現

回信感謝對方！

親愛的 Matthew：

感謝您的**迅速處理**。是的，電話是正確的。

我已經收到**通知說**，你們的確有打給**發生問題的**那些**客戶**，且他們現在都已經**收到了**款項。謝謝您！

Evelyn

- transaction ID：交易帳號
- in distress：感到痛苦、非常苦惱
- need your help：需要您的幫忙

與時機相關的表達方式

- up to now：到目前為止
- as we speak：在我們說話的當下
- already more than 5 days late：已經晚了超過 5 天
- by now：目前、眼下
- have trouble with (sth)：在某事物上碰到問題
- don't work：不起作用；無法運作
- identify (sth)：確認、辨別某事物
- check that (sth) works：
  確認或檢查某事物是否正常運作或發揮作用
- check for sure：（確實地）檢查確認
- try it again：再試一次
- double check：再確認一次、重複確認
- hasn't been an issue before：
  之前從來都不是個問題、從沒出過問題
- verify (sth)：確認或驗證某事物

- alternative：
  供選擇的東西（或辦法等）；另一替代方案
- we regret (sth)：我們對某事物感到抱歉（或遺憾）
- the breakdown in (sth)：某事物的故障（或中斷）
- install correctly：正確安裝
- should be able to ~：應該可以～
- issue occurs：發生問題
- work on a fix：正在製作修正版、正在著手進行修正
- release it：釋出、發行（更新等）
- rest assured：放心
- up and running：正常運作、順利運作
- succeed in (sth)：在某事物上取得成功

確認問題已解決並表示謝意

- prompt action：迅速處理
- been informed that ~：得知～、收到通知～
- clients in question：遇到問題的客戶
- receive：領取

MORE APPLICABLE, REAL LIFE EXAMPLES

在本章節中學到的表達方式，不僅可用於外國網站或網路服務，也可用來解決工作相關的緊急事件。現在就一起將前面所學到的表達方式，用於以下各種問題解決的情境之中吧。

1　Could you please **check** if IT support has **succeeded in** activating your Office 365? I am **having trouble with** activating mine even though I **verified** the bank details twice.

能請您**確認**資訊科技支援部是否已**成功**啟動您的 Office 365 了嗎？即使我**驗證過**兩次銀行的細節資訊，我還是在啟動我的上**碰到了困難**。

2　Please **report** any **error messages** you receive to IT so that they can **identify** the root cause of the system glitch.

請將您收到的任何**錯誤訊息**都向資訊科技部**回報**，這樣一來他們便能**辨認出**系統故障的根本原因。

3　The jump to SaaS from downloadable software **hasn't been an issue** for our tech-savvy team.

對於我們技術純熟的團隊來說，從下載型軟體跳到 SaaS 不是什麼問題。

4　Please **notify me at** ginger@gtlab.com of any new developments at the office.

辦公室有任何新狀況時，請透過 ginger@gtlab.com **通知**我。

5 If **installed correctly**, your account **should be able to** backup all your files to the cloud.

如果安裝正確，你的帳號應該能把你所有的檔案都備份到雲端。

6 Management is aware of **the issue** and is **working on a fix** right now.

管理階層已經意識到這個問題了，而且現在正在著手修復。

7 Please **rest assured** that we will have the server **up and running** by close of day.

請放心，我們會在今天結束前讓伺服器正常運作的。

8 Have you **checked for sure** that you have a **sufficient** balance in your bank account?

您已經檢查確認過您的銀行帳戶中有足夠的餘額了嗎？

9 I am sorry, but your card has been declined. **Hold on.** Let me **try it again**.

很抱歉，您的卡刷不過。請稍等。讓我再試一次看看。

10 **As we speak**, the forensic team is **double-checking** the transactions. If this **doesn't work**, we might have to bring in a third party.

在我們說話的同時，鑑識小組正在重覆檢查這些交易。如果這樣還是沒有用，我們也許不得不讓第三方介入。

11 **To my understanding**, the bank always sends a notification whenever a transaction has been made.

就我的理解，銀行一定會在每次交易成立時發送通知。

12 Mr. Smith is not at the office at the moment. Please leave a message so that he can **get back to you as soon as possible**.

Smith 先生現在不在辦公室。請留言以便他可以**盡快回覆**您。

13 I **found out** just recently that the assignment **attached below** has not been worked on up to now.

我最近才**發現**，**附在底下**的分派作業到目前為止都還沒有處理。

14 Steve **gave you a call** earlier. He was **in distress** about his missing **transaction ID**.

史蒂夫先前**打了電話給你**。他因為**交易帳號遺失**而很苦惱。

15 Our internal financial report from the accountant is **already more than three days late**.

會計師要給我們的內部財務報告**已經晚超過三天了**。

16 Our next strategy is **reaching out** to past clients who might still require our services.

我們的下一個策略是去**聯絡**可能還會需要我們服務的過往客戶。

17 Google Docs is the perfect **alternative** to Office 365 we should have been using **by now**.

我們**現在**應該要用的是 Office 365 的完美**替代品** Google Docs。

18 **We regret** to inform you that we decided to look for another service provider after the **breakdown in** communication with your company last month.

我們很遺憾地通知您，在上個月與貴公司發生溝通不良後，我們決定尋求另一家服務供應商。

19 The CEO's **prompt action** saved the company millions of dollars in lawsuits.

執行長的迅速行動為公司省下了數百萬美元的訴訟費用。

20 The **clients in question** have all **been informed that** our front desk **received** their orders just this morning. That's the reason why the deliveries have been delayed.

所有發生問題的客戶都已被通知，我們的前台在今天早上才收到了他們的訂單。這就是到貨延遲的原因。

沒有方向時，就用 Typeform 來進行問卷調查吧

隨著數據在商界的重要性日漸增加，如今問卷調查不再侷限於大規模的消費者調查，而是已成為了一種日常工具。除了商業價值，問卷調查在私人聚會與社團群體組織之中也都扮演了重要的角色。另外，除了實際調查時會用到問卷之外，在申請參加活動、購買商品／付費、測驗等情況下也常會用到問卷調查工具。

Google Form 是一款免費且容易使用的代表性工具。但若覺得 Google Form 的功能不足或設計過於簡陋，也有一些軟體是專門用來建立表格的，例如 Typeform 就是其中最具代表性的軟體之一。

Typeform 與 Google Form 的區別在於，Typeform 可根據特定問題的答覆內容直接跳到其他題，且可將各題的回答分數化並計算出結果。另外也可根據受訪者提供的資訊進行個人化，作答及統計查詢都相當方便，最大特點就是令人眼睛為之一亮的版面設計，基於應該要為調查對象提供視覺享受的理念，我強力推薦 Typeform 給重視問卷調查設計的人。

■ dry version 一
員工滿意度調查

我們公司會定期對教師們進行工作滿意度調查，這是因為這間公司的成立目標與目的，是想要提供創新的英文會話學習服務，並

<Tutor **satisfaction survey**>

The purpose of this survey is to **objectively know** how the job as a Tella tutor has affected your life and to use this knowledge to improve our company. **This will not affect** your compensation or official evaluation as a tutor, and all answers are **confidential** (will only be **disclosed** to the company's leadership). Feel free to leave the answers blank for the questions that are not required if you feel uncomfortable answering them.

1. Name

2. What was your average monthly income during the six-month period before you joined Tella? (Answer in Uganda Shillings)

3. How much was your average monthly salary for the last job you had before you joined Tella? (Answer in Uganda Shillings. If you did not have any job before Tella, answer '0'.)

4. What was your job during the six-month period before you joined Tella?

5. Do you support anyone financially other than yourself? **If so**, whom do you support?

6. If you support anyone else financially other than yourself, how much do you spend monthly on average?

提供教師們優良的工作機會，因此我們會透過滿意度調查來確認員工實際上是否對工作滿意。

員工滿意度調查可利用下面這種問卷形式進行。

<教師滿意度調查>

　　這項調查的目的，在於客觀了解做為 Tella 教師的這份工作，對各位的生活所造成的影響，並利用這些資訊來改進我們公司。這項調查不會對各位擔任教師的報酬或正式評鑑造成影響，且所有答案都是保密的（將只對公司領導階層揭露）。若您不便回答非必答題中的問題，可留空不填。

1. 姓名

2. 在加入 Tella 之前的六個月期間，您的平均收入為何？（請以烏干達先令來作答）

3. 在加入 Tella 前的上一份工作，您的平均月薪為何？（請以烏干達先令來作答。若您在進入 Tella 前無其他工作，請回答「0」）

4. 在加入 Tella 之前的六個月期間，您的工作為何？

5. 您有為除自己之外的其他人提供經濟上的支援嗎？如果有的話，您提供支援的對象為何呢？

6. 如果您有為除自己之外的其他人提供經濟上的支援，您每月平均支援的金額是多少？

7. **How satisfied** are you with your job as a tutor at Tella?
   - Work satisfaction

8. How satisfied are you with your job as a tutor at Tella?
   - Personal growth

9. How satisfied are you with your job as a tutor at Tella?
   - Company atmosphere

10. How satisfied are you with your job as a tutor at Tella?
    - Company management's leadership

11. How satisfied are you with your job as a tutor at Tella?
    - Work-life balance

12. How satisfied are you with your job as a tutor at Tella?
    - Financial compensation

13. What are the top three changes in your life after you joined Tella?

14. **How likely would it be** for you to recommend this job to a family member or friend?

15. Leave any other **comments and/or suggestions** you may have regarding the topics above.

■ dry version —
地區經理對於人才管理主管的定期評鑑

dry（不顯露感情的）問卷調查的優點，在於可以用簡單明瞭且平鋪直敘的方式來進行調查，因此降低了受訪者個人情緒對調查所造成的影響，且可以避免產生不同的解讀空間，所以是一種適

7. 您對您在 Tella 擔任教師的工作**有多滿意**呢？
   －工作滿意度

8. 您對您在 Tella 擔任教師的工作有多滿意呢？
   －個人成長

9. 您對您在 Tella 擔任教師的工作有多滿意呢？
   －公司氛圍

10. 您對您在 Tella 擔任教師的工作有多滿意呢？
    －公司管理階層的領導能力

11. 您對您在 Tella 擔任教師的工作有多滿意呢？
    －工作與生活的平衡度

12. 您對您在 Tella 擔任教師的工作有多滿意呢？
    －財務上的報酬

13. 在您加入 Tella 之後，生活上發生的前三大重大改變為何？

14. 您向家人或朋友推薦這份工作的**可能性為何**？

15. 請留下您對上述問題的其他任何**意見和／或建議**。

合用來取得盡可能客觀且可計量資訊的語氣，尤其適合用在如人事相關評鑑等較為敏感的議題之上。

在問卷調查的最前面，必須先簡單提及調查目的，並告知此結果可能造成的影響，才能讓受訪者安心作答。

以下是以地區經理為調查目標，針對負責統籌其職務的人才管理主管所進行的問卷調查。

Regional Manager's periodic review of the Head of Talent Management

Dear TELLA Regional Manager,

The purpose of this review is to accurately assess and improve the work of TELLA's Head of Talent Management(HTM) - this time, from a more managerial perspective.

The process will be as following:
1) Submit the review **by the end of the month.**
2) I will **go over** your reviews **thoroughly.**
3) I may ask for clarification on some of your answers.
4) I will **reflect** your reviews in my official **appraisal** of the HTM.

There will not be any disclosure of details of individual reviews with your name attached to the HTM or others. However, if there are serious issues that you raise that need a three-way conversation, I will request for a discussion with you first.

Your review **will not affect** your working contract with TELLA **whatsoever.**

Please make sure to take the time to **evaluate accurately.**

Section 1: Enhancing individual performance

1. Does the HTM give accurate feedback on your performance as the RM? Answer **on a scale of 1 to 9.**
   (1) **Strongly disagree** ~ (9) **Strongly agree**

2. Does the HTM suggest specific ways to improve your performance?
   (1) **Strongly disagree** ~ (9) **Strongly agree**

地區經理對於人才管理主管的定期評鑑

親愛的 TELLA 地區經理：

本次評鑑的目的，在於準確評估及改進 TELLA 的人才管理主管（HTM）的工作成果——這次是從較偏管理的角度出發。

程序如下：
1) 請於月底以前提交此份評鑑。
2) 我會仔細將您的評鑑完整看過。
3) 我可能會就您的一些答案要求進一步說明。
4) 我會將您的評鑑內容反映於我針對 HTM 所做的正式評鑑之中。

不會對 HTM 或其他人員揭露任何具名的個別評鑑詳細資訊。然而，若您提出了需三方對話的重大議題，我會要求與您先行討論。

您的評論絕不會影響您與 TELLA 的工作合約。

請務必花點時間準確評估。

第一部分：提升個人表現

1. HTM 是否對您做為 RM 的表現提供準確的回饋意見？請以 1 到 9 分作答。
   (1) 非常不同意～(9) 非常同意

2. HTM 是否有提供具體建議來改善您的表現？
   (1) 非常不同意～(9) 非常同意

3. Please write down examples of areas where feedback is given and how he delivers the feedback.

Section 2: Communication

5. Does the HTM deliver information and work instructions to you accurately?
(1) **Strongly disagree** ~ (9) **Strongly agree**

6. Does the HTM communicate to you in a **polite and proper manner**?
(1) **Strongly disagree** ~ (9) **Strongly agree**

7. Does the HTM respond to your inquiries or request in a **timely manner**?
(1) **Strongly disagree** ~ (9) **Strongly agree**

8. Please provide any **additional comments** regarding the three questions above.

Section 3: Overall assessment of HTM

9. **Overall assessment** of HTM
(1) **Performed poorly** ~ (9) **Performed excellently**

10. What do you want to **praise** most about your HTM?

11. **What area** do you want to see more improvement from your HTM?

12. **Were there any instances when** you felt that you were treated inappropriately, wrongful, or unfairly by the HTM? If so, please write the words or behavior of the HTM that you perceived as inappropriate, wrongful, or unfair. *Please write **a specific instance/example** as a ground for your statement. Please try not to use ambiguous expressions or just a mere expression of emotions.*

13. Name of Reviewer

3. 請寫下回饋意見所屬領域與其提供方式的事例。

第二部分：溝通交流

5. HTM 是否有準確傳達資訊與工作指令給您？
(1) 非常不同意～(9) 非常同意

6. HTM 是否有以禮貌且恰當的方式與您溝通？
(1) 非常不同意～(9) 非常同意

7. HTM 是否有及時回應您的詢問或請求？
(1) 非常不同意～(9) 非常同意

8. 請就上述三個問題提供任何相關的補充意見。

第三部分：HTM 整體評價

9. 對 HTM 的整體評價
(1) 表現不佳～(9) 表現優異

10. 您最想稱讚您的 HTM 什麼？

11. 您希望您的 HTM 能在什麼方面多加改進？

12. 是否有任何情況讓您覺得您被這位 HTM 以不恰當、錯誤
或不公平的方式對待？若有此情形，請寫下您認為不恰
當、錯誤或不公平的 HTM 言辭或行為。
*請寫下具體情況／事例做為您的發言依據。請盡量不要使
用模糊的表達方式，或僅以情緒性字眼表達。*

13. 評鑑者姓名

在要求客戶或調查對象填寫申請表格或調查問卷時，最重要的是必須精準表達你的意圖，以減少作答時發生的錯誤解讀或混淆。因為就受訪者而言，若在填寫過程中出現難以及時解決的疑慮，有很高機率就會跳過該題不答或乾脆放棄作答。

若需要的是準確的調查結果，一般在編寫問卷時會盡量不顯露感情並保持客觀，尤其是在進行研究的情況下。不過，在一般商務情境之中，若希望作答的人能越多越好的話，應慎重選用客觀公正的用字遣詞，且建議採用如同受訪者是在你面前似的親切口吻表達。唯有容易理解且不枯燥乏味的問卷，才能收集到更多回覆，不是嗎？且也能藉此建立親切友好的品牌形象。

若將「Please answer the next questions on the latest update.」，改寫成「We have a few questions for you to help us understand your experience on the recent product update,」這種有如受訪者就在眼前的親切口吻，能讓對方因此對這份問卷留下更親切友好的印象。

Product update survey

Thank you for **agreeing to help us out!**

Your experience at Dezi **matters**. We want to understand your point of view. Please help us build a better product and support you better.

It'll take around 10 minutes to complete. Don't hold back – we can take it!

1. **Let's start simple** - what's your name?

2. **How long has it been since** you've been using our product?
    - Under a month
    - 1-3 months
    - 3-6 months

若能更具體描述問卷所欲達成的目的，如「We want to make our product easy and time-saving」的話，受訪者也能按照該具體要求來作答。

■ lively version—
功能更新及針對產品的回饋意見

用語力求簡明扼要、題目務必簡單明瞭，在需要說明的內容較多時，也可靈活運用圖片、動圖（GIF 檔）或影片。除了建議使用與受訪者對話的語氣之外，另一個訣竅則是在題目之間多加入一些反應或連接詞，讓題與題之間的銜接更為自然通順。若能營造出彷彿真的在對話，也就是給人一種在講電話或面對面交談的感覺，就可以提升受訪者的注意力與參與意願。

產品更新調查

感謝您**願意協助我們**！

我們**很重視**您在 Dezi 的體驗。我們希望能了解您的觀點。請幫助我們打造更好的產品並提供您更好的服務。

作答約需 10 分鐘左右的時間。不用有所保留——我們可以承受得住的！

1.　**我們從簡單的開始**——您的名字是什麼呢？

2.　您**已經**使用我們的產品多久了呢？
　　－未滿 1 個月
　　－1-3 個月
　　－3-6 個月

- 6-12 months
- More than a year

3. Wow, that's **quite a long time**! How do you currently use the product?
   - **For personal use**
   - Academic
   - Business to business
   - Business to consumer
   - Government/NGO

Great. **Let's find out** what you think about our recent update.

4. On a scale of 1 to 7, **how would you rate** the new analytics dashboard?
   (1) very dissatisfied - (7) very satisfied

5. What are the **main aspects** you like about the dashboard?

6. Awesome. And what don't you like? Please **be as specific as you can** here.

7. Do you have some other thoughts about the dashboard **you'd like to share**?

You're **halfway through** this survey.

8. **Could you tell us** which competitors' product you used before choosing us?

9. **Can you describe** how your life has improved after using our product?

On a scale of 1 to 7, let us know how strongly agree on the **following statements**:

－6-12 個月
　－超過 1 年

3. 哇，這樣真的很久耶！您目前是如何使用這項產品的呢？
　－供個人使用
　－學術目的
　－企業用
　－商用
　－政府／非政府組織

太棒了。**我們來了解一下**您對我們最近的更新有什麼想法吧。

4. 以 1 到 7 分作答，**您會給新的分析儀表板打幾分**呢？
(1) 非常不滿意～(7) 非常滿意

5. 您**主要**喜歡儀表板的哪些**方面**呢？

6. 太好了。那您不喜歡的是什麼呢？這裡**要請您盡可能具體描述**。

7. 您還有什麼針對儀表板的想法**想與我們分享**嗎？

您已經完成一半的問卷了。

8. **可以請您告訴我們**，在選擇我們的產品之前，您使用過哪些競爭對手的產品呢？

9. 您可以描述一下在使用了我們的產品之後，生活獲得了什麼改善嗎？

以 1 到 7 分作答，請告訴我們您對**下列陳述**的同意程度：

10. It was a great financial decision to invest in this product for my team/company.
    (1) do not agree - (7) strongly agree

11. **It is likely** I will recommend the product to a friend or colleague.
    (1) **not likely** - (7) **very likely**

12. **I feel** I have sufficient knowledge and expertise to use the product successfully.
    (1) do not agree - (7) strongly agree

13. And **what is one thing** we can do to improve your satisfaction with our product?

We have some final **things to clear up** – it should **take a couple of minutes**. **We'd like to know** how satisfied you are with our customer support team.

14. **How have** your interactions **been** with our CS team **so far**?

15. **How can we** improve your interactions with our CS team?

Nearly done! Before you go, tell us a bit about yourself.

16. What's your **position** at your company?

17. The size of your company?
    - **Fewer than** 10 employees
    - 10 ~ 49
    - 50 ~ 99
    - 100 ~ 299
    - **More than** 300

18. The **sector** your business is in?

10. 為我的團隊／公司投入資金在這項產品上，是一個很好的財務決策。
(1) 不同意－(7) 非常同意

11. 我可能會將這項產品推薦給朋友或同事。
(1) 不可能－(7) 非常有可能

12. 我認為自己具有足夠的知識與專業來有效運用這項產品。
(1) 不同意－(7) 非常同意

13. 另外，我們可以做些什麼來提高您對我們產品的滿意度呢？

我們最後還有一些事情想知道——這應該會花上您幾分鐘的時間。我們想知道您對我們客服團隊的滿意程度。

14. 到目前為止，您與我們客服團隊間的互動情形如何呢？

15. 我們能如何改善您與我們客服團隊間的互動情形呢？

快完成了！在您離開之前，請告訴我們一點關於您自己的事情。

16. 您在貴公司擔任何種職位？

17. 貴公司的規模？
－少於 10 名員工
－10 ~ 49 名
－50 ~ 99 名
－100 ~ 299 名
－超過 300 名

18. 您的產業別為何？

19. We wish to use your answers for **promotional purposes** (e.g., for testimonials, social media, marketing campaigns). Are you **OK with us** doing this?
    - Yes, I agree.
    - No, only use it **internally**.

20. And finally, **drop us** your email address, and we'll send you a 10% discount promo code.
    We also may get in touch with you in case we have any further questions.

    Thank you so much **for your time**!

■ 與問卷調查及作答相關的表達方式

進行問卷調查

- How satisfied are you with (sth)：
  您對某事物有多滿意？
- How likely would it be ~：～的可能性有多高？
- Were there any instances when ~：
  有過～的情形發生嗎？
- How would you rate (sth)?：
  您會如何評價某事物呢？
- What is one thing (that) ~?：～的事是什麼？
- We'd like to know (sth)：我們想知道某事物
- How can we ~：我們能如何～呢？
- Could you tell us (sth)?：可以告訴我們某事物嗎？
- Can you describe (sth)?：您可以描述某事物嗎？
- How have (sth) been?：某事物（的狀態）如何？

19. 我們希望能將您的答覆用於**行銷目的**之上（如：使用感想、社群媒體、行銷宣傳活動）。您**同意讓我們**這樣做嗎？
    －是的，我同意。
    －不，僅供**內部**使用。

20. 最後，**請留下您的電子郵件地址**，我們會寄給您可折抵10% 的優惠碼。
    *若我們有任何**進一步的疑問**，也可能會與您聯繫。*

    非常感謝您的參與！

- Before you go, tell us (sth)：
  在您離開之前，請告訴我們某事
- Be as specific as you can：請您盡可能具體描述
- (sth) you'd like to share：你想分享的某事
- I feel ~：我認為／覺得～
- If so：若是如此
- what area：什麼領域／部分
- main aspects：主要方面
- so far：到目前為止
- a specific instance/example：具體情況／事例

可計量資訊
- on a scale of 1 to 9：以 1 到 9 分作答
- strongly disagree：非常不同意
- strongly agree：非常同意
- It is likely：有可能
- not likely：不可能

- very likely：非常有可能
- fewer than ~：未滿／少於～
- more than ~：超過～

題與題間的銜接
- Let's start simple：我們從簡單的開始吧
- Let's find out (sth)：我們來了解一下某事物
- following statements：下列陳述、下文
- take a couple of minutes：花上幾分鐘
- halfway through (sth)：某事物進行到一半了
- Nearly done!：快完成了！
- (sth/sb) matters (to us)：
  （我們）很重視某事物／某人
- things to clear up：想要了解的事項

問卷說明
- satisfaction survey：滿意度調查
- purpose of this survey：此次調查目的
- objectively know：客觀理解或掌握
- will not affect (sth)：不會對某事物造成影響
- agreeing to help us out：同意幫助我們
- confidential：保密的
- disclose：揭露、公開
- feel free to ~：請盡情去做～、歡迎去做～
- comments and/or suggestions：意見及／或建議
- go over：仔細查看
- thoroughly：徹底地、從頭到尾
- reflect：反映
- for personal use：供個人使用、用作私人用途
- promotional purpose：行銷目的

問卷收尾

- position：職位
- (industry) sector：產業別、產業部門
- OK with ~?：同意～嗎？
- internally：內部地
- drop us (sth)：留下某事物給我們
- further questions：進一步（或更多）的疑問
- for your time：您（耗費時間）的參與

其他

- appraisal：評價、評估
- evaluate accurately：準確評估
- polite and proper manner：禮貌且恰當的方式
- timely manner：及時、適時地
- additional comments：補充意見
- overall assessment：整體評價
- praise：稱讚
- by the end of the month：於月底以前

即使不使用問卷調查或要求填寫申請書，我們也經常需要從客戶或利益相關者的身上獲取更多資訊。不管是透過書面還是電話詢問對方，或直接跟對方在面對面的會議上進行對話，試著在各式情境之中運用所學的表達方式，製作一份調查問卷吧！

1 | The **purpose of this survey** is to find out how well you have adjusted to working from home.
這次調查的目的在於了解大家對於在家工作的調適情形。

2 | Due to the **confidential** nature of the information given, some parts of the confession will be redacted. Fortunately, **this will not affect** the outcome of the investigation.
基於所提供資訊的**機密性**，將會刪減部分供述的內容。幸好，**這將不會影響**此次調查的結果。

3 | **Feel free to** leave a comment in the suggestion box. Rest assured that your identity will not be **disclosed** at any point.
歡迎在意見箱中留下您的意見。請放心，您的身分絕不會被**洩漏**。

4 | On a scale of one to ten, **how satisfied are you** with your current job?
分數 1 到 10，您對於目前工作**有多滿意**？

5 | **How likely would it be** for you to fall for the same trick twice?
您被同樣的招數騙兩次的**可能性有多大**呢？

6 | Please send my thanks to R&D for **agreeing to help us out** with the necessary research files.
請向研發部門表達我對於他們**願意協助我們**處理所需的研究檔案的謝意。

7 | New employees are expected to have learned the ropes **by the end of the month.**
新進員工被預期能**在這個月底以前**上手。

8 | It's only natural to **go over** any contract with a fine-tooth comb.
仔細且徹底地**檢查**所有契約才是正常的。

9 | In our company, every opinion **matters**.
在我們公司，所有意見都是**重要的**。

10 | **How long has it been since your last** appointment at the dentist?
您**上一次**和牙醫約診**是多久之前**的事了？

11 | Company resources are not **for personal use** under any circumstances.
公司的資源在任何情況下都不能**用作私人用途**。

12 | **How would you rate** the **main aspects** of finance based on their contribution to the economy?
根據金融對經濟的貢獻程度，**您會對其主要面向做出何種評價**？

13 | When responding to questions from your superior, it's important to **be as specific as you can** be.
在回覆你上級的問題時，**盡你所能地具體回答**是很重要的。

14 **Can you describe** your ideal working environment?

您能描述您理想中的工作環境嗎？

15 It shouldn't **take more than a couple of minutes to clear things up** at the front desk.

在前台把事情處理完畢應該不會花超過幾分鐘的時間。

16 The agricultural **sector** employed **fewer than** 5% of the population, although that's marginally more than the percentage employed in the mining sector.

農業部門的雇用人口不到 5%，但這已略高於礦業部門的雇用人口比例了。

17 We may use some of the content for **promotional purposes**.

我們可能會將部分內容用於行銷目的。

18 I hope you are **OK with us** first running the campaign **internally**.

我希望您同意我們先在內部進行這項宣傳活動。

19 For any **further questions, drop us** an email at yuha@tella.co.kr and we will make sure to get back to you.

如有任何其他疑問，請寄電子郵件至 yuha@tella.co.kr 給我們，我們一定會回覆您。

20 BO Holdings will fully compensate you **for your time** once the conference is over.

這場會議一旦結束，BO 控股就會對您所花費的時間提供全額補償。

Chapter 05

電子郵件：
對陌生人提議進行合作

　　你曾向素昧平生、甚至身處不同國度的人提議要進行合作嗎？即使不是行銷人員，還是經常會遇到需要寄送冷郵件（cold mail）或撥打冷電（cold call）的狀況，當對象是外國公司或外國負責人時，我們尤其可能會不知道要如何才能拉近與對方的距離。除了必須使用英文之外，在聯絡時也常會煩惱該怎麼做才不會因為文化差異而冒犯對方，又能夠進一步取得自己想要的資訊。在這種情況下，比起運用英文的能力，其實會更想知道「可以這樣直接寄郵件給對方嗎？」或「我的意思有正確傳達給對方嗎？」。還記得我剛開始透過電子郵件跟外國公司或業務負責人聯繫時，也曾因上述原因而在下筆時絞盡腦汁，內容一改再改。

　　隨著不斷累積跟未曾謀面者聯繫的經驗，我發現即使使用的是同一句英文，對方的反應也會因國家、地區、產業、公司或本身個性上的差異而有所不同。但也正因如此，在利用電子郵件溝通時，不需要過於擔心自己是否會失禮。此外，因為我們不是英語系國家出身，所以當對方用英文跟我們聯繫，或在閱讀郵件時也會考量到這一點。相較於禮不禮貌，更重要的是能夠讓對方產生興趣並願意回信，讓自己有機會能進一步說明想說的主題。

■ 提議進行合作的電子郵件

在撰寫提議進行合作的電子郵件時，信件主旨必須能引起收件人的注意，確保他們可以迅速且清楚地掌握來信意圖。在標題與導言部分直接表明意圖後，很重要的是必須在接下來的內容之中，

Title: [Tella] Collaboration Proposal: a Chat-Based English Education Start-up from Seoul, South Korea

Dear Professor Chris Blake,

I am Yuha Jin, CEO and co-founder of Tella, a chat-based English education start-up from Seoul, South Korea.

Tella provides 1:1 English native tutoring via chat (text messaging), where a customer speaks and receives instant corrections on their English sentences from a professional tutor.

We have been running this business for the past six years, and with a total of 80,000 users, Tella is probably the largest chat-based English learning company with real, trained tutors (besides language exchange apps). We plan to go global next year.

To learn more about Tella:
— How Tella Works (1 min. video) (with English subtitles)
— Brochure
— About the company (2pg)

I am writing this email regarding the paper you authored, *Potential of Text-based Internet Chats for Improving Oral Fluency in a Second Language.*

從收件人的角度出發，說明來信意圖與收件人本身間的關聯性，讓收件人得以立即了解寄件人的身分為何。

標題：[Tella] 合作提案：來自韓國首爾，以對談為基礎的英文教育新創公司

親愛的 Chris Blake 教授：

我是 Tella 的執行長及共同創辦人 Yuha Jin，Tella 是一間來自韓國首爾，以對談為基礎的英文教育新創公司。

Tella 透過對談（傳送文字訊息）提供 1 對 1 的道地英語教學，顧客可在此和專業教師對話，並收到針對他們英語句子的即時修正。

我們在過去六年來一直經營著這項事業，並擁有共 80,000 名使用者，Tella 可能是（除了語言交換應用程式以外）以對談為基礎、配有受過訓練的真人教師的英文學習公司中最大型的。我們計劃要在明年進軍國際。

了解更多 Tella 相關資訊：
－Tella 的運作方式（1 分鐘影片）（配有英文字幕）
－說明冊
－關於本公司（2 頁）

我會寫這封電子郵件，是與您所撰寫的那篇《以文字為基礎的網路對談於增進第二語言口語流暢度之可能性》論文有關。

A few years ago, I was searching for academic research to back up the effectiveness of our chat-based learning method. I was very fortunate to find your work. I was surprised by what you said in your paper about the reason why chat-based learning is effective compared to other methods because it was the very same thing that our customers consistently tell us in their testimonials.

I would like to propose a collaboration to promote the effectiveness of chat-based learning. If you are open to doing so, I would love to have a Google Meet or Skype meeting with you to introduce Tella a bit more and discuss my proposal.

Sincerely,

Yuha Jin

■ 仔細觀察上面這封信的內容

標題——直接表明目的與身份。因為事先預想對方在看到由陌生人寄來的信時，可能會誤以為是廣告信，或根本不打開查看，所以這裡最好附上公司名稱、來信意圖及公司簡介。「Chatbased」和對方的研究領域有關，而會寫「start-up」、「Seoul, South Korea」則是因為我覺得收件人看到這些字眼會產生興趣，所以就寫上去了。

[Tella] Collaboration Proposal - a chat-based English education start-up from Seoul, South Korea
- Collaboration Proposal：合作提案

在數年前，我當時正在尋找學術研究成果，來佐證我們以對談為基礎的學習方法的有效性。我非常幸運地找到了您的論文。對於您在論文中提及，之所以以對談為基礎的學習方法，成效會優於其他方法的原因，我感到很驚訝，因為這個原因，和我們顧客在他們的使用心得中不斷告訴我們的，正是同一件事。

我想提議就推廣以對談為基礎的學習方法的有效性的這件事進行合作。若您有意願，我很樂意與您利用 Google Meet 或 Skype 見個面，跟您再多介紹一下 Tella 並討論我的提議。

誠摯地，

Yuha Jin

寄件人的自我介紹——在介紹公司之前，先以寄件人的角度來自我介紹，並說明自己所屬的公司或機構，也可提及公司地址。

- from/based in：位於～、位在～、以～為根據地的

公司介紹——簡單介紹一下公司、事業或專案計畫的內容，這裡要特別強調有可能會勾起對方興趣的重點。

告知公司／事業／專案已設立或執行了多久

- have been running the business for ~ years：
  已經營這項事業～年了
- in its 8th year of ~：在從事～的第 8 年
- The company was founded/established in 2020：
  這間公司創立於 2020 年

描述公司的成就或成績

- The largest ~ company in Korea：韓國最大的～公司
- The number one chat-based service globally：
  全球排名第一的對談服務

  > ＊ 相較於 in the world，更多人會用 worldly、globally 這兩個
  > 字，雖然 in the world 和 in the universe 看起來會比較有意
  > 思，而且略帶有誇飾意味，不過一般而言不太會用到。

提及公司的計畫或目標

- We will go global：我們會進軍國際
- We plan to enter the ~ market：
  我們計畫要進軍～市場
- We aim to become the number three company
  by market share by 2022：我們的目標是在 2022
  年以前成為市占率排名第三的公司

在**郵件正文**中介紹公司、事業或專案計畫時，相較於長篇大論，
請直接提供相關內容的連結或附上檔案就好，不用做太多解釋。

- To know more about ~, check out the link
  below/check it out here：欲了解更多～的相關資
  訊，請查看下方連結／請點這裡

可以把超連結放在上面句中「here」的位置。

請使用下列表達方式來表明**寄件意圖**。

- I am writing this email to ~：我寫這封信是想要～
- I am writing this email regarding ~：
  我寫這封信是與～有關
- The purpose of this email is ~：這封信的目的是～
- The reason I'm writing this email is ~：
  我寫這封信的原因是～

  > ＊ 上述表達方式中的 writing this email 也可替換為 writing to
  > you。

就我個人而言，我喜歡先提及**對方與自己的關聯性**，再表明這封信所欲達成的目的。請試著站在閱讀這封信的人的立場想想看，信箱中湧入了大量的信件，若寄件人是和自己素昧平生的陌生人，那麼相較於對方想透過這封信傳達給我的資訊，我想我會更好奇對方跟我之間到底有什麼關聯性。比起那些讓我覺得只是把我當成行銷對象之一的人，我會對那些有在真正關注我做了什麼事的人更感興趣。

因此在寫信時，請先說明自己跟對方之間有著什麼樣的關聯性，再誠懇陳述自己對他／她感興趣的原因。

認識或知道對方的時間點

- A few years/months/weeks/days/hours ago/back
  幾年／月／星期／天／小時前

提及對方做過的事

- I was fortunate to find your work：
  我很幸運地發現了您的作品
- I was surprised/astonished/stunned：
  我對～感到驚訝／震驚／驚豔
- I find it interesting/intriguing/amusing/
  compelling/fascinating（有意思、有趣、迷人的）/
  refreshing（令人耳目一新的）/thought-provoking
  （發人省思的）/impressive（令人印象深刻的）：
  我認為～相當～

在欲達成的目的方面，如果想仔細陳述未來實際合作的內容或方向，相較於在第一封電子郵件裡詳述，最好還是跟對方以視訊會議等方式來詳談會比較好。因此，在第一封電子郵件裡，我們就先表明自己是基於何種目的想跟對方合作，並且以列出重點（bullet point）的方式來提及具體的合作內容吧！

- I (would like to) propose/ask/request (sth)：
  我想要提議／請求～（某事物）

信件的結尾要提出**要求行動**，也就是希望收信人去做的 action（行動），大部分會是請求對方回信或進行視訊會議。在無法實際與對方接觸的情形下，盡可能誘使對方答應參加視訊會議，也是建立良好關係的方法之一。

- I would love to have a Hangout or Skype meeting.
  我會很樂意舉行 Hangout 或 Skype 會議。
- Let's schedule (sth)：
  我們來安排進行某事物的時間吧

最後別忘了**署名**。
在以官方名義發出的信函或合約文件之中，有時會寫上職稱和隸屬關係，但若雙方的對話不是那麼正式，則僅會輕鬆地以名字簡單署名。

就我個人而言，如果寫信的對象和自己還不太熟，那麼我習慣用全名署名，但若雙方曾有一面之緣或對方都只稱呼我的名字時，我在署名時也會把姓氏去掉，只留下名字，不過，若覺得只留下名字會有點奇怪的話，加上姓氏也無妨。

Dear Mr. Jin,

Thank you for your email and **congratulations on** building such a successful business. **As you must know**, there is a **good bit of** competition right now in the field of English language services, so to have grown a user base of 80,000 customers in just six years is **no small accomplishment**! Your promotional video is excellent, and I must say I loved the reference to OPIC. (I am a certified rater for OPIC and have listened to hundreds of Koreans taking the test over the years.)

In regards to my cognitive research on fluency and online learning, **I'd welcome the opportunity to** meet with you sometime to discuss the underlying theory of the study and to

問候語（最常使用的結尾語）

- Sincerely,
- Best,
- Regards,
- Best regards,
- Warm regards,

表達感謝之情

- With appreciation,
- Many thanks,

增加個人情感

- Yours respectfully,
- Yours truly,
- Yours sincerely,

在我信件寄出後不到一天，就收到了回信，內容如下：

親愛的 Jin 先生：

　　感謝您的來信，並恭喜您建立了如此成功的事業。您一定知道，現在英文語言服務的這個領域之中，競爭十分激烈，因此僅在六年間便成長至擁有 80,000 名用戶，這真是不小的成就！您的宣傳影片很棒，且我一定要告訴您，我非常開心裡面提到了 OPIc。（我是 OPIc 的認證考官，且在這些年間已經聽過了數百名韓國人的應試內容）

　　關於我對流暢度和線上學習的認知研究，我很高興能有機會與您找個時間會面，討論這項研究的背後理論並聽聽您的提議。

hear your proposal. It sounds like we have much in common, and a discussion about **collaboration in some form seems in order. As you probably noticed, my primary work** is that of professor, so summer is a good time to engage in discussion and ideas outside of the university.

Please let me know when would be a good time for you to me. **My schedule is relatively open this week**, and I am willing to get up a couple of hours early if that helps out with the time zone difference.

I am looking forward to hearing more about your work soon.

Best,

Chris Blake

甚至還來不及回覆,

Ms. Jin,

Please forgive my incorrect **salutation** of "Mr." in my previous email which I realized was incorrect when I just saw a **publicity piece** about your company on the internet :) **Second-guessing** the gender of non-Western names is something I should know better not to do by now :)

Take care,

Chris

他發現自己用錯了稱呼,所以寫信來表示歉意並更正稱呼。因為英文中的稱呼有男女之分,所以當對方的名字無法提供足以判定

聽起來我們有著很多共通點，所以**看樣子**我們要討論以何種形式進行合作是沒問題的。**您可能注意到了，我主要的工作是教授**，所以夏天會是參與大學校外的討論和發想的好時機。

請告訴我您什麼時間方便。**我這星期的行程相對來說比較自由**，且如果這樣做可以解決時差問題的話，我願意提早幾個小時起床。

期待能很快聽到更多與您工作有關的資訊。

祝好

Chris Blake

就收到了對方寄來的後續追蹤信（follow-up email）。

Jin 小姐：

請原諒我在前一封電子郵件中錯以「先生」來**稱呼**您，我是剛剛在網路上看貴公司的相關**宣傳影片**時，才發現了這個錯誤：）現在我知道最好不要**隨意猜測**非西方姓名的性別了：）

祝健康

Chris

性別的資訊時，發生判斷錯誤的情況也是在所難免的。

Professor Chris,

Yes, **that time will** also **work for** me and my colleague,
Ms. Esther Lee, who will be joining as well.

Please use the Hangout link below :

https://meet.google.com/abc-def-ghi

We'll meet you on Tuesday 9 am KST = Monday 7 pm
CDT then!

I wish you a wonderful week ahead!

Sincerely,

Yuha Jin

Ms. Jin,

I just **accepted the invitation**. Since I'm EST, it will be 8:00
pm for me, but that should actually **work out** a little **better**.

Take care. See you Monday!

■ 初次聯繫後的通信相關表達

回信

- Thank you for your email.：謝謝您的來信。
- congratulations on (sth)：恭喜某事物
- As you must know：您一定知道
- good bit of ~：相當～、頗為～
- no small accomplishment：絕非小成就、相當不簡單

Chris 教授：

是的，**這個時間對**我和也會和我們一起會面的 Esther Lee 小姐來說也**可以**。

請使用下方的 Hangout 連結：

https://meet.google.com/abe-def-ghi

那麼我們會在星期二 KST 時間的上午 9 點＝星期一 CDT 時間的晚上 7 點與您會面！

祝您有美好的一週！

誠摯地

Yuha Jin

Jin 小姐：

我**剛剛接受了邀請**。因為我過的是 EST 時間，所以對我來說會是晚上 8 點，不過這個時間其實應該會**更適合**一點。

祝健康。週一見！

展開對話

- In regards to (sth)：關於某事物
- I'd welcome the opportunity to (sth)：我很高興有做某件事的機會
- to discuss (sth)：討論某事物
- have much in common：有許多共通點
- collaboration in some form：以某種形式進行合作

- (sth) seems in order：某事的發生似乎已就緒
- As you probably noticed：正如您可能已經注意到的

- My schedule is relatively open this week：
  我這禮拜的行程相對來說比較自由／我這星期有空的
  時間比較多
- that time will work for me：這個時間我可以
- accept the invitation：接受邀請
- work out better：更好、更適合

確定其他表達方式
- my primary work：我主要的工作
- publicity piece：宣傳影片
- second-guess：揣測、隨意猜測
- salutation：信件開頭的稱呼語

■ 視訊會議時可能會發生的情況

透過電子郵件溝通到一半，要改為進行視訊會議時難免會緊張。
原因可能是因為不知道對方的長相，或者就算知道對方的長相，
也會擔心對話會不會尷尬、是否能達成目標、雙方是否都能夠聽
懂彼此想說的話等等，所以緊張是非常自然的一種反應。這樣比
喻可能有點誇張，不過進行視訊會議的感覺其實就像相親似的。
比起過度擔心，請以略為緊張的心情來準備會議吧。
視訊會議的優點在於對談時可以把預期要談的事項要點放在眼
前。所謂的對談，並非自己想到什麼就說什麼，與其把你想說的
都寫下來，建議先想好要從哪個值得討論的話題開始，或是要以
什麼樣的對話節奏來進行等，請試著從這種大方向著手進行準
備，並以 bullet point（列出重點）的方式寫下重點事項。

把在這場視訊會議中一定要提到的事項編寫成對談流程，並利用朗讀的方式來熟悉內容也是不錯的方式。

會需要花較長時間陳述的部分，如公司介紹、服務介紹、提議內容事項等等，最好能夠按照己身原意準確傳達，因此會建議在事前像準備演講似的來準備，以降低緊張感。不過，相較於要做一場完美的演講，最好還是把重點放在要如何好好傳達自己想傳達的訊息之上。

Bullet point 備忘錄範例

介紹 Tella

- 市場＆Tella 的歷史
- 透過體驗帳號來呈現公司所提供的服務內容
- 透過影像來說明分析資料：實際成果
- 介紹經營 B2B 的企業
- 介紹用戶們加入 Tella 的途徑

想請教教授的問題

- 身為教授，目前正在進行何種研究
- 開始進行與對談相關的研究契機為何
- 您成為 OPIc 考官的契機為何

想跟教授合作的重點事項：「想要宣傳透過對談學習英文的效果」

- 以教授的研究內容為基礎，宣傳「用對談學英文」的效果，藉此吸引更多新用戶。
- 就長遠而言，以用戶的數據資料為基礎來進行研究也不錯。
- 就短期來看，想和教授一起拍一部影片來做為宣傳內容之一。

Tella 與 Chris 教授間的視訊會議進行了將近 1 個小時，團隊成員亦一同參與其中。下列是根據有助於會議順利進行的表達方式來重新編寫的部分對話內容。

開頭問候／介紹 & chit chat（閒聊）

Y:　Hello, can you **hear me well**?

C:　Yes, I can hear you well. Can you hear me well?

Y:　Yes, your **voice is very clear**. That's great!
Well, thank you for having this meeting with us today!
I'm Yuha, CEO of Tella and the one that had **emailed** you,
and this is Esther, my colleague and marketer of Tella. She
is also familiar with your work, so I asked her to **be part of
this conversation**.

C:　Awesome. I'm Chris. I'm currently a professor at Lee
University, in the TESOL department, although currently
we are having classes online. I'm very excited to have this
conversation with you.

Y:　We are as well. It's 9 am here in Seoul. What time is it there?

介紹 Tella

Y:　**I appreciate your time**. So I think **you already know a bit
about** Tella, but I'll **give** you **a brief introduction**.
My co-founder and I started the business in 2014, initially to
create jobs for university graduates in East Africa, where they
had an 83% unemployment rate at times. **It's been six years
since then**, and we've been able to grow and hire more than
100 tutors total, serving over 80,000 users. We're trying to
raise investment and grow at a faster rate this year. We also
plan to go global next year, starting with Japan and Taiwan.

C:　That's great. I did research about Tella online and got to
know about your work, and what I can say is that I am **very
impressed** with the 80,000 users you've accumulated so

Y： 您好，**聽得清楚**嗎？

C： 是的，我聽得清楚。您能聽得清楚嗎？

Y： 是的，**您的聲音非常清楚**。太棒了！
嗯，感謝您今天跟我們會面！
我是曾和您**通過信**的 Tella 執行長 Yuha，這位是我的同事 Esther，她是 Tella 的行銷人員。她也對您的論作很熟悉，所以我請她**一同參與這次討論**。

C： 太棒了。我是 Chris。目前擔任 Lee 大學 TESOL 部門的教授，不過我們現在上的是線上課程就是了。我非常開心能和各位進行這次討論。

Y： 我們也很高興。首爾這裡現在是早上 9 點。您那邊是幾點呢？

Y： **謝謝您（抽空和我們進行討論）**。雖然我想您已經對 Tella **有些了**解了，但我還是**為**您簡單介紹一下。
我和我的合夥人在 2014 年成立了這間公司，起初是想為東非的大學畢業生創造工作機會，那裡的失業率有時會到 **83%。從那時起到現在已經過了六年**，我們已成長到有能力可以聘請超過 100 名的教師來為超過 8 萬名用戶提供服務。我們今年正在試著募集資金並以更快的速度成長。我們明年亦計畫要從日本跟台灣開始來進軍全球。

C： 很棒。我有在網路上搜尋了一下 Tella，也對你們的業務有所了解了，而我只能說我對你們至今已經累積了 8 萬名用戶的這件事**感到非常印象深刻**，

far, and the service that you have built is quite amazing. That's a **huge accomplishment** as a startup.

Y: We still **have a long way to go**, but thank you so much for the compliment.

向對方提問

Y: **So before we go onto** what we wanted to discuss with you today, we had some questions about your work. We **obviously know** about your research on chat English and that you are a professor at Lee. We were curious about what area you are currently focusing on. **You mentioned in the email** that your **areas of expertise** are training teachers and curriculum design. Can you explain your work to us more specifically?

更具體地詢問對方的背景資訊

C: …. I also run an LLC, consulting clients on training their employees.

Y: **Wow, I didn't know that!** What kind of consultation do you give? **If it's okay**, can you share some of the projects you've done in the past?

提及會面目的

Y: So, **what we wanted to discuss today** is if there is room for collaboration.

各位所打造的服務內容也相當令人驚艷。做為新創公司，這真是巨大的成就。

Y： 我們還有**很長的路要走**，但真的很謝謝您的讚美。

Y： **那麼在我們進入今天的正題之前**，我們有一些與您工作相關的疑問。我們**當然知道**您在透過對談學英文上所做的研究，也知道您是 Lee 大學的教授。我們好奇的是您目前將研究重心放在什麼領域之上。**您在電子郵件中提到過，您的專業領域**是教師培訓及課程設計。能請您更具體地向我們說明一下您的工作嗎？

C： ……。我也開了一間有限公司，為客戶在員工培訓上提供諮詢。

Y： 哇，我不知道這件事耶！您提供的是什麼類型的諮詢呢？如果可以的話，能請您分享一些您過去曾做過的專案嗎？

Y： 那麼，**我們今天想討論的是**，是否有合作的空間。

收尾

C: Wow, **it's already been** an hour and a half. I promised my
daughter to go over her homework, so unfortunately I'll
have to say goodbye soon.

Y: That's fine. Wow, I lost track of time! **Let's schedule
another meeting to continue this conversation.**

C: It was **great talking to you today.**

Y: Me, too! Thank you again! Talk to you next time!

視訊會議後收到回覆信件──可能是因為很喜歡 Tella，所以
不到一天的時間，對方就寄出了後續追蹤的電子郵件。

Ms. Jin,

    I enjoyed our meeting this evening and learning more
about Tella. Your service is unique, and I especially appreciate
the ethical and moral foundation on which your company is
built. Given the **favorable conditions** for virtual learning, I see
the possibility of Tella expanding globally as well as into new
sectors of language education. **The possibility of** collaborating
with your team to help grow Tella into the future is truly
exciting, and **I look forward to** our next conversation **to learn
more about** your proposal and ideas.

    All best,

    Chris

C： 哇，已經過一個半小時了。我答應過我女兒要去檢查她的回家作業，所以很遺憾我很快就得說再見了。

Y： 沒關係。哇，我沒有注意到時間！**我們再安排一場會面來繼續今天的討論吧。**

C： **今天很高興能和各位聊聊。**

Y： 我也是！再次感謝您！下次再聊！

Jin 小姐：

　　我們今晚的會面相當愉快，且我對於 Tella 也更了解了。您提供的服務是獨一無二的，且我尤其欣賞貴公司成立所基於的倫理和道德基礎。考量到虛擬學習的**優勢，**我認為 Tella 除了能進入語言教育的新領域之外，也有機會能拓展到全世界。**能有機會**與您的團隊合作，幫助 Tella 走向這樣的未來，真的相當令人興奮，**期待**在我們下次的討論中，能對您的提案及構想**有更多了解。**

　　祝　一切順利

　　Chris

■ 視訊會議中常用的表達方式

確認連線狀態

- Can you hear me well?：聽得清楚嗎？
- Is the audio clear?：聲音清楚嗎？
- Is the connection okay?：連線可以嗎？

開會到一半連線狀態不穩時

- Sorry, I just lost you for (a few seconds)：
  抱歉，我（有幾秒鐘）沒聽到你説什麼
- Can you repeat what you just said? I heard you up to "~"：能請你再説一遍你剛才説的話嗎？我只聽到你説「～」那裡。
- The connection is weak. / The video is frozen. / I can't hear you. / I'll step out and come back again：連線不穩。／畫面當掉了。／我聽不清楚。／我會先出去再重新連一次。

因為突發狀況而需要暫時中斷時

- Sorry, there's an emergency：抱歉，有緊急狀況。
- Sorry, time's up on the boardroom/meeting room I'm in. Can you wait a minute? I'll relocate and get back in.：抱歉，我待的會議室的預約時間到了。可以請你等一下嗎？我換個地方再回來。

需要一邊移動一邊開會時

- I'll be on the move during the meeting. I apologize in advance：我會一邊開會一邊移動。先説聲抱歉。

單純旁聽時

- I'll be listening in to the meeting and will mute my mic.：這場會議我會將麥克風調成靜音旁聽。

有人沒開麥克風就發言時
- You muted your mic.：你的麥克風調成靜音了。
- I/We can't hear you：我／我們聽不到你說話。

展開對話
- Before we go into ~：在我們進入～以前
- Before we discuss (sth)：在我們開始討論某事物前
- What I wanted to discuss/talk about today is (sth)：我今天想討論／談論的是某事物

再次回到主題
- Going back to what I was saying：
  回到我剛才說的
- Going back to where we were at：
  回到我們剛才在討論的那裡

發問時
- If it's okay with you, I was curious about (sth)：如果可以的話，我想知道和某事物有關的事
- I have a question：我有個問題
- Can you elaborate on (sth)?：
  可以請你詳細說明某事物嗎？

無法理解而要求再說明一次時
- I'm sorry, but I'm not sure if I understood you correctly. Can you explain that again?：抱歉，但我不確定我是否理解正確。可以請你再說明一次嗎？
- Let me see if I got it correctly.：讓我確認一下我的理解是否正確。（後面接著描述自己所理解的內容）

表達謝意
- Thanks for the compliment.：謝謝讚美。
- I appreciate your feedback.：謝謝您的回饋意見。

- Thank you so much for your time today. I appreciate it. ：非常感謝您今天抽空參加。 我很感激。

收尾時

- Don't hesistate to ~：不用猶豫～、請直接～
- Let's talk about this next time.： 這件事我們下次再談吧。
- We'll get back to you via email on (sth) very soon：我們很快會透過電子郵件就某事物回覆您。

我們在這個章節中，學到了在聯繫陌生人時常會用到的表達方式。若在現實生活中遇到初次見面的人，無論是想要做介紹還是展開對話，這些表達方式也都能派上用場。現在就一起將前面學到的表達方式化為己用吧！

1 | **Proposing** a strategic partnership between Seven Company and Blossom.
提議 Seven 公司與 Blossom 之間建立策略性的夥伴關係。

2 | Our company, Sally, is a women's fast fashion commerce company **based in** Brooklyn, New York.
我們公司 Sally 是總部設立於紐約布魯克林的女性快時尚貿易公司。

3 | Our company was **established in** 1999 and has been operating for 31 years.
我們公司成立於 1999 年，且已營運了 31 年。

4 | 2me2 is the **number one dating app** in Korea and **top-10 globally.**
2me2 是韓國排名第一、世界排名前 10 的約會應用程式。

5 | If you want to know more about the cosmetic product line we are selling this season, **check it out at the link below.**
如果您想了解更多與我們本季銷售的化妝品系列產品相關的資訊，**請查看下方連結。**

6

I **am writing to** give you a follow-up on last week's meeting regarding the Christmas marketing campaign.

我寫這封信，是想就上週的聖誕節行銷宣傳活動會議提供後續的消息。

7

I contacted you because I found your portfolio on Behance **a few weeks back** and thought that your design is a great fit with our brand.

我跟您聯繫，是因為我在幾週前於 Behance 上發現了您的作品集，而我認為您的設計非常適合我們品牌。

8

I **was stunned by** how much you have accomplished in a short time.

我對於你在短時間內就能取得這麼好的成果感到非常驚訝。

9

I found your content very **thought-provoking** in many ways.

我認為您的內容在許多方面來說都非常發人深省。

10

I find your software very innovative. We're considering purchasing it. **I would like to request** a demo.

我認為您的軟體非常創新。我們正在考慮購買。我希望能取得試用版。

11

I would love to visit Korea and meet you when the **circumstances allow me** to do so.

在情況允許下，我很樂意前往韓國與您見面。

12 | **Thank you for your** prompt reply. **Let's schedule** a meeting for next week.

感謝您迅速回覆。我們來安排下週開會的時間吧！

13 | **Congratulations on** having a 300% increase in revenue last month. It's **no small accomplishment**!

恭喜您上個月的營收成長了 300%。這是不小的成就！

14 | **As you must know/As you probably noticed**, the industry atmosphere isn't that good.

您一定知道／如同您可能已經注意到的，業界的氛圍現在沒有那麼好。

15 | I am definitely open to **collaboration in some form**. Suggest any ideas you have, and we can talk.

我絕對願意以某種形式進行合作。提出您現有的任何想法，然後我們就可以討論一下。

16 | My **schedule is relatively open** this week so let me know a good time for you. I'll **adjust my schedule accordingly**.

我這禮拜的行程相對來說比較自由，所以只要跟我說您方便的時間就好。我會再配合調整我的行程安排。

17 | Research **seems in order** before we dive into a discussion.

在我們深入討論之前，似乎要先進行研究調查。

18 **Don't hesitate to** email any ideas for collaboration after today's meeting.

在今天的會議之後，請直接透過電子郵件來發送任何跟合作有關的構想。

19 I think that the whole company has to **be a part of this conversation** for our **future endeavors** to go smoothly.

我認為整間公司都必須參與這次的討論，讓我們未來所做的努力都能夠順利進展。

20 Two hours **have passed already**. I don't think we'll get anywhere dragging on this discussion. Let's wrap up here and have some time to **pull our ideas together**.

已經過兩個小時了。我不覺得我們再這樣談下去會有任何進展。我們今天就到這裡結束，然後花點時間整理一下我們的意見吧。

視訊通話時—通話文化相關

就我個人而言，用英文對話並不會有什麼不方便，但因為我沒有在英語圈或美國文化圈生活過，所以在跟英文母語者利用視訊會議來對話時，我有了全新的體悟，這種體悟主要跟文化差異有關。若想在溝通上不造成誤解，建議各位可以參考下述內容。

1. 謙虛的表達 vs. 肯定的表達：

我們在介紹自己或所屬組織時，雖然也會提及值得驕傲之處，但即使只是想要表現出禮貌，「謙虛是一種美德」的態度也已成了習慣，所以多半會採用謙虛的表達方式。不過，英語圈的人其實並不常使用這種謙虛的表達方式，所以不需要多此一舉地貶低自己或自己所屬的組織。對英語圈的人來說，這種舉動與其說是「謙虛」，更有可能會被解讀為「自我貶低」或「非常自卑」。

2. 間接敘述 vs. 直接敘述：

對於這兩種敘述方式的差異，即使我已經跟英文母語者共事多年，至今卻仍不時會深刻感受到箇中差異。就我們的文化而言，比起「請幫我做～」、「請做～」，更常會說「可以做～嗎？」，比起「你怎麼看？／你有什麼意見？」，更常會說「我想知道您對於～的想法」。

我們比想像中還要更常使用「間接敘述」的說話方式。所以在用英文溝通時，也會習慣性採用間接敘述的表達方式，在這種情況下，一不小心就可能讓對方無法理解你的言

下之意。舉例來說，如果你說「可以幫我做～嗎？」時，和我們有著相同文化背景的人，會理所當然將這句話解讀成「實際上就是要交給我做」，但如果把這句話直譯成英文的「Can you do this?」，英文母語者可能會誤以為你是在問「是否有可能可以去做這件事」，並針對這個問題來回答。因此，建議大家用英文交談時，尤其是當想要提出某種請求、建議或委託時，要盡可能說得直白一點。或者，當對方的回應不在你的預期之中時，也可以直接表明你的真正意圖。

3. 文化圈不同，聲音表情（語調）也會不同：

我們在說英文時，語調大致上就像平常在說話時那樣，不會特別有音調變化。相較之下，美國人的說話音量較大且張力較強，音調變化也相當多樣化。另外，比起美國人，使用英式英文的人，說話音量較小且語調較一致而平靜。

我也曾住在美國學過美式英文，但待的時間遠遠不及我在本國生活的時間，所以當我在和美國人對話時，有時會因為這種特色上的不同而感到沮喪，在現實生活中更是如此。我們和外國人，不管是說話音量、語調還是聲音張力，甚至連外表都全然不同，也因此常會在與他們對話時感到不自在或不知所措。

不過，在視訊時就不用太擔心這點，不僅生理方面的不自在感大為減輕，也比較容易能打造出適合自己的環境。當覺得對方的說話聲音太大或自己的聲音太小時，可以調整耳機和麥克風的音量。在視訊對談的過程中，在突然想不起來要說的話，而感到驚慌失措時，可以先將顯示對方臉孔的畫

面視窗縮小或暫時關起來，再一邊重新翻閱自己手邊的資料一邊和對方說話，也就是可以更加容易地調整自己的步調，不用被迫無條件配合對方的文化。對方也因此必須將我的文化背景納入考量，這種較自然的相處模式，對於開會來說也有好處。

然而，如果想要在不了解彼此的說話風格或個性、又存在文化隔閡的情況下，對可能發生的誤會防範於未然，還是希望能避免在對話期間或結束後產生「對方的意圖是什麼？」的困惑，參考上面提到的這些內容會有所幫助。

自己動手寫寫看

Chapter
06

開完會後的後續追蹤信
（Follow-up letter）
與合作提案

　　參加國際會議或研討會是建立多元人際關係的良機。近年來，我們國內也越來越常舉辦國際會議，人們也有更多機會能跟世界各地的外國演講嘉賓、相關人士或參與者們齊聚一堂。隨著無接觸時代的到來，透過網路來結識更多人並拓展人際網絡的機會也日益增加。

　　參加會議時遇到的人可能會是潛在客戶、生意夥伴或投資人。因為這個場域之中匯集了各種利益關係，所以如果只是單純交換名片，看起來似乎不太可能因此在未來建立商業關係，不過若你能透過電子郵件來維持關係，也許雙方會在某個契機下再度產生交集也說不定。

　　對方可能會因為在你所在的國家或區域裡沒有人脈和管道，所以需要透過你來取得更多該地區的相關資訊，或經由你來引薦更多組織或人員，而你也可能會有需要對方幫忙的時候。雖然當下沒有合作的機會，但為了能讓對方對自己與公司留下良好印象，並因此產生建立其他關係的可能性，就讓我們一起按照下列順序來撰寫後續追蹤信（follow-up letter）吧！

- 前言──問候語與開場白：
  提到之前見面時的情況，具體表達對此事的喜悅之情。說一些關心或稱讚對方或其組織的話來讓對方把信件點開。

- 正文──具體提議：
  在你是首次聽到對方說他想做的事的情況下，要當場想出一個具體的提議是非常困難的。所以最好是透過電子郵件來具體化你的提議。此時，相較於滔滔不絕地只說自己想說的話，在信中提及之前與對方見面時曾提過的事，更能勾起對方的興趣，讓後續對話更容易進行。

- 結尾──Call-to-action：
  要求收件者採取某種行動。這種行動會因提案的內容而有所不同，若已提出非常具體的內容，那就可以請對方回覆是否接受自己的提案，或是做出關於某個問題的決定，但如果還沒有具體的施行方案，而只是一個還停留在想法階段的提議，那麼可以請對方針對這個想法提出意見，或根據雙方所在位置的遠近，提議進行視訊會議、通電話或親自見面來進一步討論。

Dear David,

Hello, this is Yuha Jin, CEO of Tella, e-mailing you from Seoul.

How was your stay in DC? I hope it was a great time for you personally and professionally.

It was such a **pleasant surprise** to meet you at Devex World. OxBridge English has always been our **go-to** organization for **reference material** when creating our own learning content and building our assessment system.

I would like to **further discuss** the **partnership opportunities** you suggested during our conversation. Here are

以下是我在過去數年間與在會議上認識的人互相利用電子郵件通信交流的幾個例子。

■ 在會場上初次見面，
彼此交流對於合作的大致想法時

參加國際會議，跟對方在會上首次見面，在互相問候並彼此交流大致想法後，若想進一步跟對方成為合作夥伴，可以參考以下電子郵件的內容。

Tella 參加了每年都在美國華盛頓特區舉辦的全球發展會議 Devex World。我在該場會議上遇到了全球知名的教育機構，雙方各自介紹了一下自己的公司，聆聽並分享了彼此公司所關注的具體事項。我在這之後寫了封後續追蹤信給對方，下列是根據當時信件來重新編寫的內容。

親愛的大衛：

哈囉，我是從首爾寄信給您的 Tella 的執行長 Yuha Jin。

您在 DC 的期間過得如何？希望您在個人和工作上都很愉快。

在 Devex World 上遇見您真是個**意外之喜**。Oxbridge English 一直都是我們在打造自己的學習內容及建立評價系統時，取得**參考資料**的**首選組織**。

我想**進一步討論**您在我們對話中提到的**合作機會**。

just a few ways:

1. **Bundling** services for Development Organizations

You have mentioned that you were **searching for business opportunities** in the international development sector, as the main means of communication in this sector is English. We can **form a partnership** by promoting ExamLingo as the main language exam for employers (i.e., international development organizations such as KOICA) to accept scores from (potential) employees to prove their English proficiency.

Other tests are **relatively** more expensive and **time-consuming**. We can position ExamLingo as a lower-priced, more convenient yet accurate and reliable **alternative to** other English exams in the current market. ExamLingo would be the **perfect alternative**. For those people that want to prepare for ExamLingo with an English tutor, they can come to Tella to learn English and prepare for ExamLingo exams.

2. Content partnership - OxBridge English learning material

We would also like to **seek a** content **partnership** by utilizing the learning material of OxBridge English, especially the content related to ExamLingo. We can create programs referencing or using the learning material of OxBridge English that will help improve ExamLingo exam scores. We can show that Tella is **affiliated with** OxBridge English.

Through this content partnership, we can encourage Tella members to take ExamLingo exams. If discounts or other **benefits are provided** to Tella members, I believe there will **be a higher demand for** taking the exam.

3. ExamLingo operational partnership

You have suggested that one way we can partner is through operating ExamLingo. What I suggest is that Tella can operate

這裡簡單提出幾種方式：

1. 為發展組織提供**綑綁式**服務

您曾提到過您正在**尋找**於國際發展業界內的**商機**，因為在此領域內主要的溝通管道是英文。我們可以**在推廣 ExamLingo 上合作**，讓 ExamLingo 成為雇主（例如 KOICA 這類的國際發展組織）願意接受（潛在）員工以這項分數來證明其英文能力的主要語言檢定。

其他測驗**相對來說**比較昂貴且**耗時**。我們可以將 ExamLingo 定位為比目前市面上的其他英語測驗，收費更低、更方便，卻又更為準確可靠**的另一選擇**。ExamLingo 會是**完美的替代方案**。對於那些想透過英文教師來準備 ExamLingo 的人來說，他們則可以到 Tella 學英文並準備 ExamLingo 考試。

2. 內容合作——OxBridge English 的教材

我們也希望透過運用 OxBridge English 的教材，尤其是跟 ExamLingo 相關的部分，在內容上**尋求合作**。我們可以製作參考或使用 OxBridge English 教材的課程，這個課程將有助於提高 ExamLingo 的測驗分數。我們可以標明 Tella 與 OxBridge 間的**隸屬關係**。

透過這種內容合作，我們可以鼓勵 Tella 的用戶參加 ExamLingo 測驗。若能為 Tella 的用戶**提供折扣或其他優惠**，相信會**提高他們對參加考試的需求**。

3. ExamLingo 營運上的合作

您曾提議過我們可以透過共同經營 ExamLingo 來合作。我的建議是，

a virtual exam center, where we can hold exams regularly (i.e., quarterly) by renting existing exam centers. Korea already has many test centers in **various locations** that other companies run. These centers are in very **convenient locations** in the major cities.

While running the test centers, Tella can promote the test through our current marketing channels. Tella can also work with existing Korean partners of OxBridge English to promote the exam for employers in Korea - mostly targeting mid-sized businesses, as larger conglomerates are currently using other tests.

I would like to know more about how OxBridge English partnering with other companies as exam centers would work.

These are just a few ways we can partner, and I believe there are others.

In order to **further develop** ideas, I would like to **hear your thoughts on** the suggestions I have made above. Feel free to discuss any ideas and questions **you have in mind.**

I would also like to know more about what OxBridge English needs and what your **plans and goals** are for ExamLingo and other business areas in Korea. We can come up with a better way to **add value** to your organization in Korea. So kindly let us know. I would **gladly provide** any information I have regarding the Korean market.

I have included Esther Hong, Tella's Content Development Manager in this **e-mail thread.**

I look forward to any future partnerships that **bring the outcomes and impact** we aim to create.

Sincerely,

Yuha Jin
CEO of Tella
from Seoul, Korea

Tella 可以經營一個虛擬測驗中心，我們可以透過租用現有的測驗中心，來在那裡定期（例如一季一次）舉行測驗。韓國在很多地方都已有由其他公司所經營的測驗中心。這些中心都位在大城市中交通非常方便的地點。

在經營測驗中心的同時，Tella 可以透過我們現有的行銷渠道來推廣這項測驗。Tella 也能與 Oxbridge English 既有的韓國合作夥伴共同合作，向在韓國的雇主們推廣這項測驗——主要鎖定中型企業，因為較大型的集團企業目前採用的是其他的測驗。

我希望能更了解 Oxbridge English 是如何與其他公司合作讓測驗中心得以運作的。

這些只是我們能合作的幾種方式，我相信仍有其他可行的模式。

為了進一步拓展思路，我想聽聽您對於我上述所提之建議的看法。您心中有任何想法和疑問都歡迎提出討論。

我也想更了解 Oxbridge English 的需求，以及您對於 ExamLingo 及其他業務領域在韓國有什麼計畫和目標。我們可以想出更好的方法來為您的組織在韓國增加價值。所以請告訴我們吧。我會很樂意提供與韓國市場相關的任何資訊。

我已將 Tella 的內容開發經理 Esther Hong 加進了這封電子郵件討論串之中。

我期待未來進行的任何合作都能為我們帶來所想創造的成果和影響。

誠摯地

Yuha Jin
Tella 執行長
於韓國首爾

■ 在會場上提出了具體提案，想透過郵件提醒這件事時

在會場上，有時會出現你之前就知道對方是誰，然而卻從未親自與對方見面的情況，因此當在會場上遇到他們時，就可以當場向對方提出一些提議。

Yuha: Hi, Ruth! Congratulations on the fellowship!

Ruth: Thank you.

Yuha: I'm Yuha Jin, CEO and co-founder of Tella. We are an online English education startup that provides English lessons via text messaging, and we founded the company to create job opportunities for university graduates in East Africa. We currently have more than 30 tutors in Uganda.

Ruth: Wow, that's great! Glad to know. I'm also from Uganda. I'm the CEO of ColabHigh. Here's my **business card**.

Yuha: Thanks, here's mine. And here's a brochure about our company. We are looking for **different options** for office space for our tutors and wanted to ask if your shared workspace has room for our team.

Ruth: I'm not sure if we have enough room for more than 30 people, but we do plan to expand our space in the near future. My partner is in charge of the operation of the office - so I'll have to ask her about it.

Yuha: Great. I'll send you an email about our **specific needs** so you can forward it to your partner and team.

Ruth: Yes, send me an email. We also have different projects and programs for tech startups in Uganda that you might be interested in. We have IT training and business model workshops.

Yuha: Sure, I would definitely love to hear more about your

下面讓我們來看一個例子，首先是在會場上進行對話，並在對話過程中簡單說明自己的提議，之後再利用電子郵件提醒對方，並讓對話得以延續下去。

Yuha： 嗨，Ruth！恭喜您拿到研究金！

Ruth： 謝謝妳。

Yuha： 我是 Tella 的執行長兼共同創辦人 Yuha Jin。我們是一間線上英文教育的新創公司，我們公司透過文字訊息的傳送來提供英文課程，而我們創立這間公司，是為了創造工作機會給在東非的大學畢業生。我們目前在烏干達有超過 30 位教師。

Ruth： 哇，真厲害！很高興知道這件事。我也來自烏干達。我是 ColabHigh 的執行長。這是我的名片。

Yuha： 謝謝，這是我的。還有這個是我們公司的介紹手冊。我們正在為教師們尋找辦公空間的**不同選擇**，所以之前就想問，您的共用工作空間是否還有地方能讓我們團隊使用。

Ruth： 我不確定我們的地方有大到可以容納超過 30 個人，不過我們在最近的確有計畫要擴大我們的地方。我的合夥人負責辦公室的營運——所以我得去問問看她這件事。

Yuha： 太好了。我會寄給您一封電子郵件說明我們的**具體需求**，讓您可以轉寄給您的合夥人及團隊。

Ruth： 好的，請寄電子郵件給我。我們也有其他給在烏干達的科技新創公司的計畫和課程，妳可能會對這些有興趣。我們有資訊科技培訓和商業模式工作坊。

Yuha： 當然，我真的很想再多了解一些貴公司的計畫。

company's programs. I don't want to **take up** too much of **your time** right now - I'll send you an email, and we can continue to talk. Maybe we'll meet again in Uganda.
Ruth: Okay. Nice to meet you, Yuha.

之後，為了跟對方討論具體內容，

Dear Ruth,

Hello, this is Yuha Jin, CEO of Tella, e-mailing you from Seoul.

It was great to meet you in DC. Actually, it wasn't a surprise you were there - I knew that you **had been selected as** a fellow and wanted to meet you there, but it was a surprise that I just **bumped into** you like that!

Congratulations again on being selected as a fellow of Devex World 2018. It was **an honor to** meet you **in person** :)

Actually, in late 2015, I stayed in ColabHigh with my colleagues for two weeks, during which we first hired our tutors in Uganda. I googled co-working spaces in Kampala, and ColabHigh was the one that **popped up**. I didn't get to meet you in person then, as you were out of the country for business. We had a very **pleasant time** there, and I remember that your team was **generous** and let us use one of the rooms for our training.

Thanks to ColabHigh, we were able to complete our mission of hiring and training our first Ugandan tutors, five of them. That was the start of Tella in Uganda.

我現在不想占用您太多時間——我會寄給您一封電子
郵件，然後我們就可以繼續談談了。說不定我們會在
烏干達再次相見。

Ruth： 好。很高興認識妳，Yuha。

我寫了下面這封信

親愛的 Ruth：

哈囉，我是從首爾寄出這封信的 Tella 執行長 Yuha Jin。

很高興能在華盛頓特區見到您。事實上我並不驚訝您會出
現在那裡——我之前就知道您曾被選為研究員，且我也想能在
那裡見到您，但像那樣碰巧遇到您可真是個驚喜！

再次恭喜您獲選為 Devex World 2018 年的研究員。能與
您親自見面是我的榮幸 :)

其實，我在 2015 的年末曾跟我的同事一起在 ColabHigh
待了兩週，我們在那段期間裡第一次在烏干達雇用了我們的教
師。我當時 Google 了在坎帕拉的共同工作空間，而跳出來的
正是 ColabHigh。我那時沒能親自與您見到面，因為您那時
正在國外出差。我們在那裡度過了一段非常愉快的時光，且我
記得您的團隊很大方，讓我們能用其中一個地方來進行培訓。

多虧 ColabHigh，我們才能完成聘用及培訓我們首批 5
名烏干達教師的任務。這就是 Tella 在烏干達的起點。

Now we have 25 full-time tutors and **aim to** grow to more than 80 in the next year. 80% or more of our tutors are women, so **I can say that** we are creating jobs for Ugandan women in tech!

We are currently residing in Techbox and are **exploring various options** for office spaces, including renting our own space and ColabHigh.

You mentioned that ColabHigh is going to expand it's office space soon. I would like to **know more**. **Kindly let us know** what kind of space there is and the conditions.

I have included Evelyn Mwasa, Tella Uganda's Regional Manager, in this e-mail thread, so that she can **keep up with** our conversation and meet with you and your team in person when necessary. I also have included Canary Kim, Head of Operations from the headquarters.

Again, congratulations on the fellowship, and I wish you the best on your future endeavors. **I look forward to the future of** ColabHigh and Tella's work in Uganda and any **future partnerships** we can build to bring the outcomes and impact we aim to create.

Sincerely,

Yuha Jin
from Seoul, Korea

　　現在我們擁有 25 名全職教師，且**目標**在明年增加到超過 80 名。我們的教師中有 80% 以上是女性，所以**我可以肯定地說**我們正在透過科技為烏干達女性創造工作機會！

　　我們目前駐點於 Techbox，但正在**探尋**辦公空間的**其他不同選擇**，包括自己獨立承租及 ColabHigh。

　　您曾提到 ColabHigh 很快就要擴大辦公空間。我希望能**進一步了解這件事**。**請告訴我們**有什麼樣的空間和條件。

　　我已將 Tella 在烏干達的地區經理 Evelyn Mwasa 加進了這封電子郵件的討論串之中，讓她可以**知道**我們對話的**最新進展**，並在必要時與您和您的團隊親自會面。我也已將總公司的營運長 Canary Kim 加入了這封電子郵件的討論串之中。

　　再次恭喜您被選為研究員，並祝您未來事事順心。**我期待 ColabHigh 和 Tella 未來在烏干達的發展**，也期待我們在未來的任何合作，都能為我們雙方帶來各自想要創造的成果和影響。

誠摯地

Yuha Jin
於韓國首爾

■ 在會場上見到面，雖然當時沒有提出具體的合作提案，但打算要跟對方談談時

在會場上偶爾會發生雙方只能簡單自我介紹一下，還沒時間交流就要離開，因此必須透過電子郵件來詳談的情況。新加坡每年都會舉辦亞洲最具代表性的國際新創產業展 Echelon Asia Summit，Tella 曾獲選為 Asia Top 100 的團隊，並因此參與過

Dear Jamie,

Hello! This is Yuha Jin from Tella (online English tutoring via online chat).

Hope you had a great time at Echelon and another great week. (I attached a picture **to remind you**.)

(picture)

I have attached the pitch file I presented during Echelon, and **additional info** about the company is in the link below:

http://www.tella.co.kr/company/en

To brief you on what our plans are regarding expansion is:

— Launch Android & iOS & Web app
— Have multi-language support: Japanese, Vietnamese, Chinese (traditional/simplified), Indonesian

---

Currently, **I'm trying to figure out** the specific needs of each country's market so that I can sell to individual customers and also businesses/English academies.

發表會和設置攤位。當時某間新加坡的 VC（創投公司）在聽了 Tella 的報告之後，對我們產生興趣而到攤位上和我們打了個招呼，雙方在之後便透過電子郵件開始聯繫，下面是根據當時的信件重新編寫後的內容。

親愛的 Jamie：

哈囉！我是 Tella（透過線上對談來進行線上英文教學）的 Yuha Jin。

希望您在 Echelon 上度過了愉快的時光，並有著愉快的一週。（我附上了照片**來回復您的記憶**。）

（照片）

隨信附上的是我在 Echelon 上簡報的宣傳檔案，**其他**與我們公司相關**的資訊**請點下面連結：

http：//www.tella.co.kr/company/en

向您簡單介紹我們對於擴大發展的相關計畫：

－發布 Android 和 iOs 及網頁版的應用程式
－能支援多國語言：日語、越南語、中文（繁／簡體）、印尼語

目前，**我正在努力掌握**個別國家的市場特定需求，以便我可以向個人客戶及企業／英語學習機構銷售我們的服務。

I am open to any future investment in or partnership between Tella and Himalaya Ventures. If you have **anything to discuss**, please let me know.

Sincerely,
Yuha Jin

Hi Yuha,

Thanks for following up and **apologies for** the **delay in response**. After Techsauce and Echelon I've been busy **catching up on my inbox.**

It would be great to get an **in-depth introductory call**; I believe last time you said you've talked to a colleague from Himalaya Ventures? Perhaps we can **find some time to** discuss on Weds?

Best regards,
Jamie

Yuha 的回覆

Hi Jamie!

I spoke with Jennifer before I talked with you at Echelon.

11 am or 1 pm Korea time **would be best** on Wednesday. Let me know when a **convenient time** for you is.

　　我對 Tella 和 Himalaya Ventures 之間未來進行的任何投資或合作都持開放的態度。如果您有任何想要討論的事項，請讓我知道。

　　誠摯地
　　Yuha Jin

Jamie 的回信

嗨，Yuha：

謝謝您來信進一步說明，也想為我這麼晚才回信致上歉意。我在 Techsauce 和 Echelon 之後就一直在忙著處理我收件匣內堆積的信件。

　　若您能來電深入介紹的話那就太好了；我記得上次您說過您曾和 Himalaya Ventures 的員工談過？也許我們可以在週三找個時間討論看看？

　　祝好
　　Jamie

嗨 Jamie！

在我和您在 Echelon 上聊過之前，我就曾和 Jennifer 談過了。

　　韓國時間的星期三上午 11 點或下午 1 點會是最適合的時間。請讓我知道您方便的時間。

Hi Yuha,

Adding Jennifer **in the loop.**

I've got meetings at those **suggested times**. I'm available for 12pm Korea time or perhaps **we can do** Friday 5:30pm Korea time?

If not, next week is **fairly open** for me; perhaps we can **find some time** next week.

Best regards,
Jamie

Jamie 的同事 Jennifer 的回覆

Hi all,

Thanks Jamie for adding me into the loop and **hi again** Yuha.

On Wednesday, I have a **bunch of meetings** in Vietnam, so I would prefer Friday or next week if that **works for both of you.**

Best,
Jennifer

Jamie 的回覆

嗨 Yuha：

我把 Jennifer 加進收信群組裡了。

　我在您建議的時間已經排了開會。韓國時間的中午 12 點我可以，或者也許我們可以在韓國時間星期五的下午 5 點半進行？

　如果都不行的話，我下週的時間滿自由的；也許我們可以在下個星期找個時間進行。

　祝好
　Jamie

嗨，各位：

感謝 Jamie 將我加進收信群組裡，也和 Yuha 再打次招呼。

　我星期三在越南有一連串的會要開，所以如果兩位可以的話，我會比較想要在星期五或下週進行。

　祝好
　Jennifer

■ 在會場上見過後，想延續情誼時可用的表達方式

問候語

- How was you stay?：您（造訪期間）過得愉快嗎？
- pleasant surprise：意外之喜
- bump into (sb)：偶然遇見某人
- congratulations again on (sth)：再次恭喜某事
- an honor to ~：～的榮幸
- in person：親自（實際面對面）
- pleasant time：愉快的時光
- hi again：再次打個招呼
- thanks to (sth/sb)：多虧某事物／某人

提醒之前曾有過的對話內容

- You have mentioned that ~：您曾提到過～
- You have suggested (sth)：您曾建議／提議過某事
- To brief you on (sth)：向您簡單介紹某事
- to remind you：提醒您／回復您的記憶

提議

- I'm trying to figure out (sth)：
  我正努力想掌握／理解某事物
- I can say that ~：我可以肯定地説／可謂是～
- partnership opportunities：合作機會
- form a partnership：合作、建立夥伴關係
- seek a ~ partnership：尋求～建立夥伴關係／合作
- future partnership：未來的合夥／合作
- search for business opportunities：尋找商機
- affiliated with (sth/sb)：
  隸屬於某事物／某人、與～共同合作
- alternative to (sth)：某事物的另一選擇／替代方案

- perfect alternative：完美的替代方案
- how (sth) would work：
  如何讓某事物得以運作／生效
- different options：不同選擇
- specific needs：特定要求事項（需求）
- gladly provide (sth)：樂意提供某事物
- reference material：參考資料
- aim to ~：以～為目標
- add value：增加價值
- bring the outcomes and impact：帶來結果和影響

誘導對方回覆或延續對話

- further develop：進一步發展
- further discuss (sth)：進一步討論某事物
- hear your thoughts：聆聽您的想法／意見
- (sth/sb) you have in mind：你心中的某事物／某人
- plans and goals：計畫與目標
- explore various options：探尋各種／不同選擇
- know more：多了解～
- additional info：更多／其他資訊
- kindly let us know ~：請讓我們知道～
- I am open to (sth)：我對某事物持開放的態度
- anything to discuss：任何要討論的事項
- I look forward to the future of (sth/sb)：
  我期待某事物／某人的未來

溝通相關的表達方式

- keep up with (sth/sb)：跟上某事物／某人
  （的進度）、和某事物／某人保持聯繫
- apologies for (sth)：為某事物致歉
- delay in response：延遲回覆

- catch up on my inbox：
  處理我收件匣內堆積的信件／回信回到最新進度
- add (sb) in the loop：
  將某人加入討論群組或共享資訊的對象之中
- e-mail thread：電子郵件討論串

行程安排相關的表達方式

- take up your time：占用你的時間
- find some time (to do)：
  找到做～的時間、找時間做～
- (sth) would be best：某事物會是最恰當／最好的
- convenient time：方便的時間
- suggested times：建議的時間
- we can do（日期／時間）：我們可以在（日期／時間）做
- fairly open：相當自由的、可靈活安排的
- bunch of meeting：一連串的會議
- (sth) works for both of you：
  某事物對兩位來說都可行／有效

其他

- bundle (sth)：綑綁式的某事物
- various locations：不同地點
- convenient locations：方便到達的地點
- time consuming：耗時的
- benefits are provided：提供好處／優惠
- higher demand for (sth/sb)：
  對某事物／某人有更高的需求
- business card：名片
- pop up：（公告、消息等等）突然冒出來／跳出來
- generous：慷慨大方的
- in depth introductory call：深入介紹的電話

MORE APPLICABLE, REAL LIFE EXAMPLES

在這個章節，我們看到了在會議或研討會上與人建立關係及後續交流的實際例子。現在我們就一起來看一下，要如何將我們在前面學到的表達方式，靈活運用於以下各類情境之中。

1   I **bumped into** the founder of Wishket the other day. We had a pleasant conversation over a café latte.

我那天**偶然遇到了** Wishket 的創辦人。我們一邊喝著拿鐵一邊進行了愉快的對話。

2   I would like to say that it's been **an honor** to have this rejuvenating discourse with you **in person**.

我想說的是，能跟您**面對面**進行這段令人精神為之一振的對話，真是**榮幸**。

3   **Thanks to** our CEO's visionary leadership, we **aim to** scale even greater heights in the years ahead.

多虧我們執行長富有遠見的領導能力，我們**把目標放在**未來幾年後能更上一層樓。

4   Keeping in mind that our company is still a startup, **I can say that** we have done very well for ourselves in the face of adversity.

請記得我們公司仍是一家新創公司，但**我可以肯定地說**，我們在面對逆境時的表現非常優秀。

5   **You mentioned that** Tella was in the process of **exploring various options** for scaling the business. Could you please elaborate on this point?

您**提到過** Tella 正在**探尋**拓展業務規模的**各種選項**。可以請您就這一點詳細說明嗎？

6

If you would like to **know more** about our debate, **kindly let us know** after the meeting.

如果您想更了解我們的爭論內容，請在會後告訴我們。

7

My command of the Japanese language is limited; hence I could not **keep up with** what the Japanese investor was presenting.

我的日文能力有限，因此我跟不上日本投資人當時在簡報的內容。

8

I look forward to the future of both our companies and our mutual friendship.

我對我們兩家公司及我們之間友誼的未來都很期待。

9

Our **future partnerships** depend largely on networking with individuals in the same industry.

我們未來的合作關係主要有賴於和業內人士建立情誼。

10

Dear Eun, I am writing this email **to remind you** of our webinar slated for 31 March 2021. Your attendance will be most appreciated.

親愛的 Eun，我寫這封電子郵件是為了提醒您，我們的線上研討會定於 2021 年 3 月 31 日舉行。敬請參加出席。

11

The speaker referred us to the website for **additional info** about the upcoming conference.

講者表示我們可以去那個網站取得和即將舉行的會議有關的更多資訊。

12

"Good afternoon, Mr. Hyun. I am calling **to brief you on** the new developments before we convene our meeting."

「午安，Hyun 先生。我打電話來是想在會議召開之前，先向您簡單說明最新進展。」

13

I'm trying to figure out a surefire way of saving the company. **I am open to** suggestions.

我正在試圖想出一個一定能夠把公司救起來的方法。我對建議持開放態度。

14

I don't think I have **anything to discuss** with Chairman Seong. He clearly broke the terms of our agreement.

我不覺得我和 Seong 主席有什麼好討論的。他顯然違反了我們的合約條款。

15

It **would be best** to have the conference call at a **convenient time** when all parties are able to participate.

最好能在各方都方便參加的時間召開電話會議。

16

You've been **in the loop** since day one. **Adding** me too will streamline our work process.

您從一開始就已經參與討論了。把我也加進去會讓我們的工作流程更簡化。

17

The **suggested times** conflict with my earlier appointments. **We can do** a standing meeting today at 1 PM if that's agreeable.

您提議的時間我已經有約了。若您願意的話，我們可以在今天下午 1 點舉行站立會議。

18 Martin's statement at the conference was **fairly open to interpretation**.

Martin 在會議上的發言有**相當大的解釋空間**。

19 We need to **find some time** in the next three days to finalize the contract before the deadline.

我們必須在在接下來的三天裡**找個時間**來在截止日期前敲定合約。

20 Over the course of a **bunch of meetings**, we should be able to cobble together a deal that **works for both of you.**

在經過**一連串的會議**之後，我們應該能拼湊出一份**你們雙方都可以接受**的協議了。

Chapter 07

YouTube

　　YouTube 的世界彷彿是一片汪洋大海，與現在的使用人口比例相比，以英文發表的內容占有壓倒性的多數，不過由於圍繞著英語圈的文化，也會隨著西方社會的發展而不斷演變，所以無論是什麼主題，似乎都可以透過英語的內容來學到很多東西。

　　Youtuber、演藝人員、網紅、政治人物、學者等等藉著內容而出名的人，不分類型地製作直接掛上自己名字或品牌的 podcast 或脫口秀，他們會邀請來賓針對各種主題展開短則 1 小時，長則 3-5 小時左右的對話，每週錄製 1-5 集以上。人們會利用上下班通勤的時間，或在運動、開車時一邊聆聽這些可能長達 3-4 小時左右的內容。不像廣播必須在短時間內規劃安排並讓內容變得有趣，這些節目的內容是透過擬訂大綱並引導對話來建立的。

　　除此之外，他們也會從 podcast 節目中截取長度不等的精彩片段來另外開設 Youtube 頻道，提供聽眾 short clip（剪輯片段），且粉絲們也可能會私下自行開設這類頻道。最有名的 podcast 節目就是由身為喜劇演員、也曾是知名 UFC 評論員的喬・羅根所主持的《The Joe Rogan Experience》，光是他用來放置精彩片段的 YouTube 頻道 PowerfulJRE 的訂閱數就超過一千萬人，他在節目中平

均會跟每一名來賓交談 2-3 個小時，有時甚至會長達 5-6 個小時，時間這麼長的 podcast，平均的點閱數是 500 萬次，有時也會多達 4 千萬次以上。podcast 市場的爆炸性成長，也帶動了其他以聲音為重心的平台發展，Spotify 與前陣子相當受歡迎的 Clubhouse 就是其中之一。

透過 CNN 跟 BBC 來學英文的時代已經過去了，即使是廣播電台，其內容和品質也往往不如個人內容創作者所製作的內容，而英語系國家對主流媒體的信任度也大不如前，以 YouTube 為中心的新興新聞媒體頻道的訂閱數，亦遠遠領先原本為主流的廣播公司。這些頻道不受廣播公司的時間、格式或收視率等的影響及限制，不需要事先審查過濾，也能夠盡量避免刪減內容，因而能夠更加自由、更加誠實地進行對話，也讓內容更加豐富的作品不斷出現。

因此，擁有成功經驗的企業家或各領域裡的專家們，經常會親自經營自己的頻道，以其內容為中心來形成社群，充滿知識性內容的作品不在少數，且有時透過查看出現在優質節目之下的評論和留言也能獲益良多。如果你因為自己的專業或興趣領域太過冷門，而難以找到中文的節目，請試著去找找看英文的頻道，因為使用英文的市場很大，所以常常能夠找到各種小眾的內容。

一起透過 YouTube 來開拓我們的英文視野吧！相較於抱持著「學習」的心態，訂閱頻道成為訂閱者的話，遲早會感受到自己跟英文之間的距離變得更近且更加自然的那種感覺。不要只是單方面的接收資訊，讓我們一起透過

和其他訂閱者間的交流來提升自己的英文能力吧！

　　以下是可以同時學到英文和知識的 YouTube 頻道類型。

　　（1）商務／自我成長
　　TED 不再是自我成長或趨勢相關內容的唯一聖地了。人們想看的不只是與重要議題相關的濃縮精華，也會想要看更加具體且深入的商業與日常生活類的故事。我們可以透過 YouTube 影片來了解那些對各領域的專家及全世界都造成影響的 thought leader（意見領袖）們的想法。

　　（2）評論／討論
　　這類頻道會針對特定領域或主題來發表自己的主觀意見，內容的涵蓋範圍相當多元，可能是非常認真或以藝術角度出發的評論性頻道，也有可能是一邊挖苦嘲諷、一邊討論各種社會文化現象或人物的娛樂性頻道。如果想成為 conversationalist（口才好的人），接觸這類型頻道將會讓你獲益良多。

　　（3）直播類型
　　跟建築、美食、音樂、旅行等等日常生活有關的頻道內容或種類多不勝數，尤其是針對各主題的 DIY（do-it-yourself，自己動手做）內容，這類頻道的觀眾除了以旁觀者的角度來從中獲得心理上的替代性滿足，也會積極參與學習。相較於商務或時事的內容，因為這種頻道的內容較貼近自己的興趣或生活，所以也會讓人覺得比較有趣，且各領域中經常使用的術語和表達方式，都跟商務和時事

中的不太一樣，因此觀看這類頻道有助於擴大自己使用的英語範圍。

（4）新聞／時事頻道

CNN、BBC 等等常被用來做為英文學習內容來源的英語系國家的電視新聞頻道，現在的地位已經大不如前，不僅電視的收看時間逐年減少，報導的正確度和公正性也不像以往值得信賴，對大眾的實際影響力正在迅速下降，取而代之的是以 YouTube 為重心的新興新聞和時事資訊頻道。

尋找優良頻道的方法

- 可用 Google 來搜尋特定領域內的 Top YouTube 頻道，不過，截至 2020 年的年底，訂閱數超過百萬的頻道就已經超過了 22,000 個，如果只用這種方法，很難可以找到合適的頻道。
- 最好的方法還是在 YouTube 上用英文搜尋跟興趣有關的影片，再訂閱讓自己看到欲罷不能的那些頻道，這麼一來，你的 YouTube 上就會出現與該主題相關的其他推薦影片，擴大你訂閱頻道的選擇範圍。

利用 YouTube 來學英文的方法

在社群網路平台之中，最適合用來學英文的平台就是 YouTube。做為一個可以直接提供聽力、閱讀、寫作體驗的平台，當你的英文聽力與閱讀能力獲得提升的同時，口語能力也自然會隨之成長。YouTuber 們多半都擁有 Instagram、Twitter、Facebook 等社群平台的帳號，同

時一起追蹤也不錯。其他社群平台主要都是以文字或圖片呈現，每次使用的英文量也不多，所以提高英文能力的效果有限。

影片是提升聽力或學習新的英文表達方式的絕佳工具，市面上出現了很多讓人可以利用 YouTube 影片來學習英文的應用程式、網站和書籍，不僅可以在上面找到各式各樣的主題，還可以聽到各種不同口音、地區或聲調的英文，所以可以接觸到生活中實際可能會聽到的英文，而非「用標準美式英文發音錄製的」英文。

另外可利用 YouTube 的時間戳記功能來分段觀看影片內容，並調整播放速度來練習聽力，如果遇到有載入字幕的影片，還能一邊比較中英表達方式的差異一邊練習，跟讀也有助於提升英文聽力和訓練嘴部肌肉。

透過每天留下評論來提升英文實力吧！

YouTube 不僅能用來練習聽力和口語，對於寫作能力的提升也非常有幫助。就提升英文實力的層面來看，我認為 YouTube 留言是「性價比」優於影片本身內容的好用工具。一部影片可能會有多達數萬則的評論和留言，這些評論和留言會獲得各式各樣的反應、建議和回饋意見，這時就可以盡情從中觀察英文母語者所使用的表達方式。雖然並非所有英文留言都是出自於英文母語者，但根據經驗，超過 90% 的英語留言都是來自以英語為母語的人，所以在詞彙選擇、表達方式、文法、句型等各個方面，都非常具參考價值。

除此之外，還可以學到「英文母語者們現在正在使用的英文」。因為大家通常會以口語用語來留言，所以留言的內容會非常接近人們在現實生活中所使用的語氣。從這個角度來看，如果想知道英文母語者最近流行使用哪些表達方式的話，查看留言內容會很有幫助。

你可以透過自己感興趣或喜歡的影片內容，讓自己對英文更熟悉、學習新的表達方式，並試著透過留言來練習寫英文，因為這種練習方式不會產生即時互動或雙向交流，也就是留言的這個動作，帶來的「負面後果或影響」較小，所以在發表意見時比較不會有壓力。（即使對方誤解了你留言想表達的意思，而因此讓情況變得尷尬，或者溝通失敗，也不會出什麼大問題）

透過留言可以做的事

- 表達感想：可透過表情符號等方式來簡單表達，也可加上自身經驗或感想，以更豐富的方式來表現出自己的感覺和同理心。
- 發表意見：可針對發文或影片中的某部分內容，表示自己深有同感或提出相反意見來反駁。
- 提問：當發文或影片中出現無法理解，或不在你理解範圍內的內容時，可以對這部分提出疑問。
- 建議：可以對你追蹤的網紅或其他訂閱者提出一些具體建議。
- 報告：做為一個訂閱者，可以對你追蹤的網紅報告或提出證明，表示自己真的去做了某事。

- 回覆留言：除了發文或影片的內容之外，也可針對別人的留言做出反應、提出意見或發問。

現在可立即嘗試去做的事

- 選擇幾個自己喜歡的主題，點擊頻道訂閱追蹤並開啟通知。如果不常進入平台看影片，建議可以設定電子郵件通知，這樣若頻道有新影片，平台就會發電子郵件通知。
- 試著每天發表一個以上的留言：不必因為擔心犯錯而畏縮，試著發表留言吧！沒有什麼比有人對你的留言按下喜歡或回覆更有趣的了。

發表留言時請不用在意格式或縮寫！

　　留言因為帶有強烈的口語色彩，所以經常會省略主詞。令人驚訝的是，其實外國人在留言時不太常使用表情符號，使用縮寫的頻率也沒想像中高。在傳訊息時，越年輕的人傾向於會用越多縮寫，不過若是留言或在與工作相關的溝通上，出現縮寫的頻率並不如想像中的高。

　　除此之外，就算是縮寫，詞義也可能會隨著所屬網路社群的不同而有所差異，但在大多數情況下，縮寫在留言或網路中並沒有如我們想像的那麼重要。就如同我們自己常用的流行語，要不是汰換速度很快，就是只有特定族群在使用，所以縮寫或流行語等等就算不學也無所謂，因為在實際交流的場合中，必須使用或理解縮寫或流行語的情況並不多。

■ 商務／自我成長─職業

頻道名稱：Marie Forleo
訂閱數：686k（截至 2021.1）
使用的英文：美式英文

Marie Forleo 是紐約時報暢銷書的作者，也是一名企業家，主要是在談論與正在自己創業的小企業主相關的內容。頻道的主持人 Marie 除了會提供建議之外，她與名人間的訪談內容也很受歡迎。

相較於其他節奏極快且剪輯得令人眼花撩亂的商務／自我成長頻道，這是一個節奏相對較和緩和輕鬆的頻道。

Phenomenal interview. You are such a good interviewer/ **conversationalist**, Marie. I didn't click expecting this, but I learned so much from how you engaged in the conversation and added your own perspective. Brilliant!

Wooah Seth Godin! First time hearing his voice or seeing below his neck. lol

That being said, another enlightening episode.

One thing that **stood out** the most to me is the mindset of saying "That's interesting" to my failures... That's what I needed. Allowing myself to fail or not be successful as I wanted to be. I'll **take that at heart**. Thank you both.

I guess I'm in the minority - I think Seth is too vague and abstract for me. I loved his energy, though.

The Truth About Your Calling With Seth Godin &
Marie Forleo
和 Seth Godin & Marie Forleo 聊聊天職的真相
（影片觀看數：505M）
影片內容：行銷類書籍的暢銷作家 Seth Godin 和大家分享自己
對於天職的各種相關見解。雖然主持人也會進行發問，但雙方的
對話自然流暢，並不是死板的一問一答。

好棒的訪問。Marie，妳真的是個很會採訪／很**會說話的人**。
我點開的時候沒預料到會這樣，但我從妳進行對話及加入自己
觀點的方法上學到了很多。超厲害！

嗚哇是 Seth Godin！第一次聽到他的聲音，還有看到他的脖
子以下。笑死

所以說，又是很發人深省的一集。

讓我**印象**最**深刻的**就是對我的失敗說「這滿有趣的」的那種心
態……這就是我所需要的。允許我自己失敗或不像我所想要地
那麼成功。我會把**這件事**記在心裡。謝謝你們兩位。

我想我和大家覺得的都不一樣──我覺得 Seth 說的對我來說
太模糊又太抽象了。不過我很喜歡他充滿熱情的樣子就是了。

■ 商務／自我成長─財務管理

頻道名稱：The Dave Ramsey Show
訂閱數：2.04M（截至 2021.1）
使用的英文：美式英文（南方口音）

主持人 Dave Ramsey 是美國的一名財務顧問（finance advisor），同時也是一位企業家。目前正在主持跟個人財務管理有關的廣播節目與教育節目。在廣播節目中，他會針對聽眾們的財務問題提供諮詢並給出建議，常像叔叔般苦口婆心地千叮嚀萬囑咐，所以很受歡迎。

Suddenly **I've never felt richer** in my life.

The advanced degree like an "MBA" **for what**? How are they "qualified" to tell companies about their finances when they are negative one million dollars?

Dave Ramsey Show is the scariest show I've watched in my life!

I can tell by her voice she's not taking this situation seriously. She's not even **entertaining the thought of** giving up her lifestyle. What a tragedy.

The moment Uncle Dave's jaw drops is **priceless**.

I'm 29 Years Old With Nearly $1,000,000 In Debt!
我 29 歲，我負債將近一百萬美金！
影片觀看數：3.99M

影片內容：29 歲的聽眾和她的丈夫共同承擔了接近一百萬美金的負債。在節目中他們談到了當初負債的原因和目前收入的情況，並就他們能如何克服當前的財務問題提供了建議與方法。

突然**我人生中從來沒有覺得自己這麼有錢過**。

像「MBA」這種高級的學位**有什麼意義**？他們在負債一百萬美金的情況下，怎麼會「有資格」能告訴公司要怎麼處理他們的財務狀況？

Dave Ramsey Show 是我這輩子看過最嚇人的節目了！

我從她的聲音就可以聽出來她沒把這件事放在心上。她甚至沒有**考慮過**要放棄她的生活方式。真是悲劇。

Dave 大叔驚訝到下巴掉下來的那裡**好棒**。

■ 自我成長─溝通、性格等主題

頻道名稱：Charisma on Command
訂閱數：4.28M（截至 2021.1）
使用的英文：美式英文

這是一個能讓你精進人際關係技能的自我成長頻道。主要談論的是像說話方式、對話、非語言因素、討論、信心、衝突解決、心理等各種與溝通和性格有關的主題。會以具知名度的藝人、企業家、政治人物等為例來進行說明。

I disagree with Ben politically, but he is a **heck of a** debater. I respect him tremendously.

More than anything, you have to have a ton of research done to **back up** all your reasoning and 'debate tactics' if you really want to persuade the other side.

"If the other person winds up attacking you, you are actually winning the debate." So true. I should **keep this in mind** whenever the debate with my friends gets heated.

"Facts don't care about your feelings." **Best quote** from Ben that broke the internet.

■ 商務／自我成長─書籍

頻道名稱：Productivity Game
訂閱數：392k（截至 2021.1）
使用的英文：美式英文

- 注意：基本上這種以自我成長為主題的影片，影片中的解說對於英文的發音、語速、語調和重音來說，都是很好的參考來源。

7 Reasons Ben Shapiro Is so Dominant In Debates
Ben Shapiro 在辯論中占盡優勢的 7 個原因
影片觀看數：8.35M

影片內容：透過以善於辯論聞名的政治評論家 Ben Shapiro 的幾支影片，告訴你參與辯論所需的各種技能。

雖然我的政治立場跟 Ben 不一樣，但他**真是個**很棒的辯論家。我非常尊敬他。

最重要的是，如果你真的很想要說服對方，你必須要有大量的研究來**支持**你的所有論述及「辯論策略」。

「如果對方最後不得不攻擊你，那其實你就**贏得**了這場辯論」。說的真對。每次我和朋友間的爭論愈演愈烈時，我都應該要**牢牢記住這一點**才對。

「事實不在乎你的感受」是 Ben 在網路上引起熱烈討論的**最佳名言**。

這個頻道會閱讀自我成長或商務相關的書籍，並將其內容去蕪存菁，濃縮成 10 分鐘左右的影片。選書從最近擺在書店暢銷書區裡的書，到人氣歷久不衰的自我成長經典都有。影片中會搭配動畫來概述書籍的核心內容，讓這些內容變得淺顯易懂。

HOW TO STOP WORRYING AND START LIVING
by Dale Carnegie | Core Message
Dale Carnegie 的《人性的優點》（又譯：如何停止擔
憂並開始生活）| 核心概念

My takeaway is objectively analyzing and compartmentalizing my worries. Bringing clarity to the chaotic, vague, and scattered feelings.

    Challenge accepted! Gonna do this right away.

    What am I worried about? I fear I won't get the book I'm working on out on time.

    What can I do about it?

— Set a deadline for each chapter and work on it.

— Ask for feedback from my editor and close friends rather than trying to come up with the perfect content.

— Reward myself with a small gift for each chapter finished.

    How did it go?

        Saw this comment now. I wasn't able to keep the deadline completely, but it still worked better than before! Rewards definitely helped.

        My dad bought me this book three years ago, and it's still on my shelf. Thank you, Productivity Game, for this video.

影片內容：以動畫來概述 Dale Carnegie 這本書的重點內容。

我學到的重點是要客觀分析並切分我的煩惱。讓混亂、模糊且散亂的感受得以釐清。

接受挑戰！我要現在就開始這樣做。

我在煩惱什麼？我怕我自己現在在做的書無法如期出版。

我可以做什麼？

－為每個章節都設定一個截止日期並努力達成。

－去向我的編輯和好友徵詢回饋意見，不要試圖要自己想出完美的內容。

－每完成一個章節就獎勵自己一份小禮物。

進行得怎麼樣？

現在才看到這個留言。我無法完全遵守截止期限，但還是比之前進行得要順利！獎勵確實有幫助。

我爸爸三年前買了這本書給我，它現在還在我的書架上。謝謝 Productivity Game 做了這支影片。

Just recommended this book to a dear friend of mine! It helped my anxiety tremendously. It's a classic worth reading, despite the **outdated** references and language it uses.

I really love your **succinct summaries** and **intuitive** visualization that accompanies them.

■ 商務／自我成長─提升工作能力

頻道名稱：The Futur
訂閱數：1.04 M（截至 2021.1）
使用的英文：美式英文

收集對商務專業人士有幫助的內容，出現在影片中的人物相當多元化，和其他頻道相較之下，更常具體提供許多關於設計、行銷、經營等等具實用價值的建議。

It may seem like a simple video, but I know how much **work went into** creating this three-minute masterpiece. Good job, Aaron. I'll share this with my colleagues.

Can someone send this to my boss? lol

I applied this at work right away on my weekly report PowerPoint slides. It instantly looks better, and I got more people actually paying attention to my presentations. You guys are a **lifesaver**.

剛把這本書推薦給我的好友了！這本書大大緩解了我的焦慮。儘管裡面的參考文獻和用字遣詞都**已經過時**了，但它仍是一本值得一讀的經典作品。

我真的很喜歡你**簡單明瞭的摘要**和搭配使用的**直覺式**圖像。

Typography Tutorial - 10 rules to help you rule type
排版教學──10 個有助於字型使用的規則
影片觀看人數：1.12M
影片內容：排版設計的教學，但教的不是版型設計，而是以淺顯易懂的說明影片，簡明扼要地講解一般從業人員用得到的 10 個字型設計的原則。

這看起來可能是一支很簡單的影片，不過我知道要做出這部三分鐘長的傑作需要**付出多少心力**。做得很棒，Aaron。我會把這部影片分享給我的同事看。

有人可以把這個寄給我老闆嗎？笑死

我馬上把這些運用在我週報告的 PowerPoint 投影片上了。報告立刻就看起來好多了，而且真的有在聽我簡報的人也變多了。你們真是我的**救星**。

■ 商務╱時事

頻道名稱：Valuetainment
訂閱數：2.83M（截至 2021.1）
使用的英文：美式英文
創辦此頻道的 Patrick Bet-David 十幾歲時以難民身分從伊朗
移居美國，沒有就讀大學而是直接投身於保險業。40 歲出頭的
他，如今已成為身價上億的慈善家。擁有極佳的洞察力與口才，
透過這個頻道，可接觸到商業、自我發展、時事等相關內容。

I **admire your ability to** explain all of this articulately and
passionately. You are a **Godsend**, Bet-David!

This should be required to watch in all universities. The
most thorough, most precise explanation **I've heard so far**.

If all my professors explained things **like you do**, I
wouldn't have dropped out. **Seriously though**, I learned
more from you on YouTube in the past year than my 16
years of education.

Can you link all the references for all the stats in your
video? If one number is off, then sometimes the whole
premise of your argument might be wrong.

US China Trade War Explained - Who Needs Who
美中貿易戰解讀——誰需要誰？
影片觀看人數：3.0M
影片內容：詳細說明美中貿易戰的背景與現況，預測其將如何對我們周遭的商業活動造成實質影響。

我很崇拜你有能力可以把這件事完整說明得既清楚又充滿熱情。Bet-David 你真是個不可多得的人！

所有大學都應該要求要看這段影片才對。這是我目前為止聽過最完整、最精確的說明了。

如果我所有的教授都能像你這樣來解說事情的話，我就不會輟學了。不過說真的，我過去一年在 YouTube 上從你那裡學到的東西比我 16 年來你所受的教育還要多。

你可以提供你影片中所有數據的參考資料的全部連結嗎？如果有一個數字不對，那有時你全部的論述基礎也許都是錯的。

■ 教養／哲學－討論

頻道名稱：Unbelievable?
訂閱數：107k（截至 2021.1）
使用的英文：英式英文

無神論者與有神論者針對人類的起源、宗教與科學、哲學與道德的關係、人生的意義等等哲學性主題展開討論的頻道。在這裡，Steven Pinker（心理學家）、Daniel Dennett（哲學家）、Peter Atkins（化學家）、John Lennox（數學家）等知名學者，與各領域專家一起進行了深入又豐富的討論。

This hour was more valuable than my entire college tuition.

I have to say their exchange was **refreshing**. Two civilized, knowledgeable intellectuals calmly listening to the other person and **being respectful** during a debate. This is how our conversations should be like.

Finally, someone who can **challenge** JBP. This video let me challenge and think through my beliefs as well. **What a privilege to** access this content for free.

Though I usually **lean towards** Susan, there were some points Peterson made that **had me speechless.**

Jordan Peterson vs Susan Blackmore -
Do we need God to make sense of life?
Jordan Peterson 對上 Susan Blackmore -
我們需要神來理解人生嗎？
影片觀看人數：2.38M

影片內容：無神論者和有神論者之間，對於是否一定要有神才能理解人生意義一事展開討論。

這一小時比我整個大學繳的學費還要有價值。

我不得不說他們交換的意見內容**令人覺得耳目一新**。兩個受過教育又博學的知識分子，在辯論之中冷靜傾聽彼此說話並**保持尊重的態度**。這就是我們對話時應該要有的樣子。

終於，可以**挑戰** JBP 的人出現了。這支影片挑戰了我的信仰，但同時也讓我深思。能免費看到這種內容**真是有幸**。

雖然我通常會**傾向於支持** Susan，但 Peterson 提出的一些觀點**讓我無話可說**。

■ 生活風格－科技

頻道名稱：Marques Brownlee
訂閱數：13.6M（截至 2021.1）
使用的英文：美式英文

這是科技類影片中訂閱數最多的頻道之一，影片中會介紹新產品或科技趨勢。以客觀角度來具體且仔細地講述產品的優缺點，因極具影響力而成為 Elon Musk、Mark Zuckerberg、Bill Gates 等科技領域名人爭相爭取曝光的頻道。

This is before Elon became the richest man on Earth.

Marques Brownlee should be **the definition of** internet success. Him meeting the richest **meme** king alive. Lol

Jokes aside, **mad respect to** Marques for his content. He's **the only tech guy on YouTube** that got an interview with THE Elon Musk.

Elon asking his employee for permission to be on YouTube. If my boss had this respect for me and my colleagues, I wouldn't think about quitting my job every single day.

The **GOAT** meets the GOAT. Such legends.

I've never seen the inside of a car factory before. Are all car factories like this? **Anyone?**

Tesla Factory Tour with Elon Musk!

和 Elon Musk 一起參觀特斯拉工廠！

影片觀看人數：11.25M

影片內容：特斯拉的執行長 Elon Musk 親自擔任導覽的特斯拉工廠之旅。雖然網路上有很多介紹特斯拉工廠內部的影片，但由 Elon Musk 親自參與拍攝的影片卻很少，所以觀看人數相當驚人。從影片中也可一窺他與員工們相處的樣子。

這是在 Elon 成為世界首富之前拍的。

Marques Brownlee 應該是靠網路成功**的代名詞**吧！他和活生生、最有錢的**迷因**之王見面了。笑死

不開玩笑，**對 Marques** 做的東西**致上最高敬意**。他是 **YouTube** 上唯一一個能訪問到「那個」Elon Musk 的**科技佬**。

Elon 先取得他員工的同意才去上了 YouTube。如果我老闆有這麼尊重我和我的同事們的話，我就不會每天都想辭職了。

GOAT（表示「有史以來最偉大的人」，Greatest Of All Time 的縮寫）相見歡。真是傳奇啊。

我之前從來沒看過汽車工廠的內部。所有車廠都長這樣嗎？**有人知道嗎？**

■ 生活風格－文化評論

頻道名稱：Nerdwriter
訂閱數：2.97M（截至 2021.1）
使用的英文：美式英文
評論與文化相關的電影、音樂、喜劇、政治、商業等主題的頻道。影片針對各個主題，進行深入分析並提出獨到見解，不管在視覺還是聽覺方面都表現得如電影般優異，所以雖然內容簡單，卻擁有大量的訂閱者。

As someone who dreams of becoming an animator at Pixar, this analysis was **superb**. I really need to rewatch all the movies multiple times to grasp everything you mentioned.

"It's not something that makes you notice, but makes you feel."

Thought something was special about ToyStory 4 - and you just **articulated it perfectly**. I feel smarter now, thanks to you.

At times I do prefer the old cartoons or animations that don't feel real - it provides some escapism, whereas now Pixar is creating a fake real world.

Another video essay that makes me **appreciate** the movie **even more**. I have to go back to whatever movie, show, music, comedian Nerdwriter features. It gives me a totally different experience.

The Real Fake Cameras Of Toy Story 4
玩具總動員 4 中的真實假鏡頭
影片觀看人數：3.3M

影片內容：分析並評論動畫片《玩具總動員 4》中，將畫面如同真人電影般呈現出來的「攝影機構圖」，還說明了與拍攝技術相關的幕後故事。

做為曾經夢想要成為皮克斯動畫師的人，這個分析**超棒的**。我真的得去把這系列電影全部重新多看幾次，才能搞懂你提到的所有東西。

「它不是什麼會讓你注意到的東西，而是會讓你可以感覺到。」

之前就覺得《玩具總動員 4》有什麼地方不大一樣——結果你真的**把它解釋得超級清楚**。多虧有你，我現在覺得自己變聰明了。

有時候我的確比較喜歡那些看起來假假的舊卡通或動畫——會讓人有種可以暫時脫離現實的感覺，不過現在皮克斯正在創造的是一個虛假的真實世界。

又一支讓我對這部電影**更加欣賞**的分析影片。我一定要回去看 Nerdwriter 特別介紹的所有電影、節目、音樂和喜劇演員。這讓我有了截然不同的體驗。

■ 生活風格－建築／極簡主義

頻道名稱：Living Big In a Tiny House
訂閱數：3.81M（截至 2021.1）
使用的英文：澳洲／紐西蘭英文

因居住正義問題或消費主義文化所產生的空虛感，讓極簡主義逐漸受到歡迎。讓人可以不受終生還貸束縛、自由生活的微屋（tiny house）現在越來越受到歡迎。這個頻道詳細介紹了世界各地的微屋及其屋主的故事。

This tiny house really **inspires me to** live in one myself. The color scheme, normal-sized non-convertible furniture, and the two stories (and the view!)! It blends in so well with the nature surrounding the house. This is the best tiny house I've seen by far. Well done!

Brice is such a great presenter. Asks the right questions, **makes them comfortable enough to** answer honestly, excellent **camera work,** and no fast pace editing! I can completely see every detail without having to go back. Other channels just don't have that. Keep up the good work, Brice!

Where can I buy that fireplace? How much is it? Does it run on propane?

COUPLE **GOALS**!! Love really grows from sacrifice. This tiny house is a testimony of their love. God bless you guys!

We need to value the people in the house, not the things!

Couple Build Amazing Shipping Container Home For Debt-Free Living

夫妻打造超棒的貨櫃屋，實現無債人生

影片觀看人數：14.57M

影片內容：介紹一對美國夫妻在森林裡打造了貨櫃屋型的微型住宅。一對夫妻在子女都長大成人後，一起蓋了年老後要居住的房子，但丈夫在建築過程中發生腦溢血，走了一趟鬼門關，這間房子由妻子親自建設完成，影片中講述了這間房子對她丈夫的康復如何有幫助的故事。

這間微屋真的會讓我想要自己住進去看看。配色、一般尺寸的非摺疊式家具，還有兩層樓（還有那個景色！）！這房子和周圍的自然環境融合得超好。這是我到目前為止看過最棒的微屋。超棒！

Brice 真的是個很棒的主持人。問對問題、讓人覺得自在到可以誠實回答、運鏡出色，而且影片編排的步調不快！我不用倒回去就可以看見所有細節。其他頻道就是做不到這些。繼續做出好影片吧，Brice！

我可以在哪裡買到那個壁爐？多少錢？它是用瓦斯的嗎？

模範夫妻！！愛真的會在犧牲中增長。這座微屋是他們愛情的見證。願神保佑你們！

我們需要珍惜的是房子裡的人，而不是東西！

■ 生活風格－音樂／料理

頻道名稱：Babish Culinary Univese
訂閱數：8.47M（截至 2021.1）
使用的英文：美式英文

這個頻道會介紹美食電影或連續劇中出現的代表性料理，或只存在於連續劇中的料理。因為重現了眾人回憶中的料理，再加上影片品質很好，訂閱數接近 1000 萬。此外，也會傳授料理的基礎知識。

When you're in a country where you can't buy those ramens without shipping them from abroad…

As a Korean, I LOVE LOVE LOVE this meal. It was already an **iconic** fast food before the movie; every Korean has tasted both of the ramens separately and combined. The movie **took** this dish **to another level**.

I'm **drooling** from seeing the second version you **built from scratch**.

■ 生活風格－旅遊

頻道名稱：Drew Binsky
訂閱數：2.30M（截至 2021.1）
使用的英文：美式英文

透過這些前往世界各地的旅遊頻道，不僅可以探訪世界的各個角落，也可以接觸到許多新奇的主題或有著獨特故事的人們。此外，所有影片都內嵌有大字的英文字幕，且語速較慢，所以學起

Binging with Babish：Ram-Don from Parasite
和 Babish 一起大吃：來自寄生上流的炸醬烏龍泡麵
影片觀看人數：9.29M

影片內容：煮出兩種電影《寄生上流》裡的炸醬烏龍泡麵，一種是如電影般用袋裝泡麵做的，另一種則是從兩種麵體開始製作，再混合做出的炸醬烏龍泡麵。

當你待在不透過國際貨運就買不到那些泡麵的國家時……

身為韓國人，我真的真的真的很愛這道菜。這道菜在這部電影上映之前就已經是速食的**象徵**了；所有韓國人都曾分開或混在一起吃過這兩種泡麵。這部電影把這道菜**帶到了另一個層次**。

我看著你**從頭開始做起的**第二個版本看到**流口水**了。

英文來很方便，還有一個優點就是可以聽到來自不同地區的英文發音。

3 HIDDEN COUNTRIES (You've Never Heard of!)
三個隱藏國度（你一定從來沒聽過！）

影片觀看人數：2.04M

影片內容：介紹大部分的人都從未聽過的三個國家，影片中有各國的風景、人情風俗及特色介紹。這種影片的留言中常會出現「我曾聽過」的回應。

Dude, I've **heard of** them. I guess most people haven't gone through their world map before. **Interesting though.**

I usually hate **fast-paced edits**, but I liked it here because I can see a lot of **footage** from these countries. It makes me want to go as well!

Am I the only one in the comments that never heard of these countries? **Embarrassing...**

一起來看看在各式各樣的主題、內容與性質的影片下方出現的留言內容吧。各位可根據自己想留下的評論或意見的性質，嘗試運用下面的表達方式。

■ 各類留言的表達方式

感謝／同意

- lifesaver：救星
- appreciate (sth/sb) even more：
  更感激某事物或某人、
  更理解某事物或某人的重要性或價值
- Godsend：天賜之物；及時雨
- mad respect to (sb)：
  非常非常尊敬某人、對某人致上最高敬意
- What a privilege to：
  有幸做～是多麼榮幸／很大的特權
- inspires me to：激勵或鼓舞我做～、讓我想要做～
- take (sth) at heart：
  把某事物放在心上、將某事物銘記在心

老兄，我**有聽過**這些國家。我猜大部分人之前都沒仔細看過世界地圖吧！**不過很有趣就是了**。

我通常非常討厭**快節奏的編排**，但這支影片我喜歡，因為裡面有很多來自這些國家的**畫面**。讓我也想去了！

留言裡只有我從沒聽過這些國家嗎？**真丟臉**……

- keep this in mind：把這一點記住
- takeaway：收獲、（學到的）重點或精華

（**讚美／贊同－想表達讚美或感謝時**）
- make them comfortable enough to ~：
  讓他們自在到可以～
- (sth) GOALS!：
  某事物是我的榜樣／想達成的目標
- priceless：極為有趣的；無價之寶般的
- phenomenal：傑出的、非凡的
- stand out：突出、顯著
- best quote from (sb)：某人的最佳名言
- admire your ability：崇拜你～的能力
- refreshing：令人耳目一新的
- (sb/sth) has me speechless：
  某人或某事物讓我無話可說
- superb：優秀的、一流的
- articulate it perfectly：完美表達
- GOAT：greatest of all time 的縮寫，表示某人在某
  個領域內是「史上最偉大」的

- iconic：代表性的、指標性的
- take (sth) to another level：
  把某事物帶到了另一個層次

表示自己理解影片內容了

- Got it：懂了、知道了
- Understood：懂了、知道了
- Crystal clear：非常清楚、極其明白
- Everything is clear：一切都非常清楚了
- Now I get it：現在我懂了

觀察／提議

- a heck of a (sth)：真是個（很厲害的）某事物
- succinct summary：簡潔清楚的摘要
- intuitive：直覺式的
- work go into (sth)：投入某事物的心力
- challenge (sb)：挑戰某人
- lean towards (sb/sth)：偏向／傾向某人或某事物
- be respectful：保持尊重的、尊敬的
- (sth) I've heard so for：我目前聽到的某事物
- ~ like you do：～像你做的那樣
- What I noticed is (sth)：我注意到的是某事物
- Why don't you ~：你何不～／你要不要～
- 10:05. Listen carefully. This is the best part.：
  仔細聽 10：05。這裡是最棒的地方。
- Pay attention to the answers!：注意聽答案！
- Wake up, people.：各位，清醒一下。
- I would like (sb) to talk more about (sth)：
  我希望某人能多談談某事物

發問

- Where can I buy (sth)：我可以在哪裡買到某物？
- I agree on her point, but I have a slightly different option on (sth)：
  我同意她的論點，但我在某事物上所持的意見略有不同
- Did you even think ~：你有沒有想過～？
- When did you come up with this?：
  你是什麼時候想到這個的？
- So what would you do if ~ ?：
  所以如果～的話，你會怎麼做？

負面回應

- (sth) for what?：某事物有什麼用？
- outdated：老舊的、過時的
- Embarrassing...：令人尷尬或丟臉的
- Could you possibly be more vague with every answer?：你的所有答案還能更模糊嗎？
- I'm sorry Evan, I can't do that.：
  Evan，我很抱歉，這我做不到。
- Wait a second, John. But ~：
  等一下，John。可是～（提出反駁的內容）
- dodge questions：閃避問題
- answer like a politician：回答得跟政客一樣
- Easier said than done.：説的比做的簡單。
- I understand ~, but how are ~?：
  我知道～，可是我們要怎樣～？
  （提出反駁或不同觀點）
- I used to respect this guy and his views.：
  我以前很尊敬這個傢伙和他的意見的。
  （表示現在很失望）

- I'm clearly in the wrong place.：
  我顯然來錯地方了。（不同意影片或留言的內容，或
  留言區的氛圍很差時使用）

- Anyone?：有人知道嗎？／有人在嗎？
- Am I the only one in the comments that ~：
  留言區只有我～嗎？
- Don't you think?：你不覺得嗎？
- Who is watching this after (sth)?：有誰是在某事發
  生後才來看這個的？（在某事發生之後，或因為之前
  看了其他影片，所以跑來看現在這支影片時）
- Who else is ~?：還有誰也～？（尋求和自己有著同
  樣想法／感覺／行動／狀態的人）
- Her facial expression at 6:30：她在 6:30 的表情
- He seems so uncomfortable.：
  他看起來有夠不自在。
- He can't keep a straight face. That's hilarious!：
  他的表情撐不住了。有夠好笑！

- I've never felt richer.：
  我從來沒覺得自己這麼有錢過。
- in the minority：是少數（意見）
- entertain in thought of (sth)：
  考慮過某事物、試想某事物
- the definition of (sth)：
  某事物的代名詞、某事物的定義
- Interesting though.：不過很有趣就是了。
- Challenge accepted!：接受挑戰！

轉換

- that being said：總之、所以說
- I guess ~：我猜～／我想～
- more than anything：比任何都、最重要的是
- seriously though：不過說實在的、不過說真的
- at times：偶爾

其他

- camera work：運鏡
- conversationalist：口才好的人、健談的人
- back up (sth)：支持某事物
- meme：迷因、梗圖
- premise of your argument：立論基礎
- build from scratch：從頭開始建立
- hear of (sth/sb)：聽說某事物或某人
- tech guy on YouTube：在 YouTube 的科技佬
- fast-paced edit：節奏很快的編排方式
- footage：（拍好的）影片或場景
- drool：流口水

如果想利用前面學到的各種表達方式在影片下方留言，可以參考下面這些句子。

1
You don't believe I can quote Kant's Account of Reason? Well then, **challenge accepted**!

你不相信我能引用康德對理性的解釋嗎？那好吧，**接受挑戰**！

2
I still respect Yuki's views much as **I don't agree with** her.

就算我不同意 Yuki 的觀點，但我還是非常尊重她的意見。

3
More than anything, I value a stimulating debate **backed up** by empirical evidence.

最重要的是，我重視由實際經驗**佐證**的啟發性辯論。

4
I **totally agree with you** that an existential crisis can affect anyone at any age.

我**完全同意你的觀點**，存在危機可能會影響任何年齡的任何人。

5
Thomas Sowell has a knack for giving very well **articulated** speeches.

Thomas Sowell 擅長發表非常**清楚又有條理**的演說。

6
Almost nothing the mainstream media says these days **rings true** to me. It's almost as if they are pathological liars.

最近主流媒體在說的東西，在我**聽來**幾乎沒一件**是真的**。他們幾乎就像是習慣性說謊的騙子了。

7 Korean food is Korea's gift to the world. **Can we agree on** that, at least?

韓式料理是韓國帶給全世界的禮物。**我們**至少**都能同意**這點吧？

8 You are **absolutely correct**. The pandemic has made rich people even richer, even as millions descend to abject poverty.

你說的**完全正確**。雖然有數百萬人陷入了極度貧困的處境，但這次疫情讓有錢人變得更加富有了。

9 **I couldn't agree more** with your analysis about YouTube's place as a vital educational tool for children and adults alike.

我非常同意你針對 Youtube 做為兒童和成人重要教育工具的地位所進行的相關分析。

10 Thank you for agreeing with me about the drive towards online education. **I've been saying this for months!**

感謝你就推動線上教育的這件事和我站在同一陣線。**這件事我已經說好幾個月了。**

11 Living off the grid is not an easy decision to make, but **it worked for me**. I found a lot of YouTube videos about people who are **doing it already**.

不使用（電力、瓦斯、水等的）公共設施來生活的決定並不容易，但卻**很適合我**。我找到了很多**已經正在這樣做**的人的 YouTube 影片。

01
02
03
04
05
06
07
08
09
10
11
12
13

12

I swore off social media for my mental health. It's **going on two years for me.**

我為了心理健康而戒掉了社群媒體。我已經這樣做兩年了。

13

You **can't argue with** James when he gets it in his head that he's right. He'll come after you with all he's got.

當 James 打從心裡認為他是對的時候，你**沒辦法跟他辯的**。他會用盡一切手段來對你窮追猛打。

14

Youtube has ushered in a new class of millionaire content creators. **I was just talking about this with** Richard the other day.

YouTube 造就了一個由身為百萬富翁的內容創作者所構成的新階級。我那天**才**跟 Richard **聊過這件事而已**。

15

Jordan Peterson has a very compelling monologue about why limiting freedom of speech by law can lead to totalitarian tyranny. **This is one of the best lectures** I heard in my life.

Jordan Peterson 對於透過法律來限制言論自由，將會導致極權主義暴政的理由，有著非常具有說服力的個人見解。**這是我這輩子聽過的最棒的演說之一**。

16

This episode was packed with insider tips and tricks on how to successfully invest in the stock market. **Thank you for opening my eyes.**

這一集裡塞滿了內行人針對如何在股市裡成功投資所提出來的提醒和訣竅。**謝謝你讓我大開眼界**。

17 Patrick Bet-David hosted another **fantastic episode** of his podcast live on YouTube. **Perfect timing**, too! So many people tuned in for his insight on the crazy events happening.

Patrick Bet-David 又在 YouTube 上主持了一次精彩的 podcast 直播。時機也很完美！超多人是為了要聽他對發生這種瘋狂事件的見解而來的。

18 Elon Musk hosting "Meme Review" on Pewdiepie's channel? Pewdiepie **is a legend. So crazy watching this** a year later.

Elon Musk 在 Pewdiepie 的頻道主持《Meme Review》？ Pewdiepie 真是個傳奇。我居然一年後才看到這個。

19 We got two hundred and seventy-three comments on our latest video. **And I wasn't even expecting them. That's the best part.**

我們的最新影片有 273 個留言。而且我之前連想都沒想到過會有這些留言。這就是最棒的地方。

20 Shh! **Listen carefully. This is the best part.** Robert Kiyosaki is now talking about his bestseller Rich Dad Poor Dad. This book **resonates** a lot with me.

噓！仔細聽。這裡是最棒的地方。Robert Kiyosaki 現在正在講他的暢銷書《富爸爸，窮爸爸》。我對這本書很有共鳴。

自己動手寫寫看

Chapter

08

我也來參加線上研討會 （Webinar）吧

線上研討會（Webinar）是結合 web 與 seminar 兩字所組成的新字。可以把它想成是線上會議（web conference）的一種就行了，也就是把線下進行的課程或會議移到網路上舉行，沒有固定的進行形式。

比起國內，英語圈的國家早在 Covid-19 大流行前就對線上研討會很熟悉了。這是因為要將所有人集中在同一地點開研討會，在地理上的難度較高，且提供軟體或內容的公司，常會以英語圈的國家為行銷目標，因此為了宣傳服務而舉行的研討會或用戶培訓，更常透過網路來進行。

隨著 Covid-19 蔓延全世界，原本採用線下形式舉辦的會議，現在都改用線上形式進行，讓過去必須花上高達數千美金來參加的會議，現在可以免費或只需要支付 2~300 美金的費用就能參加。

當然，在線下會議中進行各部分討論的串聯效果比較好，而且還能宣傳自己公司的業務內容，不過改用網路來召開會議或研討會，也有著不少優點，包括可以降低邀約難度，以往很難邀請到的人，現在則有較高機會可以邀請到對方。

即使有點尷尬、即使無法享受那種一起拿著香檳交流的社交樂趣，但線上研討會也是一個能夠了解有見識的人的想法和提出問題的好機會。除此之外，還有著像是不用精心打扮、不用特意準備名片或公司介紹冊，也不必費心準備公關活動等額外的好處！

實際練習商務英文聽力的最佳工具

就學習英文的層面來看，線上研討會絕對是用來進行「聽力練習」的絕佳工具，因為可以聽到自己所屬部門，或感興趣領域裡最前線從業人員或企業家們所使用的語言。除此之外，還能因線上研討會的主題或主辦方的不同，而有機會聽到來自世界各地的英文表達方式。沒什麼好害怕的！

如果是把重心放在簡報，而非要求聽眾同步參與的大型活動，則可能會提前錄製簡報內容並上傳，以避免當天發生意外無法進行簡報，或是會事先準備好完整的講稿，在這種情況下，即使英文能力不夠好，也能輕鬆理解研討會的內容。

聽力練習方法

線上研討會一般會以實況方式進行，但這些內容也常會放上 YouTube 或 Vimeo。YouTube 或 Vimeo 有調整速度的功能，因此若無法聽懂以正常速度播放的內容，可以按下暫停並拉回重看，或是調整播放速度來慢慢仔細聆聽。

請不要害怕線上研討會

線上研討會的目標，是要取得自己想要的關鍵資訊或聆聽他人的見解。一起透過下面這個例子來熟悉一般進行線上研討會時經常會用到的表達方式吧！線上研討會一般會進行 1-2 個小時，因此比起學習實際研討會上進行的大段討論內容，我們要學習的是無論任何主題的線上研討會，主持人（moderator）和參加者們在參與時都會使用的表達方式。

■ 安排／召開線上研討會：
介紹主題與演講嘉賓／與談人

首先，我們先來看看以主持人為核心所進行的對話。那些用來回覆主持人的話，會因主題不同而有各種內容，且和一般做簡報或平日對話所用的表達方式無太大差異，然而線上研討會的主持人通常會有一些特別常用的表達方式。若能透過下列的例子事先知道線上研討會上常用的表達方式，在參加線上研討會時就能更容易聽懂，也能在你要自己舉辦線上研討會時做為參考。

Topic: The impact of automation and the pandemic in the global education industry

(Opening words)
Good afternoon and welcome, everyone! I'm Jennifer Chen, managing director at EduPlus, and your **moderator** for today's webinar.

My team was so surprised that more than 500 people **signed up** to participate in this webinar when we had very **limited time and resources** to **promote** the live event. I think it's such a hot issue in the education sector nowadays, especially with the pandemic accelerating digitalization and automation faster than we expected.

(Panel introduction)
I'd like to introduce our **speakers** and **panel** for today. They have **come together** from all over the continent. John Kim is the CEO and founder of EduPlus, which I'm also **a part of**. EduPlus provides consultancy to corporations all over East and Southeast Asia with over 500 employees on curriculum design for human resource development.

We also have Zach Zhou from YouLearn, a skill-sharing & learning platform with various topics from K-12 to adult learners.

Then we'll be **joined by** two more panelists. **As for our panel, first, we have** Sarah White. She is the head of talent development at Z-Mart, one of the top 10 retailers in the world, with a wide generational **range of** employees. We also have Joey Lee, an education influencer on multiple social media platforms, most prominently YouTube, and I'm sure he'll provide a **unique perspective**.

We're **delighted to have** all of **you** here.

主題：自動化與疫情對全球教育產業所造成的衝擊

（開場白）
午安，歡迎各位！我是 EduPlus 的常務董事 Jennifer Chen，也是你們今天這場線上研討會的**主持人**。

我們團隊真的很驚訝，這次實況活動在我們只有非常**有限的時間與資源來做宣傳**的情況下，還有超過 500 人**報名**參加這場線上研討會。我認為這是現今教育領域裡非常熱門的議題，尤其是在疫情讓數位化及自動化的發展速度比我們所預期還要更快的情況之下。

（介紹討論小組）
我想要介紹一下我們今天的**講者**及**討論小組**。他們從各地**前來齊聚一堂**。John Kim 是我所在的 EduPlus 的執行長兼創辦人。EduPlus 擁有超過 500 名員工，為遍布東亞和東南亞的企業提供人力資源發展方面的課程設計諮詢服務。

我們也請到了 YouLearn 的 Zach Zhou，YouLearn 是個上面有著各種從 K-12（幼稚園到高中生）到成人學習者等主題的技術分享與學習平台。

另外還有兩位小組成員將會加入我們。**首先，我們請到了** Sarah White 來加入我們的小組。她是 Z-Mart 的人才發展部主管，Z-Mart 是世界前十大零售商，員工**涵蓋**各個世代。我們也請到了 Joey Lee，他是一位教育網紅，活躍於多個社群媒體平台，特別是 YouTube，我相信他一定會提供**獨特觀點**的。

我們**很高興大家都能夠來參加**這次活動。

主持人會先介紹活動，再簡單提及演講嘉賓或與談人的身分及其在活動中所扮演的角色，以揭開線上研討會的序幕，一般研討會或會議的參與成員及其角色所欲執行的任務如下所示。

■ 參與者扮演的角色及其任務

- moderator：協調讓討論能順暢進行的人
- host：主辦方或主辦人，與其說是讓討論或對話能夠順暢進行的協調者，應該說是讓節目或活動流程得以按部就班進行的人
- speaker：演講嘉賓或進行報告的人
- key-note speaker：專題演講者，負責進行整場活動中最重要或最關鍵主題演說的人

Before we get started, there are a few points about the webinar. First of all, this whole session is being recorded and will later be shared only with viewers that have paid membership.

Second, everyone is **free to** share their thoughts as much as they like in the **live chat**. We **are all for** an **open dialogue**. However, we will **take down** comments with **vulgar or explicit language**. Letting you know that beforehand.

Third, as for **audience questions** - I'll ask some of the questions **submitted in advance**. For any additional questions that **come to your mind** throughout the session, we'll **open the floor** and try to answer them as much as **time allows us to**. Leave them in the **comment section** below and not the **live chat**. **Be sure to** put your name and country so we can **give a shout out**!

- panel：討論小組或與談人，也就是參與專題討論的人，和 speaker 不同，panel 成員只會參與專題討論，而不會另外單獨進行簡報或演說
- judge：評審或審查委員，會出現在座談會這種具評判性質的活動之中
- audience：聽眾、觀眾、受眾
- participants, attendees：參與者、出席者

■ 會前公告事項

在研討會正式開始之前，會先通知參與者以確保活動順利進行。透過網路來進行時，因為無法像實體研討會一樣，透過設置各種硬體設備來營造研討會的氛圍，或是可以在進行過程中確認彼此當下的動態，所以事先為參與者制定好規則是很重要的。

在我們開始之前，有一些與本次線上研討會相關的事項須說明。首先，本次研討會將會**全程錄影**，並僅供付費會員在之後觀看。

第二，所有人都可**自由**在**即時聊天室**裡盡情分享自己的想法。我們**完全支持**進行**開放性對話**。不過，我們會**刪除粗俗**或帶有**色情或暴力內容**的言論。這點先讓大家知道一下。

第三，就**觀眾提問**部分——我會問一些**事先提交**的問題。若在研討會期間，您有想到任何其他問題，我們會**開放提問**，並在**時間允許的情況下**盡量回答這些問題。請將這些問題發在下面的**留言區**裡，而不是發在**即時聊天室**裡。**請務必**寫上您的**姓名和國家／地區**，讓我們可以和您**打招呼**！

■ 安排／召開線上研討會

進行線上研討會時的相關表達方式

- sign up：登記；報名
- limited time and resources：有限的時間和資源
- promote (sth)：促進；宣傳、推銷某事物
- open dialogue：開放性對話
- take down (sth)：拿下某事物、刪掉（告示、留言等）
- vulgar or explicit language：
  粗俗或帶有色情或暴力的內容
- submitted in advance：事先提交
- audience questions：觀眾提問部分
- the majority of our audience：我們大多數的觀眾
- comment section：留言區
- livechat：線上聊天、即時聊天（室）
- open the floor：開放提問、接受提問

介紹演講嘉賓時

- joined by (sb/sth)：某人或某事物一起加入
- as for our panel：就我們的討論小組
- first we have (sb/sth)：
  首先，我們有／請到某人或某事物
- come together：一同前來、齊聚
- a part of (sth)：
  從事或投身於某事物、身為某事物的一部分
- range of (sth)：某事物的涵蓋範圍
- unique perspective：獨特的觀點

想營造進行研討會的氣圍時

- time allows us to ~：允許我們去做〜的時間
- be sure to ~：必定要〜、務必〜
- free to ~：可以自由去做〜、隨意做〜
- are all for (sth)：完全贊成／同意某事物
- come to your mind：心中浮現、想到
- warm up (sb/sth)：
  讓某人或某事物暖起來（熱身、暖場）
- give a shout out：致意、打招呼
- delighted to have you：很高興您能來／請到您

■ 演講嘉賓進行演說

一場線上研討會要成功，最重要的就是主題與演說內容的品質，但可以讓整體內容更加豐富的是主持人的主持功力。這裡所說的主持功力，在於主持人是否能夠讓活動順利進行，在環節轉換或與談人輪轉時，能夠避免出現斷層並順暢銜接。能否達成這樣的流暢度，完全取決於主持人的功力。

為了能夠順暢銜接各個流程，主持人必須即時消化演講嘉賓或與談人所說的內容，並根據內容提出適當的問題或和對方進行對話，此外，也必須要有能力從聽眾的提問之中，篩選出好問題來詢問講者。接下來，我們將學習在這種情況下可能會用到的與過場相關的表達方式。

Thank you, John and Zach, for a very **informative and insightful** presentation. I think these two talks **warmed up** our panel and audience for a fruitful discussion. Isn't this exciting?

We'll **kick off the discussion** with Sarah and Joey. We'd like to hear about the **changes occurring** in each of your **respective fields** and your predictions of how it will be in the next three to five years. **Over to you**, Sarah.

(Sarah's response)
Thank you, Sarah. You just mentioned some points that we will **dig into** later. Before getting into more of that, let's **hear from** Joey.

(Joey's response)
Wow, Joey just shared some details that I think **the majority of our audience** wasn't **aware of, including myself. Was it just me? Based on** the live chat reaction, I don't think it was just me.

(Change of topic)
Alright, now **let's take a deep dive** into the role of teachers or instructors.

Zach, we'd like to hear from you on this topic. **Share with us how you see** the role of teachers and instructors are changing and will change.

Can you start with **walking us through** how your platform facilitated those classes and **what inspired you to** start this platform **in the first place**? I think that will organically lead to your view on this topic.

(Zach's response)
Now, we'll **transition into** the subject of the effectiveness of e-learning.

謝謝 John 與 Zach 帶來這段非常**有用又富有見解的**報告。我想這兩位的演說讓我們的討論小組及聽眾們，得以在進行豐富的討論前先**暖身一下**。這不是很棒嗎？

我們將**展開**與 Sarah 和 Joey 一起進行的**討論**。我們想聽聽在你們**個別**領域中**正在發生的改變**，以及你們對於接下來的 3~5 年間會如何發展所做的預測。**交給妳了，Sarah。**

（Sarah 進行回答）
謝謝妳，Sarah。妳剛剛提到了一些我們稍後會**深入探討**的重點。在進行深入討論之前，我們先**聽聽** Joey **的看法。**

（Joey 進行回答）
哇，Joey **剛剛分享了一些**我想包括我在內的大多數聽眾們之前沒有注意到的細節資訊。**還是只有我沒注意到啊？**從即時聊天室裡的反應**來看**，我是不覺得只有我啦。

（變換主題）
好的，現在**我們來深入了解**教師或講師所扮演的角色吧。

Zach，我們想聽聽你對這個主題的看法。**請與我們分享你是如**何看待教師和講師現在角色的變化及未來會如何改變。
你可以先帶我們了解你的平台是如何推動這些課程，以及**是什麼讓你最初會想要**創立這個平台的嗎？我想這樣可以自然帶出你對這個主題的觀點。

（Zach 進行回答）
那麼，我們將**進入電子學習有效性的這個主題。**

My **initial reaction to** hearing about children having lessons online was that they need to get back to school as soon as they can. But when I heard that some schools that focused on small group discussion rather than having the teacher deliver knowledge one way had **significantly better** learning outcomes, I wanted to **explore more about** this topic.

Zach, can you share some of the cases you have seen on your platform and **how you view** this issue?

(Zach's response)
John, would you like to **weigh in on** Zach's opinion? I'm sure you have plenty of examples yourself.

(John's response)
Now, let's **turn over to** corporate training with John and Sarah. Let's start with the **do's and don'ts** of online live classes as an instructor or teacher. Sarah, **let's start with you**.

(Sarah's response)
Is there anything you would like to **add on,** John?

(John's response)
I'd like to **touch on the topic of** engagement. Now, learner engagement is **commonly perceived as** the biggest obstacle in transitioning learning from in-person to online.

Let's **get into the topic of** technology. There is definitely a discrepancy between generations **when it comes to** utilizing software. In K-12, parents and teachers may struggle to the software provided fully, and in companies, middle managers or senior executives may also **struggle in this area**. Are there any **cases** where they have **successfully overcome** this problem?

我起初對於孩子們在用網路上課的反應是，他們必須盡快回到學校裡。但當我聽說一些把重點放在小組討論，而非讓教師單方面傳授知識的學校，學習成效得到了**大幅改善**，我就想**再進一步探討**這個主題。

Zach，可以請你分享一些您在您平台上看到的例子，以及你是**如何看待**這個問題的嗎？

（Zach 進行回答）
John，你想要**討論一下** Zach 的意見嗎？我相信你自己也遇到過很多例子。

（John 進行回答）
那麼，我們**接著來**與 John 和 Sarah 一起**看看**企業培訓這個主題。我們就從做為講師或教師，在進行線上直播課程時**該做和不該做**的事開始吧。Sarah，**我們從妳開始**。

（Sarah 進行回答）
John，你還有什麼想**補充**的嗎？

（John 進行回答）
我想**稍微聊一下參與**的這個主題。目前，學習者參與**普遍被認為是**從實體轉換至線上學習的最大阻礙。

讓我們來**討論科技**這個主題吧。**在談及軟體應用時**，絕對存在著世代差異。在 K-12（幼稚園到高中生）部分，家長和老師們要能徹底運用特定軟體可能很難，而在公司中，中階或高階主管也有可能會**在這方面很辛苦**。有沒有什麼**例子**是他們成功克服了這個問題的呢？

(Response)

(Topic transition)

Let's **take a step back now. What I got from** all of our speakers and panel is that the current change in education of **adapting to** technology was **bound to come,** but the pandemic certainly accelerated it. I think that is a **general consensus. We know for a fact that** learning online is something that people will now be comfortable with more than before.

Having said that, whether or not this will be permanent change is still **a topic of debate.** There are some predictions that the demand for education or training offline may even **surge more than ever.**

Joey, you have **made this claim** in one of your Medium posts recently. Do you care to **elaborate** on this today and **make your case**?

(Joey's Response)

Sure. I was **burning to have a discussion** on this topic with our speakers and panel today. Now, after I read some material on this topic, I started to **see things differently.** I'll **lead with** some research done about online and offline interaction.

(rest is omitted)

(Questions to all speakers/panel)

That's a very **interesting point. Personally, I hadn't thought of it that way before,** and probably many others haven't as well. Let's **see by a show of hands how many of you would agree** on Zach's **premise**?

（回答）

（主題變換）

我們**現在先回過頭看一下**。我在聽完所有演講嘉賓和與談人所說的話**後**，可以知道現在**為適應科技而對教育做出改變是勢在必行**，但疫情肯定加速推動了這段過程。我認為這已經是一種**普遍共識了。我們知道確實**線上學習這件事，現在對人們來說要比之前能接受的多了。

話雖如此，這個改變是否會一直持續下去還**有待討論**。有一些人則預測對於線下教學或培訓的需求可能會**更甚以往**。

Joey，最近你在其中一篇 Medium 的貼文裡曾提出這項主張。你今天想要針對這項主張**詳細說明並提出支持你主張的理由**嗎？

（Joey 進行回答）

當然。我之前**非常想要**在今天和我們的演講嘉賓及與談人們**就**這個主題**進行討論**。不過，在我看過一些有關這個主題的資料之後，我開始**改變想法了**。我將**以**一些針對線上和線下互動交流所做的研究**為主來進行**。

（其餘省略）

（針對所有講者／與談人的提問）

這是一個非常**有趣的觀點**。就我個人而言，我之前從來沒這樣想過，而且可能有很多人也跟我一樣。我們來**舉手看看你們之中有多少人同意 Zach 的立論基礎**吧？

■ 表明或轉換主題時

表明主題

- before we get started：在我們開始之前
- kick off the discussion：開始進行討論
- dig into (sth)：深入挖掘或研究某事物
- share with us how you see (sth)：
  和我們分享你對於某事物的看法
- walk us through (sth)：帶我們了解某事物
- initial reaction to (sth)：
  對某事物的最初反應或第一反應
- explore more about (sth)：進一步探討某事物
- what inspires you to ~：
  是什麼讓你想要去做～／是什麼啟發了你去做～
- when it comes to (sth)：在提到或說到某事物時
- how you view (sth)：你是如何看待某事物的
- take a deep dive into (sth)：深入了解某事物
- lead with (sth)：以某事物為主來進行

轉換主題

- transition into (sth)：將（主題）轉換到某事物
- turn over to (sth)：移交或轉交到某事物
- touch on the topic of (sth)：觸及某事物的這個主題
- get into the topic of (sth)：進入某事物的這個主題
- take a step back：退後一步、回過頭看一下
- having said that：話雖如此

邀請特定人士發言的表達方式

- Over to you, (sb)：交給你了，某人
- hear from (sb)：聽聽某人的消息或意見
- Let's start with you.：我們從你開始吧。

詢問意見的表達方式

- weigh in on (sth)：對某事物發表意見或評論
- add on：補充、附加
- elaborate：具體說明、詳細闡述
- make your case：提出支持你主張的理由
- see a show of hands：透過舉手來了解
- how many of you would agree on (sth)：
  你們之中會有多少人同意某事物
- Was it just me?：是只有我這樣嗎？

想對某言論發表意見的表達方式

- informative and insightful：有用又有見地的
- fruitful discussion：豐富或很有幫助的討論
- interesting point：有趣的觀點、有趣的主張
- I haven't thought of it that way before.：
  我以前從來沒有這樣想過。

■ 適合用來抒發己見的表達方式

抒發己見時

- what I got from (sth)：
  我從某事物所獲得的／所理解的
- Based on (sth)：根據或依據某事物
- see things differently：
  以不同的方式看待事物、想法不同
- premise：立論基礎、理論成立的前提

跟討論有關的表達方式

- do's and don'ts：該做和不該做的事、注意事項
- a topic of debate：有待討論的主題、值得討論的議題
- burn to have a discussion：非常想進行討論

- we know for a fact that (sth)：
  我們知道確實某事物～、我們可以肯定某事物～
- commonly perceived as (sth)：普遍被認為是某事物
- surge more than ever：更甚以往
- general consensus：普遍共識
- bound to come：勢必會發生、註定會到來
- cases：案例、例子
- in the first place：首先
- significantly better：大幅改善、明顯更好
- respective fields：個別領域

- aware of (sth/sb)：知道或意識到某事物或某人
- struggle in this area：
  在這領域裡有困難、對這部分覺得很辛苦

(Closing remarks from speakers/panel)
We are **running out of time**, but our panels have **agreed to** give us about ten more minutes to cover at least a few more of the **questions coming in**. We'll **wrap up** with **final words** from each of our speakers and panels. Quickly, **let's keep it under** 30 seconds. Sarah?

Joey, any **quick comments**?

John, some **closing thoughts**?

(Closing remarks from moderator)
I think **it's safe to say** that the **theme that runs through** all of today's discussions is openness to change. The main **takeaway** for me was that learners all over the world are open to change

- successfully overcome (sth)：成功克服某事物
- adapt to (sth)：適應或因應某事物
- including myself：包含我自己在內

■ 結尾與公告事項

講者和討論小組在持續進行激烈討論時，往往會需要比預定時間還要更長的時間，另外，除了各個講者或與談人間會進行熱烈討論，參與者也會提出問題。在遇到討論時間的長度超乎預期、因而想要結束線上研討會，或想要要求對方的發言不要超過某個特定時間長度時，可使用下列的表達方式。

在整場線上研討會即將結束時，主持人可提出自己對於整場討論的評論，或將整體內容進行統整摘要，也可針對未來可能會用到本次線上研討會討論內容的對象，發布公告事項或宣傳主辦方所提供的服務內容。

（演講嘉賓／與談人發表閉幕詞）
我們的**時間快到了**，但我們的與談人們已經**同意**再多給我們十分鐘左右的時間，至少再多回答幾個**提出的問題**。我們會請每位演講嘉賓和與談人**最後說一段話**來做為結束。**事不宜遲**，我們每個人控制在 30 秒以內吧。Sarah？
Joey，**想要簡單說一下**你的意見嗎？
John，**最後說幾句話**？

（主持人發表閉幕詞）
我想**可以肯定地說**，**貫穿**今天這整場討論**的主題**就是要用開放的態度來面對改變。對我來說最大的**收穫**，就是發現世界各地的學習者都對改變抱持著開放的態度，

because we all have experimented and experienced different means of learning, and learned that online learning can be more convenient and effective.

I hope all of our attendees have something to **take away** from today's webinar. I certainly have. I am excited to see how **things will play out** in the next few years.

I want to thank our speakers and panel for the **lively discussion** and for staying longer than you planned. Let's **show some appreciation** in the live chat!

We'll **let** you all **go** now. Have a great day!

(Announcements on after the webinar)

To those who would like to **go back** and watch the webinar again, which I definitely will do, only paid members will **be given access**. If you are not a paid member of our platform, you can sign up anytime at edtechisthefuture.com for $12.99 per month, $9.99 per month for an annual subscription. You'll have **unlimited access** to more than 1,000 webinars and training **material** for educators on leveraging technology.

■ 用來結束線上研討會的表達方式

結束討論時

- agreed to (sth)：願意或同意去做某事
- questions coming in：提出的問題、出現的問題
- run out of time：耗盡時間
- let's keep it under 30 minutes：
  讓我們把時間保持在 30 分鐘以內
- wrap up：結束、收尾
- final words：最後說幾句話

因為我們都已經嘗試和體驗過了不同的學習方式，並體認到線上學習可以是更加方便和有效的學習方式。

我希望所有與會者都能從今天的線上研討會中**得到一些收穫**。我確實有所收穫。我很期待看到**情況**在未來幾**年會如何發展**。

我想要感謝我們的演講嘉賓和與談人**的熱烈討論**，且花了比預期要更長的時間參與。讓我們在即時聊天室中**表示一些謝意**吧！

大家現在**可以離開了**。祝有美好的一天！

（線上研討會後的公告事項）
給那些想**回來**重看這場線上研討會的人，我是一定會回來重看的，這個**權限只提供給**付費會員。如果你不是我們平台的付費會員，隨時都可以在 edtechisthefuture.com 上以每月 12.99 美金或年繳制的每月 9.99 美金註冊。你將可以**無限制取用**給教育工作者就科技運用所做的超過 1,000 場的線上研討會及培訓**資料**。

- quick comments：簡單評論、簡單發表意見
- closing thoughts：閉幕詞、結束感言
- takeaway：收穫、（學到或了解到的）重點或資訊

結束 Webinar 並公告事項
- show some appreciation：表示一些謝意
- let (sb/sth) go：
  讓某人或某事物離開、放某人或某事物走
- it's safe to say (sth)：
  可以肯定地說某事物是～、某事物說是～也不為過

- theme that runs through (sth)：貫穿某事物的主題
- things will play out：某事會發生、某個情況會發展
- lively discussion：熱烈討論
- go back：回去、重溫
- be given access：被賦予權限
- unlimited access：無限制取用
- material：材料、資料

■ 加入 Clubhouse

在 2021 年初，以聲音為主的內容平台 Clubhouse，因為擁有一群在矽谷極具影響力的企業家用戶而成為了話題，且隨著這波熱潮席捲全球，公司身價也一下子就超過了 10 億美金。隨著 Elon Musk、Mark Zuckerberg 這類知名企業家與 Oprah Winfrey、Kanye West、Kevin Hart 等巨星也開始使用，這個平台也漸漸變得更為熱門。

Clubhouse 是以主講人進行語音對話的方式來使用，聽眾則要透過「舉手」並被主講人選中，才能獲得發言權來參與討論。也可以將 Clubhouse 理解成一種類似 podcast 的語音社群平台，能夠讓聽眾在聆聽線上有聲內容的過程中，透過舉手功能來同步

Q. **You famously said**, "Supply and demand are undefeated". I put this quote everywhere to get me into an entrepreneurial mindset. **Where is one area where** you see a discrepancy between supply and demand lately?

Q. Give us an **inside scoop** on your branding strategy. **Tell us one thing** you **haven't talked about yet** that you are implementing to build a better brand.

參與對話的一個平台，也因為可以即時展開對話，所以創建內容的所需時間會比其他平台來得短。雖然平台上面會出現各式各樣的主題，但整體來說可將其視為與小組討論或會議中的問答時間相似的進行內容。

就英文學習而言，則可將 Clubhouse 看作是最棒的英文聽力與口語練習平台。因為看不到臉，所以無法從表情或肢體動作中得到提示，只能完全倚賴語音內容來獲得資訊，因此可以用來練習高難度的英文聽力。

有別於線上研討會，在 Clubhouse 上發言時，不需要顧忌或在意自己的外貌、背景或畫面品質，可完全把心力放在自己的口語表達之上。在藉由 Clubhouse 提升自己的英文聽力後，就可以試著加入自己喜歡的 influencer（在網路上具有影響力的人、網紅）的房間，試試看用英文來發問吧！

以下範例是我利用 Clubhouse 來試著向平時我有在追蹤的網紅 GaryVee 發問。（GaryVee：靈活運用各種社交媒體的行銷領域專家兼網紅）

在線上研討會、會議或 Clubhouse 的房間裡等情境之中，若真的沒有時間，也可以單刀直入地提出問題。不過，一般而言，在發問前都會利用下列這些表達方式來緩和氣氛或說明問題的脈絡，讓問題提出的方式更自然。

Q. 大家都知道你說過「供需不敗」。我把這句話放在各個地方，好讓我能進入那種創業家的心境。你最近有在什麼領域裡看到供需不一致的情形呢？

Q. 請跟我們說一個和你們品牌策略有關的內部消息。告訴我們一件你為了讓品牌變得更好，還沒跟大家說過、但目前正在做的事。

Q. **With** all the censorship **going on,** I'm curious how you see the future of social media **in the course of the next 5~10 years.**

Q. Hi Gary, love your IG account. I am really interested in the **ins and outs** of your business. **Walk us through** how you run your office. What does your team's typical day **look like**?

Q. I'm a parent myself, and my kids are 12 and 14. I have two questions as a parent. They are starting to get prepped for university at school, but they don't seem academic. What's the best way to think about college **in today's world**? Should I still send my kids to college, or no? And the next one is, **what advice do you have** for parents that want to raise entrepreneurs?

Q. **As you know,** Gary, there's a huge amount of **hype** on **crypto** these days, **to put it mildly. What's your take on** crypto and a safe way to invest?

Q. **In your own words,** what are **NFTs, why should I care,** and what do we possibly stand to gain from it?

Q. **Switching the topic** to something a bit **light-hearted,** what is one **guilty pleasure** that you can't let go of?

Q. So, you're **not exactly known for** your **laid-back** lifestyle. **How do you handle** stress, especially pressure that comes from business partners and investors?

Q. 隨著各種審查的進行，我很好奇你是如何看待未來社群媒體在往後 5 到 10 年間的發展。

Q. 嗨，Gary，我真的很喜歡你的 Instagram 頁面。我對你們公司的各方面資訊都真的很有興趣。請帶我們了解你經營公司的方法。你們團隊日常的一天是怎麼樣的呢？

Q. 我自己是一個有著 12 和 14 歲孩子的家長。做為家長，我有兩個問題。他們在學校要開始為上大學做準備了，但他們似乎不是念書的料。在現在這個社會，我們該怎麼看待大學才是最恰當的呢？我還是應該送孩子上大學嗎？還是不要？還有下一個問題是，你對於想要培養子女成為企業家的父母，有什麼建議呢？

Q. 就像 Gary 你知道的那樣，用比較保守的方式來說，這陣子加密貨幣被大量炒作。你對加密貨幣和投資的安全方法有什麼看法呢？

Q. 請你用自己的話來解釋 NFT 是什麼、為什麼我要在乎它，還有我們可能可以從它身上獲得什麼呢？

Q. 換個輕鬆一點的話題，有什麼是你明明知道不好、卻還是戒不掉的嗜好嗎？

Q. 那麼，你其實不是那種生活過得很悠哉的人。你會如何處理壓力，尤其是來自商業夥伴和投資人的壓力呢？

■ 在 Clubhouse 或線上研討會中發問

發問的開場白

- you famously said (sth)：大家都知道你說過「某事」
- with (sth) going on：隨著某事物的進行或發展
- as you know：如你所知
- to put it mildly：委婉地說、用比較保守的方式來說
- switch the topic：切換主題
- not exactly known for (sth)：其實不是某事物

發問

- Where is one area where ~：在什麼領域裡有～
- Tell us one thing：告訴我們一件事
- in the course of the next 5~10 years：
  往後在未來 5 到 10 年間的發展
- walk us through (sth)：
  帶我們了解某事物、對我們詳細解釋某事物
- (sth) look like：某事物看起來像
- the best way to think about (sth)：
  思考或理解某事物的最佳方式
- the next one is：下一個是
- what advice do you have on (sth)：
  你對某事物有什麼建議
- what's your take on (sth)：你對某事物有什麼看法
- in your own words：請你用自己的話來解釋
- why should I care：為什麼我應該要在乎
- How do you handle (sth)：你會如何處理某事物

其他

- inside scoop：獨家新聞；內部消息
- ins and outs：各方面的資訊、詳情
- in today's world：
  在現今的世界裡、在現在的這個社會
- light-hearted：輕鬆的、放鬆心情的
- hype：利用媒體等手段大肆宣傳、炒作、經人為刺激
  而變得活躍
- guilty pleasure：帶著罪惡感的樂趣
- laid back：悠哉的、閒散的
- crypto (currency)：加密貨幣
- NFT：非同質化代幣（non-fungible token 的縮寫）

01
02
03
04
05
06
07
08
09
10
11
12
13

即使不是擔任線上研討會的主持人，在遇到必須要讓對話能順暢進行的情境，如商務會議或與客戶面談等場合，也很可能會用到這裡學到的必備表達方式，牢記這些在帶領對話方向時能夠派上用場的表達方式，並試著實際用用看吧！

1 Our small team of social media influencers had **limited time and resources** to **promote** the event, but they managed to pull it off in style.

我們的社群媒體網紅小團隊，在時間和資源都有限的情況下，還是設法出色地完成了宣傳這個活動的任務。

2 The **speakers** came together from different walks of life for the **panel** discussion. **Before we get started**, I would like to introduce our most esteemed guest, Dr. Jeongmin Choi.

參加小組討論的講者來自各行各業。在我們開始之前，我想先介紹一下我們最受敬重的嘉賓 Jeongmin Choi 博士。

3 Please **feel free to** join the live chat for an **open dialogue**. We **are all for** giving a platform to divergent views. Remember that our built-in AI will automatically **take down vulgar or explicit language.**

請自由加入即時聊天室進行開放性對話。我們全心支持提供一個平台給不同觀點的這件事。請記得，我們內建的人工智慧將自動刪除粗俗或帶有暴力或色情的言論內容。

4 | During panel discussions, **audience questions** are usually submitted **in advance**. It's done this way to give the panel ample time to prepare their responses.

在小組討論期間，通常會**事先**提交**觀眾的提問**。這樣做是為了給小組成員充足的時間來準備他們的回應。

5 | We welcome any questions that **come to mind**. We will open the floor to questions in the comment section **as time allows**. Also, **be sure to give a shout out** to your favorite panelists!

我們歡迎任何各位想到的問題。在時間允許的情況下，我們會開放留言區提問。此外，請**一定要**和你最喜歡的與談人打個招呼！

6 | What the **majority of our audience** wasn't **aware of**, **including myself**, is that we have a surprise keynote speaker from Oracle.

包括我自己在內的大多數觀眾都沒注意到的是，我們有一位來自 Oracle 的驚喜專題演講嘉賓。

7 | I would appreciate it if you **walked us through** your thought process and **what inspired you to** start your company in the first place at only 23 years old.

如果你能**帶我們了解**你的思考過程，以及最初**讓你**在僅僅 23 歲的年紀，就創立了自己公司**的原因**，我會很感激。

8 | My **initial reaction to** children dozing off in online classrooms was sympathy. Face-to-face interaction is **significantly better** for hyperactive teenagers.

對於在線上教室裡打瞌睡的孩子，我**最初的反應**是同情。面對面的互動對於好動的青少年來說**要好太多了**。

9

As we **explore more about** these challenges, I would like to know **how you view** the idea of universal income. Dr. Park, would you like to **weigh in on** the debate?

在我們**繼續探究**這些挑戰的同時，我想知道**你們是如何看待**基本收入的這個構想的。Park 博士，你想**就**這個議題**發表意見**嗎？

10

Now let's turn to slide three, which introduces the **do's and don'ts** of creating YouTube content. Let's **start with you**, Michael, if you don't mind.

現在讓我們轉到第三張投影片，上面介紹了創作 YouTube 內容時**該做和不該做的事**。Michael，如果你不介意的話，我們**從你開始**吧。

11

Our discussant has only slightly **touched on the topic of** VR technology. I would like to **add on** in due time.

我們的與談人只是稍微**談了一下**虛擬實境科技的這個主題。我想在適當的時候**做補充**。

12

Before we get into the topic of attention span, let us look into students with a high IQ **commonly perceived** as having ADHD.

在我們進入集中力時間的這個主題**之前**，我們先來看看被普遍認為患有過動症的高智商學生。

13

After the discussion, **I took a step back** to reflect on the debate. And **what I got from** all those presentations was the state of urgency to adapt to a changing environment quickly.

討論結束後，我回頭反思了一下這場辯論。而我從全部這些報告之中所學到的，就是快速適應變動環境的急迫性。

14

The issue of seasoned teachers **adapting** their skills **to** the digital environment is **bound to come** to a **general consensus**.

資深教師們要讓他們的技能可以適應數位環境的這個議題，勢必會達成一個普遍共識。

15

The headhunter has been **making** quite a **strong case** for why I should hire you.

獵人頭公司為我為何應該要雇用你提出了相當充分的理由。

16

Many of those in attendance have been **burning to have a discussion** with intellectuals who **see things differently**.

出席者之中有許多人一直都非常想要和觀點不同的知識分子們進行討論。

17

The moderator has **agreed to** keep the **questions coming in**. Unfortunately, as we are **running out of time**, not all of them will be answered today.

主持人之前同意要繼續進行提問。不幸的是，由於我們的時間快到了，所以今天不會回答所有問題。

18 I would like to invite our panelists to share with us any **final words** or **quick comments** as we **wrap up** our discussion. Due to time constraints, let's **keep it under** two minutes, please.

我想邀請我們的與談人，最後和我們說幾句話或快速發表一下意見，做為我們今天討論的結束。由於時間關係，我們把時間控制在兩分鐘以內吧，謝謝。

19 **It's safe to say** that the **theme that runs through** most discussions these days is hope for the future. For better or worse, we will have to wait and see how **things will play out.**

可以肯定地說，貫穿現今大多數討論的主題是對未來的希望。無論好壞，我們都得拭目以待看看事情會如何發展。

20 Visitors will **be given access** to the grounds, but not **unlimited access.** Some areas are still off-limits.

雖然會給予訪客入場的權限，但不是沒有限制的權限。有些區域仍是禁區。

Chapter 09

Udemy、Coursera

　　如果說 Coursera、edX 是把既有的大學課程（curriculum）線上化和商業化後的產物，那麼 Udemy 則較偏向讓各領域中精於實務面的專家們，開設並販售其講座的平台。透過這個平台，可以提供尚未有中文版，或因領域較為小眾而較難接觸到中文相關資訊的課程。此外，除了提供一般的線上課程，在此平台上還可以利用論壇親自向講師或同課程的同學們發問，課程也會按進度提供作業來檢測學習成效、聽取學生的回饋意見或安排進行測驗，還可取得結業證書或學位。現在的企業想要知道的是應徵者的實務能力，因此比起大學學位，更關心的是應徵者有沒有修習過特定課程。

　　有些人可能一聽到要上用英文授課的課程就大驚失色，但只要參加過一次線上研討會、MOOC（Massive Open Online Course 的縮寫，指大規模的公開課程）就不會感到那麼有壓力了。為了讓自己成為最適合學習的媒介，平台會提供速度調整、英文及多國語言字幕等多種功能。當利用線上研討會來練習英文聽力時，可能會因為節奏較慢、花費時間較長而覺得很累，而實務型的這類線上課程，所安排的授課時間通常是 10 到 20 分鐘左右，短則不到 5 分鐘，因此要消化吸收課程內容也比較輕鬆。除此之外，講師們也會事先備課才進行拍攝，所以較少出現

filler word（填充詞）或相同內容反覆出現的情況。在拍攝影片時，講師們也會提供字幕或使用視覺輔助的資料，讓非母語者更容易看懂課程內容。

　　另外，除了影片之外，也會提供可列印的 PDF 檔，還有可以進行交流的無數同學、助教與講師。比起只把目標放在學英文之上，要不要試著一邊學自己有興趣的領域中的知識，一邊提升英文實力呢？

Udemy
The Ultimate Guide to Facebook Ads 2020
Facebook Ads 2020: How our clients have made a complete transformation in their sales! + Facebook Ads certification (Best Seller) 4.8 (50,235 stars) 182,055 students

Creator: David Montana
Last update in November 2019
English
CC: English, German, Japanese, French

Do you want to become a Facebook Ads expert? Do you wish to utilize Facebook/Instagram ads to **bring success to your** business/product/service/brand? **Join** the 180,000+ students in the most **comprehensive** digital marketing course on Udemy.

　　This is a **step-by-step guide** teaching you from creating your first Facebook ad ever to mastering the art. I have designed this course so that everyone from beginners to intermediate learners can build a better **presence** online utilizing Facebook Ads. **Drive your brand to new heights** by **delving deep into** the abundant knowledge, skills, and insight I have gained throughout my career of helping 700+ companies. There are no

■ 參加 Udemy 的課程

只要具備專長或專業領域的知識，任何人都能在 Udemy 上開設並販售自己的課程。課程開設後就需要廣為宣傳並說明課程內容，接下來就一起來認識這些會用到的表達方式吧。在 Udemy 上瀏覽課程時，經常會接觸到下面這些表達方式，所以熟悉這些表達方式，不僅有助於理解課程內容，往後自己想開設課程時也能派上用場。

Udemy
Facebook 廣告的終極指南 2020 版
Facebook 廣告 2020 版：我們客戶全面改造銷售的方法！+
Facebook 廣告認證（銷售最佳）4.8 星（50,235 則評分）
182,055 位學生

建立者：David Montana
上次更新於 2019 年 11 月
英文
字幕：英文、德文、日文、法文

你想成為 Facebook 廣告的專家嗎？想運用 Facebook/ Instagram 廣告來讓你的生意／商品／服務／品牌成功嗎？和超過 18 萬名學生一起加入在 Udemy 上最全面的數位行銷課程吧！

　　這是一門循序漸進的課程，指導你從製作第一個 Facebook 廣告開始，直到讓你能精於這項藝術。我設計了這門課程，好讓從新手到中階學習者的所有人，都得以利用 Facebook 廣告來在網路上更有存在感。透過深入研究我在整個職業生涯中幫助過 700 多間公司而取得的大量知識、技巧和見解，將你的品牌推向新高度。

required skills to **enroll in this course** other than knowing how to use a computer and the internet.

You're going to get access to more than **30 hours of** video lectures, as well as our student **discussion forum**, where you can directly ask me questions. You also will get three hours of lectures from fellow **industry experts**.

On top of all that, you will also get **lifetime access** to the course with continuous updates and a 30-day, 100% **money-back guarantee**!

(Customer reviews)

WHY THIS COURSE IS DIFFERENT

This Facebook Ads course is **exceptional** for three reasons.

One is that we teach **what actually works**. Our goal is to **deliver** the value you have paid for. We provide numerous industry examples of results we actually achieved.

The second reason is we update monthly content based on the **most frequently asked questions**. You can **take advantage of** the student question forum and give us **frequent feedback**.

Third, we provide material and access to the test account **featured in** the video lectures so that you can have an **interactive learning experience**.

You will learn how to:
— MASTER Facebook Ads all in one course
— Create high ROAS Facebook Ads campaigns step by step
— Set up the best **bidding strategy** with limited resources
— Understand the **terminology** used on Facebook Ads
— Understand Facebook Ads **sales funnel** and analytics
— Create professional text, images, and responsive ads to achieve maximum **outreach, engagement**, and **conversion**

要**報名參加**本課程不需要具備特定技能，只需要知道如何使用電腦和網路就可以了。

你將可以觀看超過 30 個小時的課程影片，並可使用我們的學生論壇，你可以在那上面直接問我問題。你也將能觀看由相關業界專家進行的三小時講座。

最棒的是，你也可以得到這門課程的**終身授權**且課程會持續更新，且有 30 天 100% 退款保證！

（顧客評論）

這門課程為何與眾不同

這門 Facebook 廣告的課程因三個理由而**與眾不同**。

第一是我們教的是**真的有效的內容**。我們的目標是要讓各位花錢**所學到**的是你們真的想學的。我們提供了許多我們實際有取得成效的業界案例。

第二個理由是我們每月會根據**最常被問到的問題**來更新內容。各位可以**利用學生問題論壇**並**多多給我們回饋意見**。

第三，我們會提供教材及課程影片**中特別附上**的測驗帳號使用權限，讓各位獲得**互動式的學習體驗**。

你將會學到：
 －在一門課程內完全掌握 Facebook 廣告
 －循序漸進製作高 ROAS（return on ad spend 的縮寫，指廣告投資報酬率）的 Facebook 廣告宣傳活動
 －在有限資源下設定最佳**出價策略**
 －理解在 Facebook 廣告上使用的**術語**
 －理解 Facebook 廣告的**銷售漏斗**及分析
 －製作專業的文字、圖像和回應式廣告，以達成**向外觸及**、**互動**及**轉換**的最大化

- Target the **right audiences** for your company based on keywords, interest, events on Facebook, and Instagram and Facebook ad network
- Implement the Facebook Pixel, Google Tag Manager, and other advanced tracking strategies
- Increase engagement with ads
- Utilize CRM tools to generate **leads** from **traffic driven to your website**
- MASTER your sales funnel. **awareness**, **retargeting**, and **conversion**!

Requirements:
- **Zero knowledge** about Facebook ads required
- No experience required
- A laptop/PC, smartphone, or tablet with an internet connection is all you need (laptop/PC is the most convenient).
- You need to have a landing page, website, or social media page that you want to send traffic to.
- If you don't have it yet, enroll first and build an **experimental** landing page (we'll guide you).

Who this course is for:
- Someone who wants to master one of the most powerful advertising platforms in the world
- SME business owners/Entrepreneurs who want to **leverage** the Facebook Ads platform **to their advantage**
- Entrepreneurs that never have done online marketing or need a change in strategy
- Marketing professionals who need to better understand the dynamics of the Facebook Ads platform
- Students/job seekers who want to develop professional

－根據關鍵字、興趣、Facebook 上的活動及 Instagram 和 Facebook 廣告網絡，為各位的公司設定出**正確的受眾**

－執行 Facebook Pixel、Google Tag Manager 和其他進階的追蹤策略

－提高和廣告的互動

－利用 CRM（customer relationship manageement 的縮寫，客戶關係管理）工具從**引導至各位網站的流量**中產生**潛在客戶名單**

－掌握各位的銷售漏斗。**認知、再行銷**和**轉換**！

要求條件：

－**不要求具備任何**跟 Facebook 廣告有關的**知識**

－**不要求具備經驗**

－你只要有可以上網的筆電／桌機、智慧型手機或平板就行了（筆電／桌機是最方便的）。

－你必須要有一個你想要導入流量的到達網頁、網站或社群媒體頁面。

－如果你還沒有，先註冊並建立一個**實驗性的**到達網頁（我們會指導您進行）。

這門課程是給：

－想掌握世界上最強大的廣告平台之一的人

－想要**利用** Facebook 廣告平台**創造優勢**的中小企業主／企業家

－從未進行過網路行銷或需要改變策略的企業家

－需要更加理解 Facebook 廣告平台動態的行銷專業人員

－為**了未來職涯前景**而想要培養專業行銷技能的學生／求職者

marketing skills for **future career prospects**

— This course **is NOT for you** if you are not ready to take online marketing seriously

— This course has the best tools for you to succeed if you have ANY product or service that you want to sell, advertise, or promote online

Curriculum:

Section 1: Introduction to Facebook Ads

    a. Welcome to Facebook Ads Masterclass

    b. How to **make the most of** this course

    c. What is Facebook Ads?

    d. Where do Facebook Ads show up?

    e. Formula calculator for Facebook Ads

Section 2: Creating and setting up a Facebook Ads account

Section 3: Set your campaign/group structure **like a pro**

Section 4: Writing **killer ads** and keywords

Section 5: **Expanding, revising**, and **refining** campaigns

Section 6: **Tracking** ad performance - tips on **automating** tracking

Section 7: Winning bidding strategies

Section 8: Bonus material!

Instructor: David Montana

Certified Facebook Ad Pro | Co-founder and CEO of AdZilla

I founded AdZilla, a digital advertising agency **based in** Boulder, Colorado, in 2009. Since then, my team and I have worked with over 700 companies in more than 50 industries in the US and worldwide the world to **generate** more than $500 million dollars **in revenue**.

    I first **took an interest** in online ads when I was a **co-owner** of a restaurant. My restaurant was located a bit far from the **central commercial district, and** people didn't know it existed.

－如果你還沒有準備好要認真看待網路行銷，則這門課程**不適合你**

－如果你有任何想要販售、廣告或推廣的任何產品或服務，這門課程有著讓你邁向成功的最佳工具

課程：

第 1 部分：介紹 Facebook 廣告

　　a. 歡迎來到 Facebook 廣告大師課

　　b. **充分利用**這門課的方法

　　c. Facebook 廣告是什麼？

　　d. Facebook 廣告會在哪裡出現？

　　e. Facebook 廣告的公式計算器

第 2 部分：創建和設置 Facebook 廣告帳號

第 3 部分：**像專家一樣**設置你的宣傳活動／團體結構

第 4 部分：撰寫**殺手級廣告**和關鍵字

第 5 部分：**擴大、修正和完善**宣傳活動

第 6 部分：**追蹤**廣告成效——**自動追蹤**的訣竅

第 7 部分：勝利出價策略

第 8 部分：額外贈送的資料！

講師：David Montana

經認證 Facebook 廣告專家｜AdZilla 共同創辦人兼執行長

我在 2009 年以科羅拉多州的 **Boulder 為根據地**創立了數位廣告代理公司 AdZilla。從那時起，我的團隊和我與美國及全球超過 50 種業別的 700 多間公司進行合作，**創造**了超過 5 億美金**的收益**。

　　我第一次對網路廣告**產生興趣**，是我在擔任一間餐廳的合**夥人**時。我的餐廳離**中央商業區**稍有距離，**而且**人們並不知道它的存在。

I turned to online ads and **taught myself** how to use them. **With the power of** social media ads, I was able to make my restaurant the most popular in town and even in neighboring counties.

With this experience, I earned clients in the F&B industry within my state who hired me to **run ads** for them, and that's the start of AdZilla.

Although **we had and still have many offers** from big businesses to work with their larger budgets, instead, we focus on **SME**s to compete with those big businesses with the power of online advertising. We are confident in our ability to **utilize ads** and show fast results. We work with a budget from $3 thousand a month up to $10 million dollars annually.

You can **become as successful as I am** in the digital advertising **space**. More than one million students have watched my lessons since 2015, and many of them have **testified** that they have achieved **significant growth** after taking this course.

■ MOOC 平台上的常見表達方式

常用於教育平台的表達方式

- what to learn next：接下來要學習的內容
- topics recommended for you：為你推薦的主題
- newest courses：最新課程
- top courses：人氣課程
- featured courses：特色課程
- our top pick for you：給你的最佳推薦
- ratings：評分
- video duration：影片長度
- money-back guarantee：退款保證

我轉而尋求網路廣告的協助並**自學**要如何使用它們。**有了**社群媒體廣告**的力量**，我當時讓我的餐廳成為鎮上、甚至是鄰近城鎮之中最受歡迎的餐廳。

有了這段經歷，我為我自己贏得了來自我所在州內的餐飲業客戶，他們聘請了我來為他們**投放廣告**，而這就是 AdZilla 的開始。

儘管**我們從那時起到現在**，都還是有很多大公司捧著他們更為豐厚的預算來**希望**與我們合作，然而，我們專注於利用網路廣告的力量，來幫助**中小企業**得以與那些大公司競爭。我們對於我們**運用廣告**並快速取得成效的能力很有信心。預算從每月 3000 美金到每年 1000 萬美金，我們都可以操作。

各位**也能像我一樣**在數位廣告**領域裡**取得成功。自 2015 年以來，已有超過 100 萬名學生觀看了我的課程，且其中有許多人**表示**他們在上過這門課程後取得了**大幅度的成長**。

- hands-on training：實作培訓、實地訓練
- complete bootcamp：完成集訓
- complete course：完成課程
- A to Z：從頭到尾
- (sth) in one course：在一門課程中的某事物
- crash course：密集課程、衝刺班
- beginner to pro：從初學者到專業人員
- become a (sb)：成為某人
- fundamentals：基本面、基礎
- master the art of (sth)：掌握某事物的藝術
- detailed walk through (sth)：詳細介紹或說明某事物
- step-by-step guide：循序漸進的指導、分步指引

- tips and tricks：提示和訣竅
- skills you will gain：你將得到的技能
- you will learn how to ~：你將學到如何～
- learner career outcomes：學習者的職涯成果
- Start learning today!：今天開始學！
- certificates：證書
- required skills/requirements：要求技能／要求條件
- lifetime access：終身使用權／授權
- 30 hours of (sth)：30 小時的某事物
- discussion forum：論壇、討論區
- interactive learning experience：互動式學習體驗

說明課程內容的描述用語

- join (sth)：加入或參加某事物
- comprehensive：綜合的、全面的
- the science of (sth)：某事物的技術／專門知識
- delve deep into (sth)：深入研究某事物
- structured approach：結構性的途徑或方法
- problems faced by (sb)：某人所面對的問題
- competitive business environment：競爭的商業環境
- on top of all that：最重要的是、除上所述
- with the power of (sth)：以某事物的力量／能力
- exceptional：與眾不同的、優秀的
- what actually works：
  實際有效的東西、真的有用的東西
- deliver (sth)：傳授／傳達某事物
- course of action：行動方針、行動路線
- employ (sth)：採行或使用某事物
- data-driven：受數據所驅使、基於數據的

- decision making：決策、決定
- practical：實用的、實踐的、實際的
- take advantage of (sth)：利用某事物
- most frequently asked questions：
  最常被問到的問題
- frequent feedback：經常給予的回饋意見
- featured in (sth)：
  特別在某事物中出現、特別在某事物中扮演主要角色
- prior experience：以往或先前的經驗
- experimental：實驗性的、試驗性的、實驗用的
- not for you：不是為了你
- testify：作證、證明
- utilize (sth)：充分利用／運用某事物
- space：（市場、產業的）空間、領域
- decision maker：決策者
- industry experts：業界專家
- business professional：商務專業人士
- experienced practitioner：經驗豐富的從業人員

與可養成的能力相關的表達方式

- expand (sth)：發展或擴大某事物
- revise (sth)：修正某事物
- refine (sth)：完善某事物
- track (sth)：追蹤某事物
- automate (sth)：自動進行某事物
- extract (sth)：提取或萃取某事物的精華
- manipulate (sth)：操縱或操作某事物
- evaluate (sth)：評估某事物
- (data) literacy：（數據）識讀、（理解數據的）素養

- analytical mindset：分析性思維
- strategic decision：策略性決策
- significant growth：顯著成長、大幅度成長

與可獲得成就相關的表達方式
- upon completion：在完成後就立刻～
- shareable certificate：可分享的證書
- leverage (sth)：
  發揮某事物的力量、運用某事物取得優勢
- to one's advantage：對某人有利或有好處
- make the most of (sth)：充分利用某事物
- future career prospects：未來職涯的前景
- career outcomes：職涯成果
- competitive advantage：競爭優勢
- pay increase：加薪
- promotion：晉升
- presence：認知度、存在
- bring success to your business/product/service/brand：為你的生意／產品／服務／品牌帶來成功
- drive your brand to new heights：
  將你的品牌推向新的高度
- become as successful as I am：變得像我一樣成功
- generate ~ in revenue：產生～的收益

行銷相關表達
- bidding strategy：出價策略
- terminology：術語
- sales funnel：銷售漏斗
- outreach：外展、向外觸及
- engagement：參與、互動

- conversion：轉換、轉化
- right audiences：正確的受眾
- leads：潛在客戶
- traffic driven to your website：
  引導至你網站的流量
- awareness：認知、知名度
- retargeting：
  再行銷（＊追蹤瀏覽過網站的用戶的數位足跡，並再次推廣其產品或服務的行銷手法）
- conversion：轉換
- like a pro：像專業人士、像專家
- killer ads：殺手級廣告
- run ads：投放廣告

其他

- based in（某地區）：
  以（某地區）為根據地、總部位於（某地區）
- take interest in (sth)：對某事物感興趣
- co-owner：共同所有人、合夥人
- central commercial district：中心商業區
- teach myself：自學
- we had and still have many offers：
  我們從那時起到現在都還是收到很多邀約
- SMEs：
  small and medium-sized enterprises 的縮寫，意指中小企業

■ 參加 Coursera 與 edX 的課程

Coursera 與 edX 是由現有的大學來免費提供線上課程的平台。平台上提供的基本課程是免費的，但若選擇上的是需要付費的課程，則會安排作業並舉辦測驗，讓你可以檢視自己的實際學習狀況，且也能在完成課程後獲得結業證書。除此之外，學員也可以付費來取得專業資格認證或學位的證明文件。

Business Analytics **Specialization**: Communicating with Data

You Will Learn How To:
— Explain how data is used for business decision making
— Solve business problems and questions with **data-driven decision making**
— Use SQL to solve your business problems and questions
— Understand tools used to predict customer behavior

Skills you will gain:
Analytics/Business Analytics/Regression Analysis/Data Science/Decision Tree/Marketing Performance Measurement and Management/Data Visualization/Simulation/A-B Testing/SQL

LEARNER CAREER OUTCOMES
39% Started a new career after completing this specialization.
22% Got a **pay increase** or **promotion**.

Shareable Certificate: Earn a certificate **upon completion**.
100% online courses: Start instantly and learn at your own schedule.
Flexible Schedule: Set and maintain flexible deadlines.
Beginner Level: No **prior experience** required.
Approx. 6 months to complete: Suggested 3 hours/week

相較於 Udemy，Coursera 與 edX 上提供的課程，比較沒有那麼強烈的商業性，雖然上面一樣也有很多實務相關的課程，但 Udemy 著重於非常細節的實務能力，而 Coursera 則較偏向基於學術或理論基礎的大學課程。

商業分析**專門課**：以數據資料溝通

你將會學到：
- 說明**數據資料**是如何被用於商務決策之上
- 藉**基於數據的決策**來解決商業困難及問題
- 使用 SQL 來解決商業困難及問題
- 了解用於預測顧客行為的工具

你將獲得的技能：
分析／商業分析／迴歸分析／資料科學／決策樹／行銷績效衡量與管理／數據資料視覺化／模擬／A-B 測試／SQL

學習者的職涯成果
39% 的學習者在完成此專門課程後展開了新的職業生涯。
22% 的學習者獲得**加薪**或**晉升**。

可分享的證書：完成後即獲得證書。
100% 線上課程：立即開始並按照你自己的時間表學習。
時間彈性：完課時間可彈性安排與執行。
入門程度：不要求具備任何**課前經驗**。
約 6 個月可完成：建議 3 小時／週

Subtitles: English, Arabic, French, Portuguese (European), Chinese (Simplified), Italian, Vietnamese, Korean, German, Russian, Turkish, Spanish, Mongolian

This specialization is an introduction to **the science of** business analytics for all **business professionals.**

The **problems faced** by **decision-makers** today in the ever-changing **competitive business environment** are complex. Gain a clear **competitive** advantage by developing basic **data literacy,** as well as an **analytical mindset** and **practical** data analytics skills to make the best **strategic decisions** possible. You will be able to **extract** and **manipulate** data using SQL code.

You'll learn from **experienced practitioners** and academic professionals based on real-life examples of how they describe a business's performance, **evaluate** different **courses of action,** and **employ** a **structured approach.**

Course 1: Data Analytics for Business & Business Metrics
Course 2: Customer Analytics
Course 3: Operations Analytics
Course 4: Analytics Techniques
Start Learning Today!

— Shareable Specialization and Course **Certificates**
— Self-Paced Learning Option
— Course Videos & Readings
— Practice Quizzes
— Graded Assignments with Peer Feedback
— Graded Quizzes with Feedback
— Graded Programming Assignments

字幕：英語、阿拉伯語、法語、葡萄牙語（歐洲）、中文（簡
　　　體）、義大利語、越南語、韓語、德語、俄語、土耳其
　　　語、西班牙語、蒙古語

本專門課是給所有**商務專業人士**的商業分析**技術**的入門課程。

　　現在的**決策者**在不斷變動又**競爭**的**商業環境**中所面臨的問題很複雜。透過培養基本的**數據素養**、分析性思維和**實務**上的數據分析技能，來盡可能做出最佳的**策略性決策**，以獲得明顯的**競爭優勢**。你將能夠使用 SQL 程式碼來**提取**和**操縱數據**。

　　你將基於真實案例向**經驗豐富**的**從業人員**及**學界專家**學習，了解他們是如何描述企業績效、**評估**不同的**行動路徑**並**採行結構化的方法**。

課程 1：商業數據分析＆商業度量
課程 2：顧客分析
課程 3：營運分析
課程 4：分析技巧
今天就開始學習吧！

　　－可分享的專門課與課程結業**證書**
　　－可自行安排進度的學習選項
　　－課程影片＆閱讀資料
　　－練習小測驗
　　－附有同學回饋意見的評分作業
　　－附有回饋意見的評分測驗
　　－程式設計的評分作業

Shareable on LinkedIn: You can share your **Course certificates** in the certifications section of your LinkedIn profile and on printed resumes, CVs, or other documents.

108,323 already enrolled

■ Coursera 與 edX 上提供的課程類別（級別）

Coursera 的課程類別

Guided project（指導課程）
按照指導可在 2 小時內立刻學會特定技能的實務技術課程。

Course（課程）
Coursera 中的基本課程類型，繳費並完成課程後，可以取得結業證書。

Specialization（專門課程）
掌握某項技術或技能的專門課程，內容結合了多門課程。

Professional certificate（專業認證）
可取得 Coursera 專業證書的課程，證書可用於就業或開闢新的職涯方向。

MasterTrack™ Certificate（MasterTrack 認證）
MasterTrack 認證是將碩士課程模組化的一種課程，修習完畢後可取得大學頒發的碩士學位。

Degree（學位）
可以按照自己的日程安排，線上繳交作業來獲得模組化學程的學位。

可分享在 LinkedIn 上：可將你的**結業證書**分享到你自己 LinkedIn 簡介裡的證照欄位及紙本的履歷表、求職信或其他文件之上。

已有 108,323 人報名。

edX 的課程類別

MicroBachelors Program（微型學士學程）
增進工作能力或相關學位技能的大學程度課程。

MicroMasters Program（微型碩士學程）
增進工作能力或相關學位技能的碩士程度課程。

Professional Certificate（專業認證）
按雇主或大學所要求的技能來設計的課程。

XSerise（X 系列）
針對特定主題而設計的一系列課程。

Online Master's Degree（線上碩士學位）
以合理價格提供完善的碩士學位線上課程。

Executive Education Courses（管理職培育課程）
為想培養優勢技能的管理階級人員所設計的課程。

■ 向講師發問

MOOC 平台上設有可以讓學生發問的 forum（論壇、討論版），這種 forum 和一般網路上的留言板差不多，不過只能輸入文字訊息回文，但可對於上面的發文 upvoting（按讚）。也可以用按讚數排序來查看發文，有個叫做 Reddit 的論壇就是這類論壇中最具代表性的。也可以把這個論壇的運作方式想成像

Facebook 的留言功能，你可以透過按讚數來排列和查找留言，且可重複查看。

通常知名講座的累積學生數會多達數十萬人，所以講師很難一對一來為學生解決疑問，因此會安排助教（teaching assistant）來負責解答。除此之外，因為學生之間的互動熱絡，所以也會互相回答彼此的問題。

一般的網路課程，並非每堂課都能發問並得到解答，學生之間也

Questions on course content
Q: Is section 11 **still relevant today with respect to** the machine learning algorithm changing?
Q: Hi, **earlier in the course,** you said that if I have a $50 daily campaign budget, then I should have between 5-10 keywords. In this lecture, though, you've suggested 20-30 keywords. So **what is best**? Less or more? Thanks.

Asking for advice
Q: **Is it okay to** create four different ad accounts? I've read somewhere that I would get **suspended** if I do that; **is it true**?
Q: **How would I know** which products I should run ads on from my store if the store is completely new? Lesson 14 says to pick bestsellers, biggest margin, etc., but I've only had 12 sales so far, **so I can't say** which are the best.
Q: I set up ads for my e-commerce store I launched in April. Two months later, here I am, having spent over $2500 in ads yet only made $1700 in sales. Something is obviously **not working**. Should I **start again from scratch** following this course? Or should I just revise some of my strategies? I can give access to my account for feedback. **Your advice is highly appreciated. Anyone**?

無法互動和對話，因此使用上可能稍嫌不便。

雖然如果你其實也沒有什麼想問的，那麼這種發問功能對你來說可能就是個可有可無的功能，不過這種匿名又可以和多人互動的論壇，也是一個可以提升自己英文實力的好地方。你可以在上面練習發問，或試著回答別人的問題，藉此來建立另一種使用英文的自信心。

針對課程內容的問題

Q：第 11 節中和機器學習演算法變化**相關**的內容現在還是**重要的嗎**？

Q：**嗨，之前的課程裡**，你說過如果我每天的宣傳活動預算是 50 塊美金，那我應該要設定 5-10 個關鍵字。可是你在這堂課上建議的是 20-30 個關鍵字。所以**哪一個比較好**？要少一點還是多一點？謝謝。

尋求建議

Q：創四個不同的廣告帳號**沒關係嗎**？我之前不知道在哪裡看到，說如果我這樣做可能會被**停權，是真的嗎**？

Q：如果我的店完全是新開的，**我要怎麼知道我店裡有哪些**商品應該要投放廣告？第 14 堂課裡說要挑最暢銷、利潤最高之類的商品，但我到目前為止只成交了 12 筆，**所以我無法確定**哪個商品是最適合的。

Q：我為我在四月上線的電商商店打了廣告。結果，兩個月後的現在，我在廣告上花了超過 2500 美金，卻只賺到了 1700 美金。有些東西顯然**行不通**。我應該要照著這門課的內容**一切重新來過**嗎？還是我只要修正我的一些策略就好？我可以提供我帳戶的存取權限讓大家提供回饋意見。**有任何建議都非常感謝。有人願意嗎**？

Asking about resources

Q: Hi! **Where is** the formula sheet **referenced in this video**?

Q: **Where can I find** the links and resources **mentioned in the course**? **Is there a place where** I can download the slides and links for the tools?

When an error occurs

Q: You're **missing a video**. Parts 3 and 4 have the same video uploaded. **Please check this**.

Q: I think you **uploaded the wrong file** for Part 10.

Other course recommendations

Q: Google Ad **Course Suggestions AS GOOD AS THIS.** Does anybody know of a Google Ad course as detailed as this Facebook one? If David made one I would 100% buy it, but it seems like he doesn't have any course on Google. Please help, **looking for recommendations!**

■ 可用於 Q&A 的表達方式

主要用來發問或請求協助的句型

- What is best?：什麼是最好的？
- Is it okay to ~?：～可以嗎？
- Is it true?：是真的嗎？
- How would I know ~ ?：我怎麼知道～？
- Where can I find ~?：我在哪裡可以找到～？
- Is there a place where ~?：有沒有哪裡～？
- Where is (sth) referenced?：提到的某事物在哪裡？

詢問資料來源

Q：嗨！這支影片裡提到的公式表單在哪裡呢？

Q：我可以在哪裡找到課堂上提到的連結和資料？有沒有哪裡可以讓我去下載投影片和取得工具的連結？

發生錯誤時

Q：你少放了一個影片。第 3 和第 4 部分上傳的是同一支影片。請確認一下。

Q：我想你第 10 部分上傳的檔案是錯的。

課程推薦

Q：請推薦跟這堂課一樣好的 Google 廣告課程。有人知道像這門 Facebook 廣告課程一樣詳細的 Google 廣告課程嗎？如果 David 有開這種課，我 100% 會買，但他看樣子沒開任何和 Google 有關的課。請幫我推薦一下！

- Your advice is highly appreciate.：
  非常感謝你的建議。／有任何建議都非常感謝。
- Anyone?：有人願意嗎？／有人嗎？
- Please check this：請確認一下（這個）

與內容相關的發問句型

- (sth) still relevant today with respect to (sth)：
  與某事物相關的內容現在還是重要的
- earlier in the course：之前的課程裡
- suspended：（活動或帳號被）停權
- not working：沒有發揮作用、行不通

- start again from scratch：一切重新來過
- I can't say ~：我無法確定～
- mentioned in the course：課程中提到的
- missing a video：缺少影片
- upload the wrong file：上傳錯檔案
- course suggestions：推薦課程
- as good as this：和這個一樣好
- look for recommendations：
  求推薦、希望大家推薦一下

MORE APPLICABLE, REAL LIFE EXAMPLES

在這章節出現的表達方式，除了可以用在上線上課程的時候，亦可經常運用於工作相關的場合之中。請練習使用下面這些常用於 MOOC 平台的表達方式。

1 | Short online courses are a popular option for people looking **for the next thing to learn** in a **highly competitive business environment**.

短期線上課程對於在**競爭激烈的商業環境**中尋找**下一個學習目標**的人來說是個很受歡迎的選擇。

2 | Current Events is **our top pick for you** among the **featured courses** in Tella for advanced students.

在 Tella 為進階級學生開設的**特色課程**之中，Current Events 是我們給你的**最佳推薦**。

3 | Research shows that **video duration** directly affects the attention span among teenagers aged between 13 and 18.

研究顯示**影片長度**會直接影響 13 至 18 歲青少年的集中力時間。

4 | The company offers a **money-back guarantee** in the event that the customer doesn't like their products.

如果顧客不喜歡他們的產品，這間公司提供**退款保證**。

5 New employees are required to undergo a thorough **bootcamp** with **hands-on training** before they can be trusted with clients.

在可以交付客戶給他們之前,新員工必須接受包含**實地訓練**的完整**集訓**。

6 The rookie PR manager was given a **crash course** in crisis management last week during the press conference.

上週的記者會為這位菜鳥公關經理上了一堂了危機處理的**速成課**。

7 It takes a minimum of three years to go from **beginner to professional** in advertising and PR.

從廣告和公關的**初學者變成專家**至少要花上三年的時間。

8 In order to **master the art of** storytelling through adverts, one has to learn the **fundamentals** step by step.

要**掌握**透過廣告說故事的這門**藝術**,必須循序漸進地從**基礎**開始學起。

9 The Ads Masterclass includes a **detailed walkthrough** with **tips and tricks** from **industry experts**.

廣告大師班的內容包括由**業界專家仔細說明**的技巧和訣竅。

10 Successful **business professionals** master **the science of** closing the deal early on.

成功的**商務專業人士**不久就會掌握成交的技術。

11 The **problems faced by decision-makers** earlier on in their careers give them a **competitive advantage**.

決策者在其職業生涯早期所面臨的問題，讓他們具有競爭優勢。

12 A lot of prior planning goes into making **strategic decisions** in business.

在做出商業上的策略性決定之前會先做大量的事前規劃。

13 My algorithm can **extract** and **manipulate** vast amounts of data to achieve a specific goal.

我的演算法可以提取和操縱大量數據以達成特定目的。

14 **Experienced practitioners evaluate** the effectiveness of various business strategies before zeroing in on a winning formula.

經驗豐富的從業人員在鎖定成功公式之前，會先評估各種商業策略的有效性。

15 These online business courses **employ a structured approach** to problem-solving, placing the focus on facts, issues, and solutions.

這些線上商業課程採用了結構化的途徑來解決問題，將重點放在事實、議題和解決方案之上。

16 **Earlier in the course**, we learned about many programming languages which are **still relevant today with respect** to app development.

在之前的課程裡，我們學了許多到現在都還是很重要的與應用程式開發相關的程式設計語言。

17 I heard that Geenio **suspended** their operations globally. **Is it true?**

我聽說 Geenio **暫停**了全球業務。這是真的嗎？

18 My current business model is **not working**, Richard. **Should I start again from scratch?**

理查，我目前的商業模式**行不通**。我應該要一切重新來過嗎？

19 Anyone developing online learning platforms will agree that your expertise and **advice are highly appreciated**.

任何在開發線上學習平台的人都會**非常感謝**你提供的專業知識和**建議**。

20 **Where is** a detailed application of the technique **referenced in this video?**

這支影片中提到的這個技術的詳細應用**可以在哪裡**找到？

試試看委託外包吧

數位游牧民族這個詞已經出現一段時間了，世界各地都已經透過網路打造出了一個能夠無視時間地點隨時進行工作的環境。此外，全球經濟危機和各行各業的快速變化，也正在讓工作的概念發生變化。人們從對公司有歸屬感，且會在固定的朝九晚五（或是朝九晚六）在辦公室上班的這種傳統觀念，轉變為每個人都應該要有屬於自己的事業，進行工作的地點或時間並不重要，無論是在組織內工作或是自行創業，這種必須創造自我價值來獲利的觀念變得越來越盛行。

許多上班族為了應對未來而正籌劃著要發展「個人事業」。可能會利用平日晚上或週末來發展「副業（斜槓）」，或選擇跳槽到更能快速應對變化的新創公司，提升自己的能力和商業頭腦。

在這種趨勢之下，全世界對於自由工作者的市場需求和供給也在不斷成長。除了正式的招募流程之外，要找到可以在短期專案中一起工作的人也變得越來越容易。也因此出現了 upwork、Freelancer.com、Fiverr、Guru 等等服務平台。

■ 徵才公告——招募自由工作者的公告（網頁設計）

因為國內其實也有很多自由工作者，所以可能會有人認為沒有必要特地向海外徵才，不過，若我們換個角度來思考，向海外徵才也就意味著我們能夠從中挑選適合人選的人才庫擴大了。你也許可以用十分之一的價格就得到同樣的成果，或者你可以找到人做出在國內做不出來的產品。或者，當你的工作內容鎖定的是國外的某特定地區，要在國內找到可以幫助你了解該地區和主要客戶或受眾的人，可能非常困難，這時就可將你的目光投向海外的人才庫了。

發包海外的相關教學可在 Udemy 或 YouTube 上找到，教學會利用實例來介紹要如何以低成本高效率的方式進行外包。（我還在 Udemy 購買了與外包相關的課程以備未來的不時之需）

然而，將工作委託給位於地球另一端的人，也有可能會被詐騙，提供服務的相關平台會收取最高 15~20% 的手續費，就是為了防止發生這種情況。如果你是以工時做為計費基準，那麼系統會徹底管理工時並監督是否有浮報的情形，且在發包者收到所需產品或成果前不予付款，這些平台扮演著類似仲介或經紀人的角色。Freelancer.com、Upwork、Guru、Toptal 等是由客戶在上面發布以自由接案或專案為單位的工作需求，再讓自由工作者透過競標來取得該工作的平台，其中 Toptal 還是只聘請全球最頂尖的 3% 人才來為自己客戶工作的平台。當然，我們也可以提供工

Web Design (including graphic design)

You will design 10-15 pages of our website (5 sections per page) in a **responsive web design**. We are doing a design renewal to prepare for our new year marketing campaign.

Graphic design **deliverables** will be around creating visual **assets** that will be **published** on all our platform, including our website, social media channels (Facebook, Instagram, YouTube, etc.), direct messages (emails, SMS/LMS, etc.), and offline print

作機會給特定的自由工作者。Fiverr 則是一個將有固定報價的工作商品化及銷售的平台。

這次我們試著在 Guru 上刊登一個徵求自由工作者的公告，我們先假設好一個情境：為了將我正在負責或單獨進行的專案行銷到國外，我打算徵求一個設計師來設計一個介紹我們產品的到達頁面（landing page）以及一個產品的詳細介紹頁面。

相較於一般的徵才公告，對於工作內容的範圍及自己想要的成品／成果，在描述上必須更加具體明確。

比起用抽象帥氣的詞藻來包裝公司或專案的內容，最好還是用平舖直敘的方式，直白說明工作的內容及範圍，因為公告的目的是要讓我們所需的人才來應徵或與我方聯繫，因此建議要用能讓應徵者輕鬆理解的方式來寫。

應該要提到的內容

- 工作的詳細內容：請明確說明或解釋要做的工作內容，範圍和工作量寫得越清楚越好。
- 所需技能：會隨工作內容而有所不同，但請寫得詳細一點。
- 使用軟體的相關要求：通常平台上都有相關欄位可填寫，但如果沒有的話，建議把可使用或你希望對方使用的軟體寫出來，或者也可以把兩者一併列出。
- 計費方式：通常平台上都有相關欄位可填寫，你可以按需求指定計費方式，例如時薪制、固定報價等等。

網頁設計（包括平面設計）

你將會以**響應式網頁設計**的方式為我們的網站設計 10-15 個頁面（每頁 5 個區塊）。我們現在正在更新設計來為我們的新年行銷宣傳活動做準備。

交付的平面設計成品將被視為視覺創作**資產**，將會**運用**於我們全部的平台之上，包括我們的網站、社群媒體管道（Facebook、Instagram、Youtube 等等）、直接傳訊（電子郵件、SMS/LMS 等等）及實體印刷品。

material.

We will provide a brand guideline (logo, brand color palette, fonts) to follow and a framework, for each page. We will provide examples that **have a similar feel to what we're aiming at, for the graphics.**

We are **looking for someone with** both website and graphic professional design experience.

Please show samples of your work. Share your Dribbble account if you have one, or send a portfolio link where we can **access** or download it.

For reference on the content you'll be designing around, check our current company channels.

We will **pay per** page and would like up to 2 **revisions** per page. We'll communicate **via email** and request virtual face-to-face meetings **when needed** for efficient communication.

Our website is: www.petapet.co
Our Instagram is: @petapet

Fixed-price: $2,000
Duration: ‹ 2 months
Expert level: expert

Project Type: **One-time project**

Skills and expertise

Web Design Deliverables: Landing Page Jobs, Website Jobs, User Flows Jobs
Web Design Skills: Interaction Design Jobs, Graphic Design Jobs, Responsive Design Jobs
Business Size Experience: Very Small (1-9 employee) Jobs

我們將提供每一頁須遵循的品牌規範（商標、品牌色號、字體）及框架。至於圖像部分，我們將提供與我們目標想要達到的感覺相似的範例。

我們正在尋找具有網站與平面專業設計經驗的人。

請給我們看看你的作品範例。如果你有 Dribbble（可以在上面看到來自各地的設計師作品的平台）帳號，請告訴我們，或者給我們一個可以取得或下載作品集的連結。

請查看我們公司目前的管道做為未來設計內容相關的參考。

我們將按頁付費，並希望每頁最多可以修改 2 次。我們將透過電子郵件溝通，並會要求在需要時進行視訊會議以增進溝通效率。

我們的網站：www.petapet.co
我們的 Instagram：@petapet

報價：2,000 美金
期間：2 個月以內
專業等級：專家

專案類型：一次性專案

技能和專業知識

交付的網頁設計成品：到達頁面工作、網站工作、用戶流程工作
網頁設計技術：互動設計工作、平面設計工作、響應式設計工作
業務規模經驗：超小型（員工 1-9 名）工作

Activity on this job
Proposals: 5 to 10
Last viewed by client: 3 hours ago
Interviewing: 3
Invites sent: 4
Unanswered invites: 2

About the client

South Korea
8:19 am

3 jobs posted
50% hire rate, 2 open jobs

Member since Nov 9, 2019

■ 徵才公告─自由工作者的技能公告（開發人員）

你可以出售自己具有的技術或能力來賺取額外收入，或者也可以乾脆轉職為自由工作者。在面對未來的不確定性與產業的急遽變化，已經有很多人除了正職工作以外還會從事各種副業。

就像我們在第一個例子裡看到的那樣，你可以以個別專案為單位來徵才解決非常態性的工作（也就是「零工（gig）」），但也可反過來透過市場機制，把自己具備的能力商品化並在市場上販售。在將自己具備的能力商品化時，建議最好先找出有市場需求的工作技能，再將其個別商品化並拿到徵才市場上販售，而不只是一股腦將自己的所有技能全部列出來。這樣做的話，服務銷售頁面上就會呈現像下面這個例子的內容。

首先，你必須要寫出自己可為市場提供什麼樣的成果或作品（也

本件工作活動狀態
提案：5 到 10 名
客戶上次查看：3 小時前
洽談中：3
發送邀請：4
未回覆邀請：2

客戶資訊

韓國（客戶所在地）
上午 8 點 19 分（所在地區的當地時間）

刊登了 3 份工作
聘僱率 50%，2 份工作徵才中

自 2019 年 11 月 9 日起為會員

就是可交付的工作成果是什麼），並詳細說明其內容，在寫之前
可先參考一下外包平台上與自己欲售出的技能相似的其他公告。

應該提到的內容

* 提供的業務詳細內容：請明確說明或解釋自己可以提供的服
  務、業務範圍和工作量，寫得越清楚越好。
* 可證明技能的資料：展出自己的作品集，務必附上外部連
  結。
* 成果（可交付的成品）形態：請描述會以何種形態提交自己
  的工作成果，若為線上作業，通常會一併提及提交的檔案格
  式。
* 套裝方案比較：以價格範圍設置 2-3 個成品的套裝方案，並
  明確描述各套裝方案所享有的內容及優惠。

I will **convert** your website into a native app

About This **Gig**

I convert websites so that they are just like a native app on both Android and iOS. With a native app, you can upgrade your website's **accessibility** and **searchability**. All updates on your website will **automatically be reflected** on your native apps.

I provide the following features:

— Swipe to **refresh** the app
— Offline and online check status
— Modern **progress bar** with your app logo
— App analytics
— Social media **integration**
— Google maps/MapKit
— Auto-sizing
— **Push notifications** (extra charge): You will get a control panel to send lifetime unlimited push notifications.

Why should you choose me?
1. I have **7+ years of experience** and 500+ website-to-app conversion projects **done with excellence**.
2. Not competing on the **lowest price**, but with great quality and reasonable price. The **reviews prove it**.

I will send you .apk and .ipa files of your application, or **for an additional fee,** I can **publish** the app for you on both the Play Store and App Store.

Notice: Please **message me** before you order a gig to agree on the **scope of work** beforehand. **Feel free to** contact me anytime. I'll get back to you within 24 hours.

我會將你的網站**轉換**成原生應用程式

關於這件**工作**

我會轉換網站，讓網站就像是 Android 和 iOS 系統上的原生應用程式。有了原生應用程式，可讓網站的**可使用性**和**可搜索性**都得到提升。網站上的所有更新都將**自動反映**在你的原生應用程式上。

我會提供以下特色功能：

- 應用程式滑動**重新整理**
- 離線與在線確認動態
- 現代化並有著你應用程式標誌的**進度條**
- 應用程式分析
- 社群媒體**整合**
- Google 地圖／地圖套件
- 自動調整大小
- **推送通知**（額外付費）：你會獲得一個控制面板來發送終身無限制的推送通知。

為什麼你應該選擇我？
1. 我擁有超過 7 年的**經驗**且**成功完成**了超過 500 件網站轉換成應用程式的專案。
2. 不以**低價競爭**，而是提供絕佳品質及合理的價格。**評論證明了這一點**。

我會給你 .apk 和 .ipa 檔的應用程式，或**可支付額外費用**，我可以為你將應用程式**上架**到 Play 商店和 App 商店。

注意：在委託工作前請先**傳訊息給我**，好事先就**工作範圍**達成協議。**隨時**都能跟我聯繫。我會在 24 小時以內回覆。

For more information, **check out** my portfolio at bit.ly/1a2b3c.

Compare Packages:

	Basic	Standard	Premium
Splash Screen	✓	✓	✓
App Icon		✓	✓
Ad Network Integration		✓	✓
App Submission		✓	✓
Provides Source Code			✓
Mobile Operating Systems	1	1	2
Revision	1	2	3
Delivery Time	2 days	3 days	5 days
Total	$50	$90	$150

■ 經常出現在自由工作者的招募／求職公告中的表達方式

工作範圍

- gig：（臨時性的）工作、零工
- scope of work：業務範圍、工作範圍
- complex project：
  （需由專家或代理商協助的）複雜的專案
- longer-term contract：較長期的合約

若需更多資訊，請到 bit.ly/1a2b3c 查看我的作品集。

套裝方案比較：

	基本	標準	高級
啟動顯示畫面（啟動應用程式或讀取時顯示的大型圖像）	✓	✓	✓
應用程式圖示		✓	✓
廣告網絡整合		✓	✓
應用程式送審上架		✓	✓
提供原始碼			✓
行動作業系統	1	1	2
修改次數	1	2	3
交件時間	2 天	3 天	5 天
合計	$50	$90	$150

- short term：短期
- one-time project：一次性（短期）專案
- project duration：專案（的工作）進行時間
- custom：客製化
- source file：原始檔案（會標出提供與否）
- revision：修訂版、可修改的次數
- delivery time：交貨時間（交付工作成果的所需時間）
- file format：檔案格式
- last delivery：最後交件時間、最終完工時間

- hours to be determined：工作時數待定
- project type：專案類型
- deliverables：可交付成品、工作成果
- For reference on (sth)：某事物供參考

專業性
- skills and expertise：技能和專業知識
- expert level/level of experience：專業／經驗的等級
- expert：專家
- intermediate：中階的、中級
- entry：入門、新手
- 7+ years of experience：超過 7 年的經驗
- have a similar feel：有類似的感覺
- what we're aiming at：我們所欲達成的目標
- look for (sb) with (sth)：尋找具備某事物的某人
- ~ with excellence：出色地～、成功地～
- reviews prove it：評論證明了這一點

費用相關
- pay per (sth)：按（某個基準）付費
- hourly rate：時薪
- lowest price：最低價格
- fixed-price：固定報價
- for an additional fee：額外收費

聯絡／確認
- message me：傳訊息給我
- feel free to ~：請直接～、請隨時～
- check out (sth)：確認某事物、查看某事物
- access：存取、使用（網站等等）

徵才簡介

- member since ~：自～為會員
- proposals：提案（的數量）
- interviewing：洽談中
- invite sent：發送邀請
- unanswered invites：未回覆邀請

開發相關

- responsive web design：響應式網頁設計
- convert：轉換
- integration：整合
- accessibility：可使用性
- searchability：可搜尋性
- refresh：刷新、重新整理
- progress bar：進度條
- push notifications：推送通知
- automatically be reflected：自動反映
- published：發布、上架

想徵求和自己合作的自由工作者，或是想要出售自己的技能，在編寫打算要發布的公告內容時，不需要特別去學什麼嶄新的表達方式或撰寫手法，建議如上面的例子那樣，寫得明確且具體一點。

不過，在這種徵求合作夥伴或出售自己技能的公告滿天飛的平台上，想要找到正好符合自己需要的人選或工作可能很難。若不清楚各職務的相關英文表達方式，那想要找到好的人才或工作自然更加困難。

我在各種平台上匯總到的自由工作者的職業類別，足足超過了200 種，其中，除了那些一看就知道大概職務內容的類別，我想向大家介紹一些可能會令人感到困惑的職業類別。

Accounting & Consulting

- business analysis（商業分析）：
透過分析整個管理過程來掌握業務需求，並為業務需求提供解決方案的工作。

Admin Support

- data entry（輸入資料）：
在系統上輸入需要的資料。
- order processing（處理訂單）：
處理從訂單品項的撿選、包裝、交付的一系列流程。
- virtual/administrative assistant
（遠端助理／行政助理）：
協助處理工作事宜的助理或祕書工作。

Customer Service

- customer service（顧客服務）vs.
tech support（技術支援）：
一般性的顧客服務應對處理屬於 customer service，協助在運用特定技術時遇到困難的使用者或客戶則屬於 tech support。

IT & Networking

- IT compliance（IT 合規）vs. IT support（IT 支援）：
IT 合規的職務是要讓大家都遵守公司內部的 IT（資訊科技）相關規定，IT 支援則是公司內部幫忙設置或安裝各種 IT 技術或設備的工作。

Sales & Marketing

- display advertising（展示型廣告）：
指的是刊登在特定的網頁版面上或平台版面上的圖片／文字／影片廣告，類似於網站上的橫幅廣告。
- lead generation（潛在客戶開發）：
lead 是行銷術語中的「潛在客戶」，所以這份工作在

職務上必須取得更多的潛在客戶名單，並取得他們的聯絡方式或其他個人資訊，以針對消費可能性較高的潛在客戶進行額外的行銷宣傳或促銷活動。

- market research（市場研究、市場調查）vs. marketing strategy（行銷策略）：
市場研究或稱為市場調查，會收集目標市場或當前市場的相關數據並進行分析，行銷策略則是針對該分析結果提出對應的解決方案。一般來說是以市場研究做為基礎來建立行銷策略。

- search engine marketing（搜尋引擎行銷）vs. search engine optimization（搜尋引擎最佳化）：
搜尋引擎行銷指的是透過付費廣告，在搜尋引擎上進行行銷活動，搜尋引擎最佳化則是藉著各種策略，提升特定品牌／產品／服務等行銷目標的相關關鍵字於各搜尋引擎上的排名，藉此增加其能見度。

Video & Animation

- whiteboard & animated explainers vs. live action explainers：
利用白板或動畫來呈現的產品／服務說明影片，相對於實景拍攝的產品／服務說明影片。

- animated GIFs：
以非實景拍攝的動畫技巧，製作結合多張圖片的 GIF 檔案型態的影片。

- product photography vs. local photography：
產品照相對於實拍照。

Writing & Translation

- UX writing：
利用文字來提升網站、應用程式、軟體使用者的使用體驗，最佳化在平台上使用的單字、表達方式、文字呈現來方便用戶使用。

- resume writing（履歷表）vs.
cover letter（求職信）：
履歷表是一份描述了你的職涯經歷，包括在什麼公司和什麼時間做了什麼樣的工作等內容的求職文件，求職信則是一個簡短的自我介紹，用來說服對方為何應徵者本人會適合該職位。

- white papers（白皮書）vs.
case studies（個案研究）：
白皮書是針對某個主題，進行全面性且具體的研究分析後，提出解決對策的文件。個案研究則是指針對特定公司、專案計畫或事件進行研究後所建立的文件資料。

- social media copy（社群媒體文案）vs.
ad copy（廣告文案）vs. sales copy（銷售文案）：
文案內容會隨著傳播媒介的不同而有所不同。社群媒體文案主要撰寫的是要上傳到 Instagram 和 Facebook 等頁面或帳戶的文稿，廣告文案則是目的更明確、會在線上或線下管道出現的廣告文稿。另一方面，銷售文案則是為了要和人親自碰面談生意而特別撰寫的文案。

- scriptwriting（劇本寫作）vs.
speechwriting（演講稿寫作）：
scriptwriting 主要指的是電影或戲劇的台詞腳本或劇本撰寫，speechwriting 寫的則是事前準備好的演講或簡報的文稿。

- beta reading：
搶先閱讀尚未出版或發布的文稿並給予回饋意見的工作，提供回饋意見的時候，必須站在一般受眾的角度來思考。（其概念相當於軟體的「beta 測試」）

- grant writing：
為獲取政府或私部門的補助金而進行的文稿寫作工作。

- translation（翻譯）vs.
  language localization（語言在地化）：
  一般的翻譯是用 translation 這個字，但「語言在地化」是根據特定地區的語言使用習慣及文化特徵，對翻譯文本進行在地化，是一項比一般翻譯更須配合具體要求的工作。事實上，即使不是從一種語言翻譯成另一種語言，在使用相同語言的同時，因各目標地區的差異而進行編輯調整，這種作業可能也會被視為是一種語言在地化。

Lifestyle

- family & genealogy：
  透過研究客戶的親屬和祖先來為其創建家族譜系和祖譜的工作。
- collectibles：
  代替客戶收集具有收藏價值之物的工作。

仔細查看就會發現，這章節出現的表達方式大多跟工作的範圍或成果有關，除了線上公告或產品頁面之外，亦能在進行商務溝通交流之際運用。讓我們透過設想以下具體情境來靈活運用我們之前所學到的表達方式吧。

1 | Our website developers will use HTML and CSS to create a **responsive web design** that can automatically resize a website to fit on all devices, big and small.

我們的網站開發人員會利用 HTML 和 CSS 來製作**響應式網頁設計**，讓網站可以自動縮放以適應所有大小的裝置。

2 | Web design **deliverables** often comprise website content, branding **assets,** and domain name registration.

網頁設計的**交付作品**，經常是由網站內容、品牌**資產**和網域名稱註冊所組成。

3 | The branding **assets** will be **published** as agreed upon once the final payments have been made.

尾款一付完，就會立刻按照約定**發布**品牌**資產**。

4 | The client wanted the app and website to have a **similar feel** to WhatsApp.

這名客戶希望應用程式和網站具有和 WhatsApp 類似的感覺。

5 | **What we're aiming at** is a visually pleasing UI supported by a functional UX under the hood.

我們想要的是一個使用者體驗良好且看起來很美觀的使用者界面。

6 | Our startup is **looking for someone** on Upwork with experience in React Native, Python, and Javascript.

我們的新創公司正在 Upwork 上找具有 React Native、Python 和 Javascript 經驗的人。

7 | At this stage, only the web developer has **access** to the localhost to limit unsanctioned changes to the code. However, we have created a demo site **for reference on** the content you provided.

在這個階段，只有網頁開發人員可以**存取**本地主機，以限制未經批准的程式碼修改。但是，我們已經用你提供的內容建了一個試行版的網站**供參考**。

8 | As per our agreement **via email**, you are obliged to **pay per** deliverable. Any other changes will be communicated **when needed.**

按照我們**透過電子郵件**所達成的協議，交付的**每件**成品你都**必須付款**。**在需要時**會就其他任何改動進行溝通。

9 | Implementing proper website **accessibility** ensures that people with disabilities are also comfortable accessing the website once it's up and running.

讓網站變得非常**方便使用**可確保身心障礙者在這個網站上線運行後也能輕鬆使用。

10 The graph will **automatically reflect** all past transactions.

這個圖表會**自動反映**過去的所有交易。

11 The **progress bar** is stuck at 99% no matter how many times I **refresh** the page.

不管我**重新整理**了頁面多少次，**進度條**都卡在 99%。

12 Seoul Train offered **integration** of **push notifications** at no extra cost.

Seoul Train 提供不須額外收費的**推送通知整合**。

13 At the end of the day, it was Jinju's **7+ years of experience** which were the deciding factor in who got the web design project.

到頭來，Jinju **超過 7 年的經驗**是決定是誰獲得這個網頁設計專案的決定性因素。

14 A project **done with excellence** will attract bigger projects through word of mouth alone.

一個專案的**成功完成**，單靠口碑就會吸引到更大的專案。

15 A popular misconception is that clients will always choose the **lowest price**. The **reviews prove** it is the quality of the work done rather than the price that clients are more concerned about.

一個常見的誤解是，客戶總是會選擇**最低的價格**。**評論證明**了客戶更關心的是工作成果的品質，而不是價格。

16 We can also compile and **publish** an exhaustive company profile on your website for an **additional fee.**

額外付費的話，我們也可以匯整並發布詳盡的公司簡介到你的網站上。

17 Please **feel free to check out** the **scope of work** we do here at Wisely. You can **message me** on Kakao or Teams for more information.

請直接確認我們在 Wisely 這裡所做的工作範圍。你可以透過 Kakao 或 Teams 傳訊息給我來取得更多資訊。

18 We successfully negotiated a **longer-term contract** because it was a complex project and the **scope of work** far exceeded our initial expectations.

我們成功談定了一個比較長期的合約，因為這是一個複雜的案子，而且工作範圍遠遠超出了我們最初的預期。

19 Jobs can be categorized by the **level of experience** required: **entry-**level, **intermediate, and expert.**

工作可以透過所需的經驗級別來分類：入門級、中級和專家級。

20 The **project duration** has been prolonged by constant **revisions** to the initial **deliverables**, not to mention the questionable **skills and expertise** of the crew.

因為不斷針對最初所繳交的成果進行修改，更不用說那些工作人員的技術和專業知識令人心生質疑，計畫進行的時間已經延長了。

試著寫寫看徵才廣告吧

　　任何行業或職位的徵才廣告，一定要達到以下兩個目標。

1. 傳達正確的資訊與意圖：發布徵才前的公告和進行徵才程序時，必須仔細檢查資訊是否一致。
2. 表明優勢：利用文字、照片、影片等等方式來呈現出該職位或公司所擁有的優點。

　　用英文撰寫徵才廣告，是為了要徵求外國人或英文母語者來工作，因此建議參考會和你競爭人才的那些企業所發布的徵才廣告，以達成上面提及的兩個目標，且因為這些競爭對手的文化背景，他們的徵才廣告可能會和你在國內看到或寫過的有所不同，因此請務必先找一些範例來做為參考。

　　可做為參考範例的海外招募網站：

- ─ LinkedIn：全球規模最大且享有高知名度的人脈建立網絡平台。
- ─ Glassdoor：能看到員工對於任職公司的感想與評價的平台。
- ─ ZipRecruiter：透過優秀的演算法來配對徵才者與求職者的平台。

－Indeed：每月訪問人數最多的徵才平台，類似於傳統職缺公布欄的網站。

我目前為止參考過的徵才廣告，除了同行業或同職位的廣告，還有平時喜歡的企業或新創公司所寫的徵才廣告。

最輕鬆的徵才廣告撰寫方法，就是搜尋同地區同行業的相似職缺，並如法炮製那些徵才廣告的內容。亦可參考那些受到求職者歡迎的企業所發布的相關公告，把由那些企業裡的專業招募人員所寫的徵才公告，改寫成與自己的公司或職缺相符合的內容來練習，也是一個不錯的主意。

英文版徵才廣告的內容結構如下所示，與中文版的差別不大，且可視情況將其中一兩項省略或合併列出。

- 公司介紹
- 職務介紹
- 主要業務
- 資格條件
- 偏好資格條件
- 員工福利

撰寫徵才廣告時，最基本且重要的是使用清楚且具體的表達方式來避免歧義。

　　公司介紹與職務介紹的部分，要以短文形式來寫，主要業務、資格條件、偏好資格條件及員工福利等部分，通常會以 bullet point（列出重點）的方式來寫。bullet point 所呈現出來的通常不會是有主詞的完整句子，而是會直接以動詞、形容詞或名詞開頭，利用類似片語的形式來表達。

　　一般而言，主要業務的內容會是描述員工應該要做的工作，也就是「要做的行為」，因此常會以動詞開頭。資格條件部分主要會描述的是「能力或特質」，故多半會用動詞或形容詞開頭，員工福利描述的則是公司提供「給聘僱員工的東西」，因此多以名詞開頭。

■ 徵才廣告範例

以下將以三種徵才廣告為例。

績效行銷人員與 UI/UX 設計師的徵才廣告都很常見，除了必須特別提及的內容外，在風格或語氣方面並沒有什麼特別之處。就 UI/UX 設計師的徵才廣告而言，公司或職務介紹及員工福利等內容可省略，也就是直接寫出主要業務、資格條件和偏好資格條件即可。

另一方面，若徵求的是媒體公司的總編輯，則需要用更有個性的風格來寫，尤其是出現在廣告前半部分的公司介紹及職務介紹，用詞必須盡可能幽默卻又能讓人覺得有親切感。

Performance Marketer

The performance marketer is **responsible for** smooth communication between the customers and **must be able to fully understand** Tella's strengths and communicate them **accurately** and **effectively** to potential customers, **resulting in** the target behavior. The marketer should be able to convince that Tella can help, and to subsequently manage a **frictionless** customer journey that actually provides the help we have promised to those who need Tella's services.

Job description

— **Identify** people who might be interested in chat-based English conversation learning services

— **Accurately understand** the service and the value each service creates and effectively communicate them to potential customers

— **Manage** customer journey and behavior patterns on Tella's platform and lead them to purchase

— Consistently **develop** new marketing channels in line with Tella's new services and global expansion

— **Establish** and **implement** digital marketing strategies throughout various online advertising channels

— **Oversee** growth hacking, which includes customer journey design, step-by-step action measurements, and increased conversion rates

— **Discover** new online and offline marketing channels, tools, and strategies

— **Produce** marketing assets (images, videos, copies)

徵才廣告

績效行銷人員

績效行銷人員**負責**讓和顧客間的溝通保持順暢，且**必須能夠充分了解** Tella 的優勢，並以**準確有效**的方式傳達給潛在客戶，**引導**其做出目標行為。行銷人員應能讓對方相信 Tella 可以提供協助，並在之後設法讓那些需要我們服務的顧客，能夠確實順利體驗到我們所承諾提供的協助。

職務描述

- **找出**有可能對以聊天為基礎的英文對話學習服務感興趣的人
- **準確理解**提供的服務及各項服務所創造的價值，並將這些內容有效傳達給潛在顧客
- **管理**顧客在 Tella 平台上的體驗和行為模式，並引導他們進行消費
- 不斷**開發**新的行銷管道以配合 Tella 的新服務及拓展到全球的計畫
- 在各種線上廣告管道中都**建立**並**施**行數位行銷的策略
- **監督**成長駭客，包括顧客體驗設計、逐步行動評估和轉化率提升
- **發掘**新的線上和線下行銷管道、工具與策略
- **產出**行銷資產（圖像、影片、文案）

Minimum qualifications
— **Experience** running Facebook/Instagram and Google Adwords
— **Proficient in** Google Analytics, Facebook Pixel, and Google Tag Manager
— **3+ years experience in** data-based marketing strategies (growth-hacking, performance marketing, etc.)
— **Quick learner** of new tools for practical use
— Likes to measure and analyze data and plan strategies
— **Able to** do simple image editing on Photoshop/Illustrator

Preferred qualifications
— **Fluent in** oral and written English communication
— **Interested in** studying and improving their English (has learned or taught for a long time)
— **Familiar with** image/video editing tools

Benefits
— Target annual salary increase of 5-20%
— **Incentive system** for achieving quarterly company performance targets (10 to 200 percent of monthly salary)
— **Telecommuting** twice a month
— **Free** Tella Service

UI/UX 設計師的

UI/UX designer

Responsibilities
— App/Web UI design and prototyping
— **Define** and **resolve** issues through Usability Test
— Design and expand brand and app design systems
— Design sources related to service content/marketing

基本資格條件

- 擁有經營 Facebook/Instagram 及 Google Adwords 的經驗
- 精通 Google Analytics、Facebook Pixel 和 Google Tag Manager
- 在基於數據的行銷策略（成長駭客、績效行銷等等）方面有 3 年以上的經驗
- 能迅速學會新工具的實務運用
- 喜歡評估及分析數據與規劃策略
- 能夠運用 Photoshop/Illustrator 進行簡單的圖像編輯

偏好資格條件

- 可流利用英文進行口語和書面溝通
- 對學習與提升英文能力感興趣（曾長時間學習或進行教學）
- 熟悉圖像／影片的編輯工具

福利

- 年薪目標增長 5-20%
- 針對達成公司季度績效目標所設的獎勵金制度（月薪的 10-200%）
- 每月兩次遠距工作
- 免費使用 Tella 服務

徵才廣告

UI/UX 設計師

職責

- 應用程式／網頁使用者介面設計與製作原型
- 透過可用性測試來界定及解決問題
- 設計並擴展品牌和應用程式的設計系統
- 設計與服務內容／行銷相關的來源

Required qualifications
- **Proficient in** UI design tools (Sketch/Photoshop/Illustrator)
- 2+ years of UI/UX design experience
- **Advanced understanding** and experience of mobile services
- **Excellent** communication skills
- **Basic knowledge in** Mark-up (HTML, CSS)

Preferred qualifications
- **Launched** one or more project in collaboration with non-designers
- Experienced reactive web design
- Experience in **in-house** design
- Abundant experience in or strong desire to study English
- **Interest in** defining problems and deriving solutions based on customer needs and data

媒體公司

Editor in Chief, Lifestyle

About us

We're Daily Beans, a startup of 100+ uber-talented people dedicated to redefining how people read the news. We're serving more than 500,000 readers worldwide. We have intelligent and savvy people that motivate each other to grow. Don't worry though - we don't bite!

Just so you're wondering, we're not a food or coffee company. Don't be disappointed - we will become as essential as baked & coffee beans to our readers.

Daily Beans' HQ is in Miami, Florida.

要求資格條件

- 精通使用者介面設計工具（Sketch/Photoshop/Illustrator）
- 2 年以上的使用者介面／體驗設計經驗
- 對行動服務有深入的理解及經驗
- 優異的溝通技巧
- 具備 Mark-up（HTML、CSS）的基礎知識

偏好資格條件

- 曾與非設計師合作推出過一個以上的專案
- 有自適應式網頁設計的經驗
- 有內部設計經驗
- 對學習英文有豐富經驗或強烈慾望
- 有興趣根據顧客需求和數據來界定問題及從中得到解決方案

總編輯

生活風格類總編輯

關於我們

我們 Daily Beans 是一間由 100 多名非常才華洋溢的人所組成的新創公司，我們致力於重新定義人們閱讀新聞的方式。我們為全球超過 500,000 名的讀者提供服務。我們的人聰明、能力強又會激勵彼此成長。不過不用擔心——我們不會咬人！

所以現在你知道了，我們不是食品或咖啡公司。別失望——我們對我們的讀者來說會變成像麵包和咖啡豆一樣的不可或缺。

Daily Beans 的總公司位於佛羅里達州的邁阿密。

Overview

We are looking for an Editor in Chief to lead the team of 20+ writers, 5+ editors, and 20+ content creators focused on lifestyle content.

It's our goal to make the business world more engaging for the modern young professional. How are we doing this? By delivering a daily dose of business & lifestyle content curated to the individual subscriber. We distribute this content through our website, podcast, newsletters, social media, and soon in print.

Are you excited and do you want in? Scroll down!

Here's what you'll be working on:

— **Lead** content creation strategy and oversee all operations for Daily Beans' lifestyle-related products and content

— **Hire, manage, develop and motivate** a first-class team of writers, editors, and content creators

— **Drive** content planning and editorial calendaring for all franchises **in conjunction with** the Head of Content

— **Ideate** and launch paid or membership products, leading the team to take ideas from conception to launch and beyond

— **Have a deep understanding of** target audience, ensuring that content is engaging for both existing and new audiences

— **Optimize and grow** existing social account performance and engagement

— **Ensure** that all content fits the tone and brand of Daily Beans' and adheres to our strong editorial standards

— **Create a culture of** constant learning and testing within the team

— **Take a data-focused approach** by using relevant data to inform smart decisions resulting in engagement and readership growth

概要

我們正在尋找一位總編輯來帶領一個專注於生活風格類內容、由超過 20 名的寫手、5 名以上的編輯和超過 20 名的內容創作者所組成的團隊。

我們的目標是要為現在的年輕專業人士，打造更具吸引力的商業世界。我們要怎麼達成這個目標呢？藉由向個人訂閱戶傳送每日精選商業與生活風格的內容。我們會透過我們的網站、podcast、電子信、社群媒體且會快速提供紙本來發送這些內容。

覺得興奮而想要加入我們嗎？往下滑吧！

這些是你將會著手進行的：

- 指揮內容創作策略並監督 Daily Beans 中所有與生活風格相關的產品與內容的運作
- 雇用、管理、開發和激勵由寫手、編輯和內容創作者所組成的一流團隊
- 聯合內容部主管推動所有特約內容的規劃與編輯排程
- 構思並推出付費或會員商品，帶領團隊以取得從發想到推出及這之後的構想
- 深入了解目標受眾，確保內容對現有和新的受眾都具有吸引力
- 最佳化並提升現有社群帳號的績效與互動
- 確保所有內容符合 Daily Beans 的調性與品牌，並遵守我們嚴格的編輯標準
- 在團隊內部創造一種不斷學習與試驗的文化。
- 採用以數據為核心的方法，利用相關數據來做出可以讓互動及讀者群得到成長的明智決策

— **Coordinate with** growth, design, tech, and merchandise teams on cross-functional projects

What makes you qualified?

— At least a 7-year track record in managing content teams and building successful content products that grow audiences and drive engagement
— **Verifiable expertise** and knowledge in lifestyle editorial content; experience in business/trend related content **a plus**
— **Strong intuition** for what content **resonates** with target audiences
— **Keen understanding of** building optimal content for different platforms (social, email, web, video, etc.)
— **Entrepreneurial spirit/coupled with** solid decision-making skills
— **User-first mindset** with an orientation towards constant testing and iteration
— Experience in building and leading a highly functional content team
— **Exceptionally outstanding** communication and **interpersonal skills**, particularly in building relationships with cross-functional teams

Perks

— Challenging and fast-paced environment, a perk if you're hungry for growth
— **Competitive salary** and quarterly performance-based bonuses
— Annual learning **credit**: Want to upgrade yourself? We'll pay for it (up to $2,000 worth of credit).
— Unlimited **leave**: Unlimited vacation, regardless of the reason for it. Trust us, unlimited means unlimited.

- 與成長、設計、技術及商品等團隊在跨部門專案上**協調合作**

你必須具備什麼資格條件呢？
- 在管理內容團隊與打造可使受眾數成長且增加互動的成功內容產品上，至少有 7 年的資歷
- 在生活風格類編輯內容上具備**可供驗證的專業**及知識，在商業／趨勢相關內容上具經驗者**為佳**
- 對於什麼內容能與目標受眾**產生共鳴**具有**強烈直覺**
- **對於**在不同平台（社群、電子郵件、網頁、影片等等）上構建最佳內容**有著深入了解**
- 同時具備**企業家精神及堅實的決策能力**
- 抱持**用戶至上的心態**且願意不斷進行反覆試驗
- 在建立和率領非常優秀的內容團隊上具有經驗
- **格外傑出**的溝通和**人際交往能力**，尤其是在與跨部門團隊建立關係之上

福利
- 充滿挑戰和快節奏的環境，對於渴望成長的人來說有好處
- **具競爭力的薪水**與季度績效獎金
- 年度學習福利金：想提升自己？我們會幫你買單（最高有價值 2,000 美金的福利金）。
- 無限的**休假**：無限的休假，無論原因為何。相信我們，無限就是無限。

— **Remote work** option: Work from the office, from home, from a park, from Mars - it's up to you! (The leadership will gather at the office once a month.)

— Remote work **stipends**: Upgrade your remote work environment at the company's expense!

— Employer **pension matching**: Helping you to get ready for the future.

— Annual **medical checkups**: The most premium option you can get. Your health matters to us.

■ 常出現在徵才廣告中的表達方式

標題

- about us：公司介紹、關於我們
- job description/about the job：工作描述／職務介紹
- responsibilities：職責
- minimum/required qualifications：基本／必須資格條件
- preferred qualifications：偏好資格條件
- tech stack：技術堆疊（建立或運行應用程式或進行專案計畫時必須使用的各種技術、工具與程式語言）
- benefits/perks：福利、額外待遇
- culture：（公司）文化

公司相關資訊

- size：公司規模
- founded：成立年度
- type：公司類型（私人、股份公司、非營利等分類）
- industry：業別

－可選擇遠距工作：可以在辦公室、家中、公園或火星工作
——你自己決定！（管理階層一個月會進辦公室一次。）
－遠距工作津貼：用公司的錢來升級你遠距工作的環境！
－企業退休金提撥：幫助你為未來做好準備。
－年度健康檢查：你可獲得最高等級的方案。我們重視你的
健康。

- sector：部門
- revenue：營收、營業額
- headquarters：總部位置／
  location：公司地點

(描述主要職務內容)

用來介紹該職務時可使用的動詞。通常會省略主詞，直接以下列
動詞做為開頭。

- responsible for (sth)：負責某事物
- must be able to ~：必須能～／應具備做～的能力
- manage (sth)：管理某事物
- ensure (sth)：保證／確保某事物
- oversee (sth)：監督某事物
- discover (sth)：開發／發掘某事物
- produce (sth)：製作出／生產出某事物
- coordinate (sth)：協調某事物
- assist with (sth)：協助／輔助某事物
- support (sth)：支援／協助某事物
- validate (sth)：確認／證實某事物

- collaborate with (sb)：與某人合作
- coordinate with (sb)：與某人協調
- pioneer (sth)：拓展／開闢某事物
- build (sth)：建立／打造某事物
- scale (sth)：擴展某事物
- create (sth)：創造／打造某事物
- establish (sth)：成立／建立某事物
- implement (sth)/carry out (sth)：實施／執行某事物
- enhance (sth)：提高／增加某事物
- add (sth)：加入某事物
- identify (sth)：辨識／確認某事物
- respond to (sth)：回應某事物
- maintain documents reflecting (sth)：
  保存反映出某事物的文件
- update as required：按照要求更新
- provide regular (project status) updates：
  定期回報（專案現況的）最新消息
- define (sth)：定義／界定某事物
- resolve (sth)：解決某事物
- launch (sth)：推出／著手進行某事物
- in-house (sth)：在公司或組織內部進行某事物

根據工作條件而異的表達方式

可使用下列表達方式來向應徵者傳達該職務會有出差需求。

- able to travel when required：
  能在必要時／按要求出差
- up to 50% travel time (contingent on travel restrictions)：最多會有 50% 的工作時間需出差
  （會因旅遊限制而變動）

經歷／經驗相關的表達方式

可使用下列表達方式來提出所要求的資格條件。

- equivalent work experience：相應的工作經驗
- relevant work experience：相關工作經驗
- hands-on experiences：實務經驗
- 10+ year track record in (sth)：
  在某事物方面有 10 年以上／超過 10 年的資歷

與專業技能相關的表達方式

可將下列表達方式用在句首來描述應徵者所應擁有的技能。

- verifiable expertise：可供驗證的專業知識
- fully understand (sth)：完全理解某事物
- advanced/deep/keen understanding/knowledge in
  (sth)：對某事物有著高度／深刻／深入的理解或知識
- basic knowledge in (sth)：對某事物有著基本知識
- must have demonstrated ability to ~：
  必須展現有能力可以做～
- proficient in (sth)：精通（某事物，這部分多半會出
  現軟體、程式語言、外語等項目名稱）
- experience in (sth)：在某事物上具有經驗
- exceptional at (sth)：在某事物上很優秀
- familiarity/familiar with (sth)：熟悉某事物
- been actively involved in (sth)：
  積極參與某事物／在某事物中很活躍
- excelled at (sth)/excellent at (sth)：擅長某事物
- consistently ~：一貫／持續不斷～
- demonstrated ~ skills：展示了～的技能
- effectively ~：有效地做～
- frictionless：順利、順暢
- strong (sth) skills：強大的某能力

- fluent in (language)：
  精通（某語言）、（某語言）流利
- interested in (sth)：對某事物感興趣
- validated/proved (sth)：驗證／證明某事物
- ~ orientation at (or towards)：傾向於（或偏向）～
- exceptionally outstanding (sth) skills：
  格外出色的某事物技能

與軟實力相關的表達方式

可用來描述工作時須展現的態度或傾向。

- must be (detail oriented, able to provide solution to complex problems, and able to meet tight deadlines)：必須～（注重細節、能夠針對複雜的問題提供解決方案且能夠在緊迫的期限內完成任務）
- strong intuition in (sth)：對某事物有著強烈的直覺
- entrepreneurial spirit：企業家精神
- customer/user-first mindset：顧客／用戶至上的心態
- works well in ~ situations：在～的情況下工作表現佳
- proven (leadership) experience：
  受認可的（領導）經驗
- effective prioritization skills：
  能夠正確區分事情的輕重緩急
- strong mindset for (sth)：對某事物有強壯的心理建設
- interpersonal skills：人際交往能力

與福利相關的表達方式

- competitive salary/competitive compensation：
  有競爭力的薪水／報酬
- credit：福利金（與現金通用）
- stock option：股票選擇權
- quarterly performance incentives：季度績效獎金

- incentive system：獎勵金制度
- annual bonus：年終獎金
- paid time off/leave/vacation：有薪假／休假／假期
- medical insurance：醫療保險
- medical checkups：健康檢查
- flexible working：彈性工時
- remote work/telecommuting：遠距工作
- stipends：津貼
- pension matching：公司按一定比例提撥員工退休金
- commuter subsidies：通勤補貼
- company sponsored (sth)：公司贊助某事物

■ 徵才廣告的社群貼文

會想在各大社群網站上張貼徵才廣告，主要目的是希望讓更多人能夠看到貼文，吸引符合條件的人前來應徵。相較於單純提高貼文的曝光度，更重要的應該是要能吸引那些很多公司正在尋找的人才，對吧？

以一般用來招募全職員工的貼文來說，與其在宣傳用的社群貼文中貼出詳細的徵才廣告，不如上傳一些能夠對人才產生影響的文字和圖片，並藉此簡單提及各職位的預計招募人數和招募期間等等資訊，在展現公司魅力的同時，也提供連結供人查看具體的招募資訊。不過，若公司在預計要招募人才的地區沒什麼知名度，或者想找的是像 Tella 聘用的英文母語教師這類的自由工作者，也可以直接公開工作條件來吸引潛在員工。

下面是我試著在貼文中，準確描述該職位的工作內容與必須具備的資格條件，在這篇貼文中，我整理了這些年在招募員工時最常遇見的問題，還有可用來吸引求職者目光的說明與資格條件等資訊。因為圖像必須能讓人一眼就可以看懂，所以與工作條件相關的內容多半會放在文字部分。

Tella, an emerging online English education company in Korea, is **urgently looking for** an experienced/Skype English tutor who can start work **right away**. (AUDIO classes only)

Hourly rate: $$$ plus **monthly incentives**
Teaching materials are provided.
Working schedule: Monday - Friday 7:00pm - 11:00pm Philippine Standard Time.

Requirements:
— must have at least one-year English tutoring experience
— must be an excellent English speaker with **flawless** grammar, good accent, and pronunciation
— good attitude towards work
— must have own laptop and **wired internet connection** (DSL/Fiber)
— quiet teaching environment

If interested, feel free to send in a **cover letter** about yourself and why we should hire you, your resume, and your one-minute audio introduction on the subject "Why I want to be a Tella Call Tutor" to joan@tella.co.kr.

Full job posting at the link below:
bit.ly/123abc

■ 求職者發送的郵件或履歷

不管在哪個國家,收件者都可透過求職者的來信及其提交的應徵履歷,來大致判斷求職者的基本能力。若信中出現拼寫、文法、標點符號等方面的錯誤,立刻就可以知道對方不具有擔任教師來指導和糾正他人英文的能力。而當電子郵件的內容和格式太不講

Tella 是一間在韓國的新興線上英語教育公司，現正**急徵**一位可**立即**到任的具經驗／透過 Skype 進行的英語教師。（僅語音課程）

時薪：$$$ 加上**每月激勵獎金**
會提供教材。
工作時間：星期一到星期五的晚上 7 點到 11 點
菲律賓標準時間。

要求條件：
　－必須擁有至少一年的英文教學經驗
　－必須能說文法**沒有任何瑕疵**、腔調與發音都很好的英文
　－工作態度良好
　－須自備筆電與**有線網路**（DSL/Fiber）
　－安靜的教學環境

如果有興趣的話，請隨時將用來介紹你自己和說明我們為什麼要雇用你的**求職信**、履歷表及主題是「為什麼我想成為 Tella 電話教師」的一分鐘介紹音檔，寄至 joan.tella.co.kr。

完整招募資訊請見下面連結：
bit.ly/123abc

究時，舉個極端的例子——信件裡出現的所有句子，字體變來變去或大小不一，那就可以從中看出對方在（不是親自見面下）溝通交流時不甚重視他人感受。
就算對方不是從事英語教學的人，而是即將和你共事的外國員工或工作夥伴，你也都可以透過這種方式來觀察對方，這種判斷默契存在於所有國家之中。

會讓人懷疑對方基本工作能力的應徵履歷／電子郵件：
- 電子郵件沒有主旨，或無法確認這封信是應徵信件
- 很多錯字
- 出現許多拼寫或文法錯誤：當對方的母語或官方語言是英文時，需要格外注意這點。他們在使用英文時的拼寫與文法更能反映出基本的工作能力。
- 應徵履歷的格式不符合最低要求標準

Good day!

Thank you very much for **taking the time** to apply for our professional English tutor position. We **highly appreciate** your interest in our company and the job.

We are writing to announce that you have been selected to **proceed to** the **second round** of TELLA Tutor Recruitment 2020! Please **read** the following instructions **thoroughly**.

(Content of assignment to submit)

We have chosen a schedule for your grammar competency test, essay, and typing speed test below:
— Date: May 28th, 2020
— Time: 8:00 am – 9:00 am Philippine Standard Time
— **Duration of** grammar test: 30 minutes
— Duration of typing speed test: 30 minutes
— Total test time: 1 hour
— **Due date** of essay: Please submit your essay within the assessment day/on the date stated above.

   No show without a **cogent reason** will lead to the cancellation of the application process.

■ 發布徵才廣告後的溝通交流

徵才廣告發布後，在進行招募程序時，必須發送電子郵件給合格與不合格的求職者，透過以下範例，可以學到用來通知合格與否的信件中常會用到的表達方式。

下面是選自 Tella 在徵求英文母語者教師時，用來告知對方其書面審查合格，並將進行下一階段程序的電子郵件，請注意其中與招募相關的交流內容。

合格的情況：

您好！

非常感謝您願意**花費時間**來應徵我們的專業英語教師一職。我們**非常感謝**您對我們公司及這份工作的興趣。

我們寫這封信是想要通知，您已被選**進了** 2020 年 TELLA 教師招募的**第二輪**！請**仔細閱讀**以下說明。

（應提交的指定內容）

下面是我們為您安排的文法能力測驗、小論文與打字速度測驗的時間：
－日期：2020 年 5 月 28 日
－時間：菲律賓標準時間上午 8：00 – 9：00
－文法測驗所需時間：30 分鐘
－打字速度測驗所需時間：30 分鐘
－總測驗時間：1 小時
－小論文**截止日期**：請在評估日／上述日期內提交
　您的小論文。

　*無正當理由缺席將中止應徵程序。

For any inquiries, please **do not hesitate to** email me back at joan@tella.co.kr.

Joan Demaulo
Regional Manager, Philippines

Good day,

We appreciate that you took the time to apply for the position of an ESL Tutor at our company.

Unfortunately, your **assessment scores** (grammar proficiency test score 52/60) **did not qualify you to** participate in the next phase of the recruitment. Though your other qualifications are impressive, the selection process was **highly competitive**, and we have decided to **move forward with** a candidate whose qualifications **better meet our needs** at this time.

Thank you for your application. We wish you every personal and professional success in your **future endeavors**. Once again, thank you for your interest in working with us.

Regards,
Joan Calvara
Regional Manager, Philippines

如有任何疑問，請立即回寄電子郵件至 joan@tella.co.kr 給我。

Joan Demaulo
菲律賓區經理

不合格的情況：

您好：

感謝您願意花時間應徵我們公司的 ESL 教師一職。
　　遺憾的是，您的評估分數（文法能力測驗分數 52/60）不符參與招募流程下一階段的資格。儘管您的其他資格條件都令人印象深刻，但徵選過程競爭相當激烈，因此我們已決定這次要讓更符合我們所需資格條件的人選進入下一階段。
　　感謝您的應徵。祝福您未來在個人及專業上的努力均能有所成就。再次感謝您有興趣和我們共事。

　　祝好
　　Joan Calvara
　　菲律賓區經理

■ 透過視訊來面試應徵者

無論在哪種行業之中，許多公司似乎都越來越習慣進行非面對面的交流。我的公司從發布徵才廣告到招募及選才的流程，都是透過無接觸的方式與海外人士接洽連繫，而視訊面試就成為必不可少的流程之一了。

當然，透過面試之前所進行的招募流程，例如書面審查、線上測驗和試教等階段，能夠確認對方是否具備所有必需能力，但即便

— Why did you choose this company or industry over others?

— What are some of your skills you can **contribute to** the company's growth?

— What would be your **unique selling points** to our customers?

— Do you have any **techniques** to (keep conversations engaging)?

— What are your **strengths and weaknesses**? How do you **overcome** your weaknesses?

— Could you tell me about a time when you **demonstrated** leadership **skills** in order to solve a problem?

— What makes you a better candidate than other applicants?

— How can you **deal with emergencies** (regarding the position)?

— **How long do you see yourself** working in this company?

— What's your **motivation** for our (profession)?

— Do you have any **professional growth plans**? What would you do to **stay up to par**?

— What would you identify as **top-notch qualities** to be a successful (profession)?

— What are the **advantages** of the company's services **as opposed to/in contrast** to competitors' services?

如此，仍須進行視訊面試的原因如下。首先，視訊面試可確認對方的遠距工作環境（例如網路連線情況、工作環境是否適合該工作內容，如是否有環境噪音的情況等）。其二，可以藉此觀察對方是否是值得信賴的同事。其三，可以讓公司與應徵者透過真實互動來建立互信，對彼此許諾會共同努力。最後，我們可以透過視訊面試，來確認難以從書面文件中判斷出來的部分。

下面是適用於各種公司或職務的面試題目。

─比起其他行業或公司，您為何選擇我們？
─您可以為公司的成長**貢獻**哪些技能？

─對於我們的客戶來說，您的**獨特優勢**是什麼？
─您有什麼**技巧**可以（讓對話持續進行下去）嗎？

─您的**優點與缺點**是什麼？您如何**克服自己的缺點**？

─可以請您告訴我一個您**展現**領導**能力**來解決問題的例子嗎？

─為什麼您是比其他應徵者更適合的人選？
─您會如何**處理**（與這項職務有關的）**緊急情況**？

─**您認為自己會在這間公司工作多久**？
─您選擇我們（這一行／職業）的**動機**是什麼？
─您有任何**進修的計畫**嗎？您**保持競爭力**的方法是什麼？

─您認為成功的（職業）的**最重要的特質**是什麼？

─**相較於競爭對手所提供的服務，我們公司的服務有什麼優勢**？

— What are the **major differences that you perceive between** Koreans and (your country's people) in terms of culture, language, etc.?
— What are your interests **outside of work**?
— Do you have any **questions for us**?

■ 徵才廣告與招募程序中會用到的相關表達方式

徵才廣告
- urgently look for (sb/sth)：急徵某人或某事物
- right now：馬上、立刻
- monthly incentives：每月激勵獎金
- flawless (sth)：完美無瑕的某事物
- wired internet connection：有線網路連線
- cover letter：求職信
- full job posting 徵才公告全文

合格／不合格通知
- take the time to ~：花時間做～
- highly appreciate (sth)：非常感謝某事物
- read (sth) thoroughly：
  仔細閱讀某事物、從頭到尾看一次某事物
- proceed to (sth)：著手／繼續進行／接續做某事
- second round：第二階段、第二輪
- duration of (sth)：某事物的所需時間／歷時
- due date：截止日期
- no show：
  無事先通知就未出席已預約或預定好的行程
- cogent reason：正當或有說服力的理由

－從文化、語言等方面來看，**您認為韓國人與（貴國的人）間有什麼主要差異**？

－您有什麼工作以外的興趣嗎？
－您有什麼問題想問我們嗎？

- do not hesitate to ~：不要猶豫～、立刻～
- assessment scores：評估分數
- did not qualify you to ~：
  讓你沒有資格做～、讓你不符做～的資格
- highly competitive：競爭激烈的、非常具有競爭力的
- move forward with (sth)：與某事物一起向前
- better meet our need：更符合我們的需求
- future endeavors：未來所做的努力

跟面試有關的表達方式

- contribute to (sth)：對某事物做出貢獻
- unique selling points：獨特的賣點／優勢
- techniques：技術、技能
- strengths and weaknesses：優點及缺點
- overcome：克服
- demonstrate ~ skill：展現或證明～的技能
- candidate：人選、應徵者
- deal with emergencies：處理緊急情況
- How long do you see yourself ~：
  你認為自己～會多久？
- motivation：動機、激勵因素
- professional growth plan：進修計畫
- stay up for par：維持在一定標準之上、保持競爭力

- top-notch qualities：最重要的特質
- advantages：優勢、優點
- as opposed to/in contrast to (sth)：
  相較於某事物、與某事物相較之下
- major differences that perceive between ~：
  認為～之間的主要差異
- outside of work：工作以外的
- questions for us：
  想問我們的問題、針對我們的問題

MORE APPLICABLE, REAL LIFE EXAMPLES

這章節提到了在招募程序中會用到的表達方式，這些表達方式不僅可用於徵才廣告之中，亦能運用於各式各樣的商業情境之下，大概是因為在順利通過招募流程之後，就是要一起工作了吧。現在就讓我們再一次複習在這章節中所學到的表達方式，並試著將其運用於以下各種情境之中吧！

1 Nowadays, companies are increasingly **looking for** employees with soft skills who can start working remotely **right away.**

如今公司越來越常**徵求**可以**立即**開始遠端工作、具有軟實力的員工。

2 **Monthly incentives** are one of the perks that entice employees to stick around longer at a job.

每月激勵獎金是誘使員工留下來繼續工作的福利之一。

3 A wired internet connection usually works **flawlessly** compared to a wireless connection, which is often spotty.

相較於經常卡頓的無線網路連線，有線網路的連線通常運行**無礙**。

4 The way you wrote the **cover letter** demonstrates why hiring you is a smart decision.

您寫**求職信**的方式說明了為什麼聘用您是一個聰明的決定。

5 We **highly appreciate** you all **taking the time** to apply to the company. May the best man win.

我們非常感謝你們大家花時間應徵我們公司。願最適任者勝出。

6 Bella just read in an internal memo that the **second round** of recruits will be vetted by none other than the MD herself.

Bella 剛剛在一份內部備忘錄上看到，招募的**第二輪**審查將單由擔任總經理的她自己來進行。

7 Do not **hesitate to** give a persuasive argument that makes you certain that closing our Seoul branch will **lead to** a 10% loss of our clientele.

有什麼很有說服力的論點，讓你認定關閉首爾分公司的這件事，將會**導致**我們的客戶流失 10%，就請**直說**。

8 These **assessment scores** will determine the candidates who will progress to the next level.

這些**評估分數**將會決定進入下一階段的人選是誰。

9 It's imperative that we move forward with the more **highly competitive** candidates to conclude this business by close of day.

為了在今天下班前結束這件事，我們必須與更**有競爭力**的人選一起進入下一階段。

10 We wish her nothing but continued success in her **future endeavors.**

我們衷心祝福她**未來所做的努力**都能不斷獲得成功。

11 | Reddit has **contributed** greatly to the surprise surge in GameStop's stock.

Reddit 對於 GameStop 的股價意外飆升有著巨大**貢獻**。

12 | Could you please divulge some of the **techniques** you use to package **your unique selling points** to your customers?

能請您透露一些您針對客戶用來包裝**獨特賣點**的**技巧**嗎？

13 | Headhunters usually ask about a **candidate's strengths and weaknesses** to ascertain their compatibility with the company.

獵人頭公司通常會詢問**應徵者的優點及缺點**，以確定他們與該公司的適配性。

14 | Our company has been able to **overcome** its hardships and scale greater heights thanks to the leadership of Chairman Lee.

多虧有 Lee 董事長的領導，我們公司一直都能**克服**困難並更上一層樓。

15 | There's only one **candidate** who **demonstrated** exceptional leadership **skills** to this company.

只有一位**應徵者**向這間公司**展現出**了傑出的領導**能力**。

16 | It's a standard safety measure to have a fire extinguisher and a first aid kit on business premises to **deal with emergencies.**

在營業場所配有滅火器和急救箱來**應對緊急情況**是一項標準安全措施。

17 What is your **motivation** for choosing this particular **professional growth plan**? How do you plan to **stay up to par?**

您特別選擇這項**進修計畫**的**動機**是什麼？你打算如何**保持競爭力**？

18 Some of the **top-notch qualities** of a good employee include the ability to work under pressure and minimal supervision.

優秀員工所擁有的一些**最重要的特質**裡，包括了在壓力及最小程度的監督之下都能工作的能力。

19 The **advantages** of hiring contractors **as opposed** to permanent employees are too many to count.

相較於聘用正職員工，雇用約聘員工的**好處**不勝枚舉。

20 Our employees are free to pursue their own interests **outside of work** as long as they are able to maintain a work-life balance.

我們的員工只要能在工作與生活中取得平衡，就可以自由追求自己工作以外的興趣。

需要提到難以啟齒之事時

　　跟別人共事時，不可能永遠只需要說好話。要如何明確向對方表達難以啟齒的事，或是和對方說他不想聽的內容，但又不傷害彼此間的情誼，必須要視情況和對象而定。英文在表達上雖然比較直接，但仍然有許多可用來避免冒犯對方，或可表現自己同理心的禮貌表達方式。現在就來認識這些可以讓你在顧全對方的感受下，成功達成溝通目的的表達方式吧！

■ （文件／電子郵件）── 針對工作的負面回饋意見

在工作過程中，不免會有必須對計畫或成果給出負面或建設性回饋意見的時候。這些負面意見或發言，不僅會讓聽到的人覺得刺耳，對必須傳達這些內容的人來說，也會造成一種壓力。但如果你能始終記得，提出回饋意見的最終目的是想要提供更好的方向，而不是指出錯誤，那麼多多少少能讓你的內心壓力小一點。透過無接觸方式來提供負面回饋意見時，可能會因為缺少表情、肢體動作、氛圍等等非語言要素而較容易產生誤會。因此，當你必須和對方深入談話，且不想造成任何誤解時，建議採用視訊會議。但如果要討論的話題沒那麼嚴肅，單純只是一般的工作事項時，那麼透過電子郵件或文件就足以順利溝通了。

按照商務溝通專家們的說法，當面提供負面的回饋意見時，必須同時談到對方做得好與做不好的地方。當以無接觸方式來提供回饋意見時，建議最好先稱讚對方表現的出色之處，而在提及對方應改進之處時，敘述的內容是越具體越好，建議最好能提出解決方案或具體事項。

Dear Josh,

How is your day going?

Thanks again for your proposal on the landing page for the 2021 spring marketing campaign. I **went over** the proposal **thoroughly**.

You and your team definitely **got the heart of** the concept that we agreed on during the last meeting. I can see it's **off to a great start**. I **particularly like** the feel of the key visuals. They have a futuristic vibe, as we have discussed.

I would like to ask for a change in the color scheme. Because this campaign launches in spring, **I think** a vibrant yet warm color tone **would be** more appealing. The color scheme proposed is, **in my eyes**, a bit more **fit for** fall. **For reference**, I recommend Pantone's Color of the Year 2021 palettes.

I request an **additional proposal** of two different color schemes. We will **discuss them** with the whole team during next week's **follow-up meeting**.

Please let me know if you have any questions!

All the best,
Esther

說話時的語氣會隨著情境、前後文內容與彼此間的關係而有所不同，但務必盡可能避免把話說得太死，或使用命令性的字眼，建議以柔和且禮貌的方式來表達己意。即使是需要直言不諱的內容，語氣也可以輕柔委婉。

親愛的 Josh：

今天好嗎？

再次感謝你針對 2021 年春季行銷宣傳活動的到達頁面所提出的建議。我仔細看過這份提案了。

你和你們團隊絕對已經掌握到了我們在上次會議中所達成的概念核心。我想這是個好的開始。我尤其喜歡主視覺的感覺。它們有種未來感，正如我們討論過的那樣。

我希望在配色上能夠進行修改。因為這項宣傳活動是在春天開始，所以我認為有活力但溫暖的色調可能會更有吸引力。在我看來，現在提出的配色會比較適合秋天一點。我推薦可參考 Pantone 的 2021 年選色的色票。

我希望能多取得兩種不同配色的提案。我們將在下週的進度會議上與整個團隊進行討論。

如果有任何問題請讓我知道！

祝一切順利
Esther

這封信的內容雖然簡短，卻包含了所有在簡單提出回饋意見時所須具備的要素，包含問候、表示所提出的回饋意見內容有經過審慎評估、提及對方的出色之處、應修正的事項與原因，也提出了具體的進行方向。

信中使用的表達方式也讓整封信的語氣顯得有禮而不強硬。想向對方提出解決對策或建議時，可用 would 這個助動詞來讓口吻變得比較委婉禮貌。

當想請對方修改提案中的重要內容時，例如這裡要修改的「配色」，若採用「Change the color scheme.（修改配色）」或「You need to change the color scheme.（你必須修改配色）」這種表達方式，會給人一種強制「絕對必須修改」的感覺。

這封信中採用的是「I would like to ask for change on the color shceme.（我希望在配色上能夠進行修改）」，利用「would like to」來降低對方不願意給予回應的可能性。

不用「~ is more appealing（更有吸引力）」而採用「~ would be more appealing（可能會更有吸引力）」也是同樣道理。因為自己提出的建議或解決方案，其實不是什麼不能再多作討論

October 7th, 2020
CONFIDENTIAL
Title: **First Official Warning Notice**

Dear Mike Whatson,

This letter comes to you as your first official warning notice after you intentionally **misinformed** the time you started and ended work in your work reports on 27th August and then again on the 6th of October.

According to your contract:
4. Duties of the INDEPENDENT SERVICE PROVIDER **states** that:

的正確答案，因此會使用 would 來傳達「可能／似乎～」的意味，讓語氣變得更加委婉而不強硬。

■ （文件／電子郵件）——
因違規而提出警告時

有時會碰到因為員工違反規定，而必須對該員工提出警告的情況。雖然警告的方式會因組織不同而有所差異，但我認為此時最好避免使用情緒性的字眼，只要向對方清楚傳達相關事實就好。這封信所傳達的是已確定的內容，但當對方對此有所質疑時，我們當然可以接受對方提出的疑問，但若談論到其他不相干的事宜，就可能會造成不必要的情緒勞動。因此，建議最好在信中清楚陳述關鍵內容，坦白告知公司所決定的事項。

以警告信來說，比起電子郵件，建議最好採用有公司用印的 PDF 檔來傳達。雖然用電子郵件來告知對方也行，但用 PDF 會更有那種「這是公司所做的正式決策」的感覺。

2020 年 10 月 7 日
機密
標題：第一次正式警告通知

親愛的 Mike Whatson：

這封信是給您的第一次正式警告通知，**因您蓄意於您** 8 月 27 日的工作報告中，**錯誤回報**開始及結束工作的時間，且之後於 10 月 6 日再犯。

根據您的合約：
　　4. 獨立服務提供者的職責**明載**為：

4.1. Up-to-date and Accurate Information
4.1.1. The INDEPENDENT SERVICE PROVIDER shall provide true, accurate, current, and complete information about himself/herself and his/her work to the COMPANY. *(the rest is omitted)*

4.10. Tardiness and Missed Work
4.10.1. The INDEPENDENT SERVICE PROVIDER must provide prior or immediate notice to the COMPANY of all instances of possible tardiness and missed work by contacting the Talent Management Team. *(the rest is omitted)*

In addition, if you are unable to do this, the contract states that there could be:

9.2. Cancellation of Service Agreement, which states that:
9.2.1 The COMPANY may immediately terminate this Agreement due to the following acts or omissions of the INDEPENDENT SERVICE PROVIDER
9.2.1.1. Violation of any provision of this Agreement;
9.2.1.2. Failure to meet the COMPANY's quality standards or the required punctuality standard set by the company for the certain period in accordance with "Talent Work Guide."

When you **forge** work reports before you upload them on the system, you not only **lose credibility** as a professional to your client but make the company lose **brand equity** as well.

Seeing as you **presented false information** twice, you are to acknowledge receipt of this letter, and you will **be on suspension** for two weeks as a **disciplinary action** beginning October 8th, 2020. We will then be monitoring how you handle your work again beginning October 23rd, 2020.

4.1.1 獨立服務提供者應向公司提供真實、準確、與現況相符且完整的個人及工作資訊。（下略）

4.10 遲到和曠職

4.10.1 獨立服務提供者須透過聯繫人才管理團隊，提前或立即就有可能會出現遲到和曠職的各種情況通知公司。（下略）

此外，若您無法做到這一點，合約明載可能會發生：

9.2 服務協議終止，載明為：

9.2.1 獨立服務提供者若有下列行為或疏忽，本公司可立即終止本協議

9.2.1.1 違反本協議的任何規定；

9.2.1.2 無法達到公司要求的能力水準，或無法遵守公司按《人才工作指南》內的特定期間所設下的準時標準。

當您在把工作報告上傳到系統前**造假**時，您不僅**失去了**客戶對您做為專業人士的**信譽**，也讓公司損失了**品牌權益**。

鑑於您兩次**提交虛假資訊**，請回信確認已收到此通知，並自 2020 年 10 月 8 日起**停職**兩週做為**懲戒處分**。我們之後將於 2020 年 10 月 23 日開始監控您的復工情形。

01
02
03
04
05
06
07
08
09
10
11
12
13

327

Kindly work on seeing that **integrity** is key in your contribution to ZipJobs.

Evelyn White
Assistant Manager

■ 提出回饋意見時常用的表達方式

評估與確認
- go over (sth)：檢討或仔細檢查某事物
- thoroughly：仔細地、徹底地

正面回饋意見
- get the heart of (sth)：掌握某事物的核心
- off to a great start：有好的開始、一開始就很順利
- particularly like (sth)：特別喜歡某事物

要求修正或改善
- I would like to ask for (sth)：
  我想要求或申請取得某事物
- a change on (sth)：變更／修改某事物
- (sth) would be more appealing：某事物會更吸引人
- in my eyes：在我看來
- more fit for (sth)：更適合某事物
- for reference：供參考
- additional proposal：額外／更多的提案
- disscuss (sth)：討論或商議某事物
- follow-up meeting：進度會議

警告
- official warning notice：正式警告通知

希望您能明白**誠信**是您為 ZipJobs 所做出的貢獻之中的關鍵。

Evelyn White
副經理

- This letter comes to you：這封信是給您的
- misinformed：提供錯誤資訊
- state：表明、明載
- the rest is ommitted：下略、以下省略
- forge：偽造、造假
- lose credibility：失去信譽或可信度
- brand equity：品牌權益
- presented false information：提供虛假資訊
- suspension：停職
- disciplinary action：懲戒處分
- integrity：正直、誠信

■（正式書信－formal letter）－組織重組及解聘通知

很多公司在疫情來襲之下，改採取完全遠距工作制，而在此期間，大部分公司都會透過網路來發布解聘或組織重組的相關資訊，而那些原本不為人所知的事情也都透過網路被公開了。

聽說有些公司是直接由人事經理來發布相關通知，執行長卻完全不出面，還聽說有些公司是用 Zoom 來單方面發布通知，當天沒有上 Zoom 的員工甚至無法親自聽到相關消息，等等的這些故事讓人聽得膽戰心驚。

如果一定要以無接觸的方式來傳達如此重大的訊息，請務必有話

直說，盡可能明確地告知相關訊息。不過，在宣布這種會對人生造成重大影響的消息時，必須慎選你的用字遣詞。若組織重組已勢在必行，相較於乾巴巴地簡略提及解聘一事，建議最好同時向對方表達自己的真心實意。

下面的範例中，描述了主要收入來自觀光客的時尚／生活風格類的零售公司，在疫情衝擊之下決定要縮減一半以上的實體店面時

To Vickyland family,

This is your CEO. I am writing this letter **in the hope that** you have a **better understanding** of the company's stance **in light of the current circumstances**.

As you are all aware, there have been multiple meetings with all teams, regions and the company as a whole regarding the situation of our company. There also have been numerous **heated discussions** amongst the company's leadership. Now **the time has come** to communicate the decisions that have been made.

It is unfortunate to have to share some very sad news. I must confirm that there will be a reduction in the size of our workforce and the reassignment or relocation of many. This is how we have **arrived at this conclusion**.

Due to the pandemic, the business has **been hit hard, to** where the revenue has **dropped** to below 50% of the same time last year. Though we have started to expand our online business, our primary source of revenue has been retail from our on-site shops, with 30% of that coming from tourists. As the global pandemic began to unfold, we immediately shut down the operation of tourist locations, laid off interns and part-time

所面臨的情況。

雖然該公司正在籌劃要另闢線上市場，但裁員和組織重組仍是勢在必行，因此執行長透過下面的電子郵件向在職員工們發布了正式公告以告知相關資訊。

致 Vickyland 的家人們：

　　我是各位的執行長。寫這封信是**希望各位對本公司在當前形勢下**的處境能**更為理解**。

　　正如你們大家所知道的，所有團隊、地區與全公司各層級就我們公司的情況已經召開了多次會議。在公司的領導階層間也進行了多次的**激烈討論**。現在**是時候**告訴各位我們所做出的決定了。

　　不幸的是，我們不得不告訴各位一些非常令人難過的消息。我們確定將會縮減人力，且會重新安排許多人的職務或工作地點。這裡想解釋一下為什麼我們**會得出這個結論**。

　　受疫情影響，我們的生意**遭受了重創**，收益較去年同期**下跌了超過 50%**。儘管我們已開始擴展我們的線上業務，但我們的主要收入來源一直都是實體商店零售，且有 30% 的收入是來自觀光客。隨著疫情蔓延全球，我們立即關閉了在旅遊景點的分店，裁撤了實習及兼職員工，

employees, and **dramatically cut** costs everywhere that we possibly could.

However, we eventually had to confront the situation and face some hard truths.

1. We do not know what the future of retail looks like. Although we know that the pandemic will end one day, we do not know when it will end, if the industry and company's revenue will fully recover, and how consumer behavior will permanently change at the end of it.

2. We **cannot afford to** wait to see **how things will play out**. It is a matter of time to run out of cash **to fall back on**.

Based on these facts, we had to **assume the worst of circumstances** and **scale back on** expenses that aren't guaranteeing the company revenue until we **get back on our feet**. We already have reduced the investment we had planned for our on-site shops. Even after all of this, we saw that it will not be enough to sustain the company and will have to make **fundamental changes** on how we do business.

Circumstances are pushing us to make **drastic but necessary adjustments** for Vickyland to survive. The leadership went back to **reexamining** our unchanging core values and **drew up** a clear set of principles on how to **move forward**.

Our mission **is centered around** providing unique experiences, something that other brands or companies **can never mimic**. We have a strong belief that people **are at the core of** delivering that unique experience. Therefore, we have always been adamant about **investing heavily in** recruitment and in building our people's capabilities. So it is **harrowing** to

並盡可能**大幅削減**公司的一切成本。

然而，我們最終不得不正視這個狀況並面對一些殘酷的現實。

1. 我們不知道零售業的未來會是什麼樣子。雖然我們知道疫情終有結束的一天，但我們不知道它何時才會結束，也不知道這個產業與公司的收益是否會完全復甦，還有消費者的行為在疫情結束後是否會永遠改變。

2. 我們**無法承受**僅在原地看**事態會如何發展**。現在**仰賴**的現金花完只是時間問題而已。

基於這些事實，我們不得不假設最壞的情況，並縮減無法保證為公司帶來收入的開支，直到我們**重新站穩腳步**。我們已經刪減了原本計畫投入實體店面的投資金額。但即使在做了這一切之後，我們仍意識到這樣做不足以讓公司得以存續，因而必須**徹底改變**我們的經營方式。

環境迫使我們必須做出**劇烈但必要的調整**來讓 Vickyland 得以生存下去。管理階層回頭**重新審視了**我們未曾改變的核心價值，並就如何**向前邁進**擬定了一套明確的原則。

我們使命**的核心是要**提供獨特的體驗，獨特到其他品牌或公司都**絕對無法仿效**。我們堅信提供這種獨特體驗的核心在於人。因此，我們一直以來都堅持**在招募及培養員工能力上大量投入資源**。所以要做出這項決定真的很令人痛心。

make this decision.

We will now communicate **on the team and individual level** regarding severance, equity, job support, and other matters for those who are leaving. Our recruitment team will **clear everything** and **prioritize** supporting you to prepare for the next chapter in your career for the next month. **Do not hesitate to** reach out to them.

We will also **provide clarity on** the reassignments or relocations of positions within the next two weeks. We are **conducting** a **comprehensive review** on each and every team member and linking each person to each team's business needs. All teams will **undergo change**.

For those who are staying, I ask for you to be better than ever before. We may not feel like we are **fully equipped for whatever will happen next**, but we as a team need to **refuse to stay complacent amid** this **whirlwind**.

We need to go back to our roots: what made people get excited about Vickyland, what it was that made people line up for miles when we opened new stores, and what made us have tourists come over from all over the world for new product launches. We need to **take this as an opportunity to** innovate. Let's show our **unwavering commitment** to our mission.

For those who are leaving, I want to say that this is not your fault. We truly appreciate the passion you have put into the job. Your **contributions** matter. You have provided uniqueness to our journey, and your work will live on with our customers and us. I wish you the best **from the bottom of my heart**.

Victoria

我們現在要**從團隊及個人層面**，來談談即將離開的人將會拿到的遣散費、股權、就業協助及其他事項的相關事宜。我們的招募團隊會在接下來的一個月，**放下手頭一切事務**，優先協助各位為職業生涯的下一篇章做好準備。**請立即與他們聯絡。**

我們也會在接下來的兩週內，為各位**釐清**重新編派的職務內容或工作地點。我們正在對所有團隊成員**進行個別的全面性評估**，並將每個人與每個團隊的業務需求相連結。所有團隊都將會**有所變動**。

對於留下來的人，我要求各位要表現得比以往更好。我們可能會覺得自己**對於接下來會發生的任何事情都還沒有做好準備**，但我們做為一個團隊，必須**拒絕在**這場風暴中安於現狀。

我們必須重回我們的根本：是什麼讓人們對 Vickyland 感到興奮、是什麼讓人們在我們開設新據點時排隊排了幾英哩長，又是什麼讓我們能吸引來自世界各地的遊客前來參加新品發表會。我們必須**趁這次機會**創新。讓我們一起展現我們對於使命**堅定不移的承諾**吧。

對於即將離開的人，我想說的是，這不是各位的過錯。我們真的很感謝各位對這份工作所投入的熱情。各位的**貢獻很重要**。各位為我們在前進的道路上增添了獨特性，而所做的一切都將會繼續留存在我們客戶及我們的心中。我**衷心**祝福各位都能一切順利。

Victoria

■ 需要提到難以啟齒之事時常用的表達方式

說明背景資訊與情況

- in the hope that ~：希望～
- better understanding：更加理解
- in light of (sth)：鑑於／考慮到某事物
- current circumstances：目前的情境／形勢
- as you are all aware：正如你們大家所知道的
- heated discussions：激烈討論
- the time has come：時機已到、是時候
- whirlwind：旋風、帶有破壞力的風暴
- centered around (sth)：
  以某事物為中心、核心是某事物
- can never mimic：永遠無法仿效
- at the core of (sth)：在某事物的核心
- invest heavily on (sth)：投入大量資源於某事物

需要提到負面資訊時

- It is unfortunate to ~：不幸的是～
- arrive at this conclusion：得出這個結論
- been hit hard：受到重創
- drop to ~：下降到～、減少到～
- cannot afford to ~：無法承受做～、沒有做～的餘裕
- assume the worst of circumstances：
  假設最壞的情況
- harrowing：令人心痛的、令人痛苦的
- fall back on (sth)：依靠／仰賴某事物

變化

- dramatically cut costs：大幅削減成本
- fundamental changes：徹底改變、做出根本性的改變

- drastic but necessary adjustments：
  劇烈但必要的調整
- comprehensive review：綜合或全面性的評估
- undergo change：經歷變動、發生變化
- based on these facts：基於這些事實
- scale back on (sth)：縮減某事物
- draw up (sth)：擬定某事物
- get back on our feet：重新站穩腳步（情況好轉）
- re-examine：再次檢視
- conduct：執行、實施
- in the midst of (sth)：在某事物之中
- on the team an individual level：在團隊及個人層面

對應變化的態度

- how thing will play out：事態將會如何發展
- fully equipped for (sth)：為某事物做好準備
- whatever will happen next：
  無論接下來會發生什麼
- refuse to stay complacent：拒絕安於現狀
- take this as an opportunity to ~：
  以此為契機去做～
- unwavering commitment：堅定不移的承諾
- contributions：貢獻
- move forward：前進、向前邁進
- clear everything：清除或清理一切
- prioritize：排序優先順序、將～視為優先
- hesitate to ~：對去做～感到猶豫
- provide clarity：釐清
- from the bottom of my heart：發自內心、衷心

在本章節的範例裡，我們學到了許多在必須提到難以啟齒之事時可用的表達方式。當處境尷尬或艱難時，應盡可能使用可以減少誤解的溝通方式，因此相較於隨意輕鬆的表達方式，此時大多會採用清楚具體又正式的表達方式。下面的句子將這種表達方式融入了實際情境之中，現在就一起透過這些例句，將在本章節中所學到的表達方式化為己用吧！

1 An expose into government corruption led politicians to **lose credibility** when it was revealed that they **forged** disbursement documents.

在揭露政府腐敗的報導中，曝光了政客們**做假帳**的這件事，導致他們**失去了信譽**。

2 The contractors **presented false information** to the procurement board, hoping to win the government tender.

承包商因為希望贏得政府的標案，而向採購委員會**提交了假資料**。

3 According to the internal memo, the entire accounting department will **be on suspension** until the culprit is found.

根據內部備忘錄，在找到罪魁禍首之前，整個會計部門都將**被停職**。

4 In order to preserve the **integrity** of our workforce, swift **disciplinary action** will be taken.

為了維護我們員工的**誠信**，將迅速採取**懲戒處分**。

5 Mr. Kim hired KPMG to do a forensic audit **in the hope that** he could have a **better understanding** of how the company coffers were depleted so quickly.

Kim 先生聘請了 KPMG 來進行法務審計，**希望**能讓他更了解公司的錢怎麼會這麼快就用完了。

6 The company might experience some temporary turbulence **in light of the current circumstances.**

鑑於當前的情況，那間公司可能會經歷一些暫時的動盪。

7 **As you are all aware**, despite the **heated discussions** we have from time to time, our unity as a company remains strong.

正如你們大家所知道的，儘管我們偶爾會有**激烈的討論**，但我們公司仍然非常團結。

8 **It is unfortunate to** have to end our partnership with Gangnam Underwriters. On a positive note, both companies have mutually **arrived at this conclusion** due to forces beyond our control.

很遺憾我們不得不結束與 Gangnam 保險的合作夥伴關係。但正面一點來看，我們兩間公司是因為不可抗力的因素才會共同**做出了這個決定**。

9 SMEs in Korea have **been hit hard** to the extent that the government had to step in with stimulus packages.

韓國的中小企業**所受到的打擊**，嚴重到了政府不得不介入提出振興方案的程度。

10 Korean conglomerates have **dramatically cut** their profit margin outlook for the year 2021.

韓國的財閥已**大幅下調**了 2021 年的獲利預估。

11 Despite the recent rally in the stock markets, stock brokers are still skeptical of **how things will play out**. They **cannot afford** a repeat of the Wall Street meltdown of 2008.

儘管最近股市景氣復甦，但證券經紀人仍對**事態會**如何發展持懷疑態度。他們**無法承受** 2008 年的華爾街崩盤重演。

12 Based on these facts, it's quite obvious that we don't have a safety net to **fall back on** in the next financial year.

基於這些事實，我們很顯然在下一個會計年度沒有**可仰賴的**安全網。

13 The police had to **assume the worst of circumstances** while the mayor was still missing.

因市長仍下落不明，所以警方不得不**假設最壞的情況**。

14 Half of Korea's 100 top businesses have had to make some **drastic but necessary adjustments** this year, including laying off an undisclosed number of employees.

今年韓國的百大企業中有一半都不得不進行一些**劇烈但必要的調整**，包括進行未公開人數的員工裁撤。

15 On **reexamining** the contract that Yoon & Yang LLC **drew up**, Youjin informed her client that she had no legitimate claim in her lawsuit.

在**重新檢視**了 Yoon & Yang 有限公司所**擬定**的合約之後，Youjin 告知她的委託人，她在她的這件訴訟案中無法提出任何合法的主張。

16 Investing heavily in the hospitality industry has been a **harrowing** experience marked by low turnout and cancellations.

在餐旅服務業中投入了大量資源的這件事，因為來客數很少與行程的取消而變成了一次**令人痛心**的經驗。

17 Morale appears to be at an all-time low **on the team and individual level.**

士氣**就團隊和個人層面**來說都似乎處於史上最低點。

18 Management is currently **conducting a comprehensive review** of our workers to **provide clarity on** why our sales have plummeted this month.

為了**釐清**本月銷售額驟降的原因，管理階層目前正在對我們的員工**進行全面性的評估**。

19 Please **notify me** of any new developments at the office.

辦公室內有任何新進展都請**通知我**。

20 Starting January 1st, 2021, the company has made the decision to work remotely. **Take this as an opportunity to** continue working in the comfort of your home.

從 2021 年 1 月 1 日開始，公司決定要進行遠距工作。請各位**利用這次機會**舒服地在家裡繼續工作。

自己動手寫寫看

Chapter

13

介紹自己的公司或專案計畫時

近年來世界各地都出現了創業的熱潮。隨著數位世界的擴張，創業的利基市場逐漸擴大，基礎設施成本也隨著亞馬遜網路服務（AWS）和 Google 雲端硬碟（Google Drive）等雲端服務的興起而降低，再加上網路銷售管道的普及和簡化等等因素，創業成本明顯低於以往。另外，隨著終身只在一個地方上班的觀念逐漸消失，一般人會想要自己創業的動力也增加了。

最重要的是，身處於瞬息萬變的趨勢之中，小型組織可以就像「大衛」般趁勢進入市場，填補資源充足的「巨人」，也就是大型企業，在因規模較大、無法迅速應對變化之下而形成的空白市場。全球知名暢銷書作者 Malcolm Gladwell 也就此主題出版了一本名為《以小勝大》（編註：原書名為《David and Goliath》，中文版為時報出版）的書。

在你開始創業時，你必須說明很多和你的公司及所提供的服務項目有關的各種資訊，且說明的對象也十分多樣化，包括一般大眾、潛在客戶、買家、潛在投資人、內部員工與合作夥伴。在自己公司或產品及服務不具有品牌

知名度，或尚未建立品牌形象的情況下，需要煩惱的是要如何才能說得讓人印象深刻又有說服力。再好的產品或服務，如果得不到關注，就不會帶來銷量。

即使你不是創業者或擔任必須向他人介紹公司的職務，有時也會碰到需要向外界說明自己的計畫或介紹個人品牌的情況。假如你在特定領域裡累積了一定程度的專業知識或略有所成，或在某個小眾領域中取得了比別人更為突出的成就，即使你仍然在當上班族，也可以用自己的名義舉辦講座、開設課程或創建 YouTube 頻道，甚至還可以去上電視節目。

在過去的幾年裡，我也參加了創業加速器計畫和創業培訓課程。我透過網路參加了孕育出 AirBnB 與 Dropbox 等國際企業的國際知名創業加速器機構 Y Combinator 的 Startup School、TheVentures 的 Impact Collective，以及源自矽谷的新創加速器 SparkLabs 的創業計畫。

在創業加速器的培訓計畫中，我會向其他團隊介紹我的公司及公司所提供的服務，藉此來提升公司對投資人的吸引力。除了參加這些訓練之外，我也曾數百次在台上及會議室中介紹自己的公司、服務與商業計畫，以吸引資金並增加宣傳的機會。

無論是透過網路平台還是線下的管道，介紹的內容與想達成的目的都相同，介紹時也同樣是要露臉並向受眾發表你的簡報。如果硬要說有什麼差異的話，大概就是在線下做介紹時，更能利用場地的空間感與立體感吧。

透過線下管道進行宣傳時，因為連發表時的肢體動作和要添加的「戲劇性要素」都得事先考慮，所以要承受的壓力也比較大，透過線上的管道進行宣傳時，則可以把注意力集中在言語和聲音上，優點是降低了面對觀眾所帶來的緊張感，且可以邊說話邊看發表資料。

向別人介紹或解釋產品及服務、構想、商業計畫的這個舉動，在英文裡可以用「pitch（推銷簡報）」這個單字來表達，帶有「為了進行銷售、吸引資金，或單純想獲得回饋意見等目的，而試著把構想像棒球般投向其他人」的意味。

pitch 進行的方式會隨著 pitch 的性質、目的和場地的不同而略有差異，不過 pitch 的基本框架配置大致如下。

- Problem：
  提出想要解決的問題（用來吸引受眾的 hook）
- Solution：提出問題的解決對策（產品或服務的構想）
- Differentiation：
  說明與現存方法的差異為何（展現競爭力）
- Results：提及到目前為止的成就、結果與未來的可能性
- Vision：描述可勾勒出的未來（提出願景規劃）
- Call-to-action：提出希望受眾去做的舉動（行動呼籲）

介紹的進行時間可能只有短短的 30 秒，但也可能長達 20 分鐘，建議事先準備好 2 分鐘以內的核心內容，再根據簡報進行的地點來做調整。以核心內容做為骨架，將其他的闡述內容做為血肉添加在骨架之上，最後再利用視覺效果來幫整段介紹穿上衣服。因此，相較於單純按照介

紹的時間順序來撰寫內容，還是建議你可以先建構出核心框架，再根據介紹的進行時間長短及欲達成的目的來添加內容，最後再透過視覺呈現來美化簡報。這樣一來，你就會發現一切都變得簡單許多了。

■ 以 Tella 為例

Tella 有很多機會可以向別人介紹自己推出的聊天式英文學習的新服務，以及雇用非洲人的商業模式特色。
在線上或線下進行交流活動或開會時，介紹的時間不會多過 30 秒。在準備時可以根據受眾的身分來增加或減少資訊量，但無論面對的受眾是誰，務必要把一定要清楚傳達給對方的核心內容事先準備好。

> Tella is an online English education company. You can have a 25 minute English lesson via chat with a native English tutor and receive instant corrections on all your English sentences. According to research, chat lessons increase your English speaking 67% faster than voice lessons. **We analyze the chat data of each learner and provide personalized learning content.**

有很多人會對公司的創立背景與原因感興趣，

> Tella is an online English education company. You can have a 25 minute English lesson via chat with a native English tutor and receive instant corrections on all your English sentences. According to research, chat lessons increase your

30 秒的時間大約可以說 3~4 個長句，最好先寫好講稿再實際開口試講，在試講過程之中，若發現有哪裡唸起來拗口，只要把不順的地方改掉就行了。如果你的講稿內容在用字遣詞上偏書面，請試著把它改寫成口語化的表達方式。除此之外，你以為只需要 3 分鐘的講稿，實際講起來多半會需要更長的時間，因此一定要想辦法將長句變得更簡單明瞭，讓介紹的開場內容能夠變得簡潔有力，以便快速進入正題。

根據先前的經驗，在介紹 Tella 時都會提到下列事項：

- 公司的定位
- 公司提供的服務
- 服務的價值所在
- 想補充的資訊

如果你有時間可以正式介紹自己、拓展人脈或必須與某人交流，請在 30 秒或更短的時間內把你想要談論的內容準備好。

Tella 是一家線上英文教育公司。您可以透過與以英文為母語的教師對談來進行 25 分鐘的英文課程，並針對您的所有英文句子做即時的修正。根據研究調查，對談式課程比語音式課程在提升英文口說能力的速度上快了 67%。**我們會分析每位學習者的對談資料並提供個人化的學習內容。**

此時可以像下面這樣來修改內容。

Tella 是一家線上英文教育公司。您可以透過與以英文為母語的教師對談來進行 25 分鐘的英文課程，並針對您的所有英文句子做即時的修正。根據研究調查，對談式課程比語音式

English speaking 67% faster than voice lessons. **We founded the company with the mission to create job opportunities for East African university graduates.**

5 分鐘以內結束的公司介紹：

I'm Yuha Jin, CEO and co-founder of Tella, and we provide chat-based English personal training.

Online English education is **a market growing exponentially. In Korea alone**, an average of 1,000 US dollars **per capita** is spent per year on English education. Despite the ever competitive-market, there is a **market gap** in online voice or video lessons.

The biggest problem people are facing is the awkward learning experience. Because of the fear of learning English, just taking the phone call itself is nerve-racking. You worry that people will hear your English, and having to instantly understand the tutor and respond in English doesn't cure their fear of English but actually increases it. So the completion rate is **on average** less than 50%. The second problem is the **effectiveness** of phone lessons. At a certain point, people do not feel like their English is improving. The third problem is overly standardized learning content, whereas **there is room** to **leverage** technology to provide personalized learning.

Tella solves all three of these problems through texting, or chat lessons. **This is how it works.** A professional native English tutor will provide a 25-minute lesson via chat and provide instant corrections and more natural expressions on all your English sentences.

課程在提升英文口說能力的速度上快了 67%。**我們是帶著想為東非的大學畢業生創造工作機會的使命而創立了這間公司。**

Tella 的故事

我是 Tella 的執行長兼共同創辦人 Yuha Jin，我們提供以對談為基礎的個人英文培訓。

線上英文教育是**一個蓬勃發展的市場**。**單就韓國而言，平均每人每年會花上** 1000 **美金在英文教育上**。儘管市場競爭愈發激烈，但在線上語音或影片課程上仍存有**市場缺口**（市場上缺乏可滿足需求的產品或服務）。

人們碰到的最大問題是尷尬的學習體驗。因為害怕學習英文，光是接起電話的這個動作本身就會讓人覺得緊張。你們會擔心別人聽到你們說的英文，再加上必須立即理解教師的意思並用英文做出回應，非但無法解決對英文的恐懼，反倒是雪上加霜了。因此課程的完成率**平均不到 50%**。第二個問題在於電話課程的**有效性**。就某程度而言，人們感覺不到自己的英文在進步。第三個問題則是過於標準化的學習內容，然而其實是**有空間**可以**運用**科技來提供個人化的學習內容的。

Tella 透過文字訊息或對談式的課程解決了全部這三個問題。**進行的方式是這樣的**。以英文為母語的專業教師會透過對談的方式來進行 25 分鐘的課程，並就您所有的英文句子提供即時修正及更自然的表達方式。

So how do chat lessons solve the three problems I mentioned?

Because it's chat, there is a lower psychological barrier. You have time to comprehend what the tutor said and think about what you want to say in return. Because of this, we have a 95% attendance rate, which is the highest in the whole online English education **space**. Also, chat is **incredibly effective**. It is proved by research that chat improves your English oral proficiency 67% faster than verbal lessons. And we personalize the whole learning experience based on each learner's chat data, which none of our peers do.

Customers leave lengthy **testimonials** on how Tella helped them overcome their fear of English and enabled them to continue studying, while with other services, they easily gave up. We offer the best results **at the same cost**.

Our chat-based learning method is winning. Our purchase rate is two times higher than our competitors, averaged 300 US dollars of revenue per customer, and we've already passed our **break-even point**. We also have numerous corporate clients.

Our next step is to go beyond Korea. Our service is **replicable** in other markets. We'll start with Japan, then Taiwan and Latin America. We'll become a **top-five company** in the next five years.

So we **presented** how our services are curing our customers' pain. Now let me tell you the **backstory**. Tella all **started out** with **a mission to** create jobs for East African university graduates, where the unemployment can be up to 83%. **Some years later**, we now have created more than 100 jobs **in** Uganda **alone**.

那麼，對談式課程是如何解決我提到的那三個問題的？

因為是對談，所以心理障礙會比較低。你們會有時間可以去理解教師說了什麼，然後想想你們想要說什麼來回應。因為這點，我們的上課率有 95%，這是在整個線上英文教育界中最高的上課率。此外，對談的**有效程度令人驚訝**。研究調查證實，對談在改善英文口說能力上的速度要比語音快了 67%。我們也根據每位學習者的對談資料來個人化整體的學習體驗，這是我們同業之中沒有人做到的。

我們的客人留下了很長的**感想評論**，說明 Tella 是如何幫助他們克服了對英文的恐懼，並讓他們能夠學得下去，而他們在使用其他業者的服務時，很容易就會放棄了。我們**以相同的費用**提供最好的成效。

我們以對談為基礎的學習方法很受歡迎。我們的購買率是競爭對手的兩倍，平均客單價是 300 美金，而且我們已經超過**損益平衡點**了。我們也有許多的企業客戶。

我們的下一步是要走出韓國。我們的服務**可以複製**到其他的市場。我們將從日本開始，然後是台灣與拉丁美洲。我們將在未來的五年內成為**前五大的公司**。

既然我們**已經說明了**我們的服務是如何替客戶解決痛苦的。那麼現在就讓我告訴你**背後的故事**吧。Tella 的一切**始於**想為東非的大學畢業生創造工作機會的這個**使命**，東非那裡的失業率最高可以高到 83%。**過了這些年**，我們現在**光在**烏干達就已經創造了超過 100 個的工作機會。

Jobs we created not only changed the lives of our tutors and their community but also built the **capacity** of young African professionals. They are being trained as society's leaders who will become **catalysts for change**.

The ultimate impact **we aim for** is that through **success stories**, there is a change in perception of African talent. Through us, more than 40,000 young Koreans have had a conversation with a Ugandan English tutor. This **instantly changes** the perception of the region from a depressed, poverty-stricken place to a young, vibrant one. We already **see these results** as our competitors are hiring African talent, which they didn't do **before we came along**. Although it is a little bit threatening, we are clearly **seeing the fruits** of Tella's business model.

As we **grow into** a globally successful company, **millions around the world** will experience African talent first hand and will **accelerate** the growth of brand equity of the continent of Africa.

■ 2 分鐘內完成的電梯簡報（elevator pitch）：二手交易平台為了募集資金而進行的電梯簡報

底下介紹的是一間虛擬的新創公司，創立公司的起因是意識到在美國境內沒有可以在網路上輕鬆買賣二手商品的交易平台。

Hi, we're Deal-It, and we make used goods trading an everyday shopping experience by making it smooth and safe.

　　我們創造的工作機會不僅改變了教師及其社群的生活，也培養了年輕非洲專業人士的**能力**。他們正在接受培訓以成為社會的領導者，他們將成為**變革的催化劑**。

　　我們鎖定的最終目標是能利用**成功的故事**來讓眾人對非洲的人才改觀。透過我們，已有超過 40,000 名的韓國年輕人曾與來自烏干達的英文教師進行對話。這會讓人們立**即改變**對該地區的看法，從蕭條、貧困變成年輕又充滿活力。我們已經**看到了這些成效**，因為我們的競爭對手正在招募非洲的人才，而這是他們**在我們這樣做之前**從未做過的事。僅管這樣會對我們稍微造成一點威脅，但我們可以清楚**看到** Tella 的商業模式所帶來的**成果**。

　　隨著我們**成長為**一間在全球都很成功的公司，**全世界的數百萬人**都將親身體驗到非洲人才的能力，並將**加快**在非洲這塊大陸上品牌權益的成長。

在平台上線 6 個月後，公司為了吸引資金投入，參加了可在投資人面前介紹自己公司的發表會，發表時間為 2 分鐘，如果投資人看完發表後對該公司產生興趣，雙方就可再進一步交流。

　　嗨，我們是 Deal-It，我們透過讓二手商品的交易變得順暢和安全，來讓這件事變成一個日常的購物體驗。

Let me start out with a question. Who here has tried but failed to sell or buy second-hand products online?

Now with Craigslist, eBay, Amazon, and other websites, **you might think that** trading used goods is no problem. But if you raised your hand just now, you know that's not true. In fact, the **market is underserved** due to the lack of a dedicated platform.

That's **where we come in**. Deal-It curates recommendations of goods based on each buyer's behavior on our platform and helps the seller write their listings easily. Safety is **guaranteed,** and fraud is a **non-issue.** Through Deal-It, sending the item **from door to door** is easy and **affordable**, at a 30% discounted **shipping fee.** And our safe-pay system holds the payment until the buyer receives the product and decides whether to keep it **for good**.

While this may look simple, **the results are impressive**. The recommendations are so good that the first purchase will be made within the first three days a buyer downloads our app.

In the last six months, we've grown our deals by over 30 percent **week over week.** Over 100,000 deals have been made, **amounting** to more than two million dollars **in transactions. We take a 2% cut** for all transactions made through our safe-pay system.

90% of buyers make more than one purchase within a month. And 50% of registered sellers have been able to sell at least one item in the first month after joining. **Unlike our peers**, 80% of our buyers have never purchased used goods online before. **This proves that** Deal-It is **tapping into** the massive sleeping inventory of average Americans.

讓我先問大家一個問題。這裡有誰曾試過要在網路上賣或買二手商品，結果卻失敗的嗎？

現在有了 Craigslist、eBay、Amazon 和其他網站，你們可能會以為交易二手商品不是什麼問題。但如果你們剛剛有舉手，你們就知道其實並非如此。事實上，因為缺乏專做這塊的平台，這個市場的需求並未被滿足。

我們所投入的正是這個市場。Deal-It 會根據每個買家在我們平台上的行為來做商品推薦，並幫助賣家輕鬆上架商品。安全有保障，也不怕有詐騙。透過 Deal-It，運費可以打七折，所以逐家逐戶配送商品既簡單又經濟實惠。而且我們的安全支付系統在買家收到產品並決定是否真的要把產品留下之前都不會撥款。

雖然這看起來似乎很簡單，但成效令人印象深刻。推薦的產品好到讓買家在下載我們應用程式後的頭三日內就會完成第一筆消費。

在過去的六個月，我們每週的交易量都成長了超過 30%。完成了超過 100,000 筆交易，交易累計金額超過兩百萬美金。我們對於透過我們的安全支付系統進行的所有交易收取 2% 的抽成。

90% 的買家在一個月內消費了超過一次。此外有 50% 的登記賣家在加入後的第一個月內就能夠賣出至少一件的商品。有別於我們的同業，我們的買家中有 80% 的人之前從未在網路上買過二手商品。這證明了 Deal-It 正在利用的是一般美國人所擁有的龐大潛在庫存。

What's impressive is that this has happened with zero dollars of spending on advertisements. With more user behavior data and seller social credit data **accumulated** as we grow, the personal curation will become more **sophisticated** to **generate more revenue** per buyer. With the help of ad spending and collaboration with influencers, we expect the **growth trajectory** in the next 12 months to be tenfold what it is now.

If you have any interest in us, find me at jake@deal-it. The company is Deal-It, and my name is Jake. Thanks a lot.

就像上面這個例子所呈現出來的那樣,在進行 pitch(推銷簡報)時不會使用過於困難的表達方式,反而會避免使用那些太難的詞藻。比起把重點放在複雜或標新立異的表達方式,我們不如多注意你用的是什麼樣的表達方式。上面舉的這段 pitch 的例子,如果翻成中文說出來,可能會讓我們覺得很不自在。這是因為儘管上面所使用的表達方式都很簡單,但卻傳達出了一種自豪感,且帶著點高高在上的感覺。

然而,在商業情境中,當你要介紹公司、服務或是自己時,唯一目的就是要吸引目標受眾的注意力。在英語圈國家之中,尤其是在美國,當進行這類商業相關的介紹時,比起自我貶低或枯燥無聊的平淡說明,帶有誇大意味的自我吹噓,效果反倒更好。你也應該要選用正面積極又清楚的形容詞、副詞和表達方式。不過,這種呈現方式必須要有具體數據或事實的支持才能具有說服力。除此之外,請記住做這一切的目的不是要讓別人聽完你說的話,而是要讓聽你說話的人採取行動。如果你的目標受眾是投資人,那麼最好根據你需要的投資金額來規劃具體的溝通方式,若對象是潛在合作夥伴,則最好表明自己期望以何種方式進行合作,或詳述雙方結成合作夥伴後所能獲得的好處等資訊。另外,若聽你說話的人是一般民眾,具體說明你提供的產品或服務要如何使用或取得,不失為是一個好主意。當然,也有可能出現單純為了

令人印象深刻的是，這是發生在廣告支出為零的情況下。我們隨著成長，**累積了更多的使用者行為及賣家的社會信用數據資料**，個別的設計配置將會變得更為**複雜精細**，讓每位買家所能帶來的收入更多。在廣告投放和與網紅合作的幫助之下，我們預期未來 12 個月的**成長軌跡**將會是現在的十倍。

如果您對我們有任何興趣，請透過 jake@deal-it 與我聯繫。我們公司是 Deal-It，我的名字是 Jack。非常感謝。

介紹而介紹的情況，但即使是這種情況，如果沒有對聽眾提出 call-to-action（行動呼籲），那他們可能就會左耳進右耳出、記不清楚你說了什麼。所以試著在內容中加入 call-to-action，把聽眾都變成自己的潛在客戶吧！

此外，不要試圖把所有細節都加進介紹的內容之中，而是要試著將我們最希望對方記住的內容統整成 3 點以下。把自己想成是聽眾，換位思考一下的話，應該就能理解了吧？你會記得或對冗長瑣碎的介紹內容感興趣嗎？簡單明瞭且能勾起好奇心的介紹內容反倒更能讓人留下印象吧！只要把自己真的想要對方記住的一兩點提出來就好，或舉出一兩件可以凸顯公司優點的事情，就能吸引對方的注意，繼而讓對話得以持續下去。

上面提到的三個建議，因為我們在日常生活中不太會有機會可以實踐，當然也就無法自然而然脫口而出，因此在準備 pitch 時，每次都必須再回過頭好好思考，進行介紹或簡報所想要達成的目的是什麼，並把講稿整理好。

■ 用來介紹公司的表達方式

下面是在介紹公司時經常會用到的表達方式。

- market growing exponentially：市場蓬勃發展
- overall market size：整體市場規模
- in（地區名）alone：單在（某地區）
- per capita：每人平均、人均
- on average：一般
- problem (sb/sth) are facing：
  某人或某事物正面臨的問題
- millions around the world：全世界的數百萬人
- underserved market：
  （服務或產品）無法滿足需求的市場
- product availability：產品的可取得性
- scarcity of (sth)：某事物的稀缺性
- market gap：市場缺口
- there is room：有～的空間
- key challenges：主要的挑戰
- global decline in (sth)：某事物的全球性衰退
- (sb) has been left behind：
  某人被拋在了後面、某人落後了
- keep up with the demand：跟上需求
- reliability problem：可靠性的問題
- before we came along：
  在我們這麼做之前、在我們出現之前
- target demographic：目標客群
- (sth) space：某事物的市場或領域
- 10x the consumer space：10 倍的消費者市場

產品／服務

- directly address (the problem)：直接解決（某問題）
- effectiveness：效用、有效性

- leverage (sth)：利用某事物
- guaranteed：有保證的
- onboard into (the service)：
  （某服務）啟用、加入（某服務）到～
- incredibly effective：
  令人驚訝地有效、不可思議地有效
- impressive：令人印象深刻的、厲害的
- perfect solution：完美的解決方案
- sophisticated：熟練的；精細複雜的
- replicable：可複製的
- transformational：轉換的、顛覆性的
- instantaneously：即刻地、立即
- instantly changes：立即改變
- proprietary feature：獨有的特色、獨有的功能
- patent pending product：正在申請專利的產品
- enable the user to ~：讓使用者能夠～
- figure out (sth)：弄清楚或想出某事物
- from door to door：逐家逐戶

商業模式

- how we make money：我們賺錢的方法
- at ~ dollars a month：每月以～美金
- replicable：可複製的
- the economics of (our business model)：
  （我們商業模式）的（經濟學上的）運作原理
- take a 20% cut：收取 20% 的抽成
- comfortable margin：利潤豐厚
- free of charge：免費
- derive 80% of their revenue from (sth)：
  他們 80% 的收入來自某事物

- tap into (sth)：開發某事物、設法以（會帶來好結果的方法）利用某事物
- shipping fee：運費
- at the same cost：以同樣的費用
- affordable：經濟實惠的、物美價廉的

目標與成果

- in the last six months：在過去的六個月中
- testimonials：使用後的心得感想、證言
- break-even point：損益平衡點
- in transactions：交易額、交易量
- this proves that (sth)：這證明了某事物
- reach ~：達到／達成～
- we've grown our deals by ~：我們的交易量增加了～
- amount to (sth)：量／額達到（某事物）
- week over week：每週
- push into new market：進軍新市場
- across three markets：橫跨三個市場
- see results/fruits：看到成果
- grow into (sth)：成長為某事物
- accelerate (sth)：加速某事物
- accumulated：累積的
- generate revenue：帶來收入、創造收益
- (business) is picking up：（生意）正在好轉、正在變好
- growth trajectory：成長軌跡
- expand out：擴展、擴大
- expand regionally：區域性擴張
- market penetration：市場滲透
- profitable：有利可圖的

- resulting in (sth)：導致某事物
- our revenue come from (sth)：
  我們的收入來自於某事物
- aim for (sth)：目標鎖定某事物
- active in 20 countries：活躍於 20 個國家之中
- top-five company：前五大公司
- capacity：能力

背景故事

- backstory：背景故事
- start out：起始於
- a mission to ~：～的任務／使命
- some years later：過了幾年後
- catalyst (for change)：
  加速（改變）的因素、（造成改變的）催化劑
- success stories：成功的故事

凸顯公司優點的表達方式

- We are redefining (sth)：我們正在重新定義某事物
- (sales/customers/users) dramatically increase：
  （銷售／客戶／用戶）顯著增加
- significant：重要的、有重大意義的
- dead simple：超級簡單的
- We're the only ones that ~：我們是唯一做～的人
- (sth) is winning：某事物很受歡迎／占有優勢
- non-issue：沒有問題、不是問題
- not one of your typical (sth)：
  不是那些你認為的傳統／典型（某事物）
- We're the ones to win it：我們會是最後的勝者
- unlike our peers：
  與我們的同業（同行、競爭者）不同

- present (sth)：發表某事物
- start out with (sth)：始於某事物
- This is where we come in：
  這正是我們所投入的部分
- This is how it works：它的運作方式是這樣的
- on top of this：再加上、除此之外
- to recap：簡而言之、總結一下
- what's more,：而且、此外
- you might think that ~：你可能會認為～
- roughly：大致上、大略地
- first hand：直接的、第一手的
- for good：永久地、確實地

MORE APPLICABLE, REAL LIFE EXAMPLES

這章節裡收錄的表達方式，不僅可用來介紹公司，亦常見於與商業有關的新聞或資料之中。若能熟悉這些表達方式，你就能夠自信滿滿地向他人介紹自己正在做的事，且樂於處理或接觸跟業務相關的內容。

1 | Cosmetic surgery is a **market exponentially growing**. The industry was worth \$11.8 billion **in Korea alone** in 2020.

整形手術是一個蓬勃成長的市場。2020 年該產業單在韓國的市值就達到了 118 億美金。

2 | Alphabet is shutting down Loon, which will open a **market gap** for other internet balloon companies.

Alphabet 打算結束 Loon，這將為其他高空氣球連網公司打開一塊**市場缺口**。（*市場上缺乏可滿足需求的產品或服務）。

3 | Y Combinator created a unique model for funding startups. **This is how it works**: twice a year, they invest a small amount of money in a large number of startups. Those that show growth get the second round of investment.

Y Combinator 建立了一套獨特的新創公司融資模式。**它的運作方式是這樣的**：一年兩次，他們會將少量資金投資於大量的新創公司之中。那些有成長表現的公司則可得到第二輪的投資。

4 | WeWork executes an **incredibly effective** use of office space.

WeWork 不可思議地有效運用了辦公空間。

5 | Traditional schooling is **winning** the argument at the expense of e-learning. Why should students enroll in online classes **at the same cost** as conventional schools without the exact overhead costs?

傳統學校教育在線上學習的開支爭議上占有優勢。在沒有如傳統學校會有的那些實際經營成本的情況下，學生們為何要以相同的價格來註冊線上課程？

6 | Struggling startups often need direction and capital, and **that's where we come in** as angel investors.

苦苦掙扎的新創公司往往需要方向和資金，而這正是我們做為天使投資人所投入的部分。

7 | We finalized our report at the eleventh hour, but **the results are impressive.**

雖然我們直到最後關頭才完成了報告，但成果很令人印象深刻。

8 | **In the last four months, we've grown our deals by** over 50% compared to the previous financial year.

在過去的四個月，我們的成交量和上一個會計年度相比，增加了超過 50%。

9 | I created a chart that shows the growth of our clientele **week over week** using Google Sheet.

我使用 Google 試算表建了一個圖表來呈現出我們每週的客戶成長情況。

10 **Tapping into** big data has given us an edge in the industry, **unlike our peers. This proves that** technology holds the key to the future.

和我們的同業不同，好好運用大數據讓我們在業內占有優勢。這證明未來的關鍵在於科技。

11 Language learning apps have seen an upward **growth trajectory** these last few months.

語言學習應用程式的**成長軌跡**在過去的幾個月裡呈現了上升趨勢。

12 As a true testament to our team's tenacity, we passed our **break-even point**, even though it took us a few years to get there.

儘管花了我們幾年的時間才達成，但我們超過了**損益平衡點**，這真正證明了我們團隊的韌性。

13 The idea behind this drive is to capture a snapshot of the hubs **active in the 20 countries** mentioned earlier.

這次行動的背後構想是想要理解之前提過的**活躍於 20 個國家之內**的樞紐的大致情形。

14 An ethical hacker is **one or two degrees separated from** a black hat hacker.

白帽駭客與黑帽駭客**不大一樣**。

15 Being a **replicable** business model increases the chances of creating a greater and faster impact in the marketplace.

可複製的商業模式更有機會在市場上造成更大且更快的影響。

16 Using social media **free of charge** seems great, in reality, you are at risk of losing your privacy.

免費使用社群媒體似乎很棒，事實上，你會有失去隱私的風險。

17 We're **not one of your typical** recruiting websites. We use machine learning to match the best candidates with a job, having a 90% hire rate.

我們**不是那些你認為的**傳統招募網站。我們利用機器學習來將工作與最佳人選配對，因而有著 90% 的雇用率。

18 Discovering and defining an **underserved market** is the key to a successful business.

發掘和界定一個**未能滿足需求的市場**是事業成功的關鍵。

19 Our ad for earbuds went viral, and now we're not able to **keep up with the demand.**

我們的耳機廣告到處瘋傳，結果我們現在**供不應求**了。

20 **The economics of** what we're doing has a 50% higher margin than competitors, therefore we can **scale** fast.

我們現在**的運作方式**讓利潤比競爭對手高了 50%，因此我們能快速**擴張**。

自己動手寫寫看

台灣廣廈 國際出版集團
Taiwan Mansion International Group

國家圖書館出版品預行編目（CIP）資料

在家工作萬用英文 / 陳裕河著；許竹瑩譯. -- 初版. -- 新北市：
國際學村出版社, 2024.01
　　面；　　公分
ISBN 978-986-454-324-3(平裝)
1.CST: 英語 2.CST: 商業英文 3.CST: 讀本

805.18　　　　　　　　　　　　　　　　　112019562

國際學村

在家工作萬用英文
上班族天天在用！無論寫 Email、傳訊息、開會、應徵、發包或上課程，用對英文就能提升效率、事半功倍！

作　　者／陳裕河　　　　　　編輯中心編輯長／伍峻宏・編輯／徐淳輔
翻　　譯／許竹瑩　　　　　　封面設計／曾詩涵・內頁排版／菩薩蠻數位文化有限公司
　　　　　　　　　　　　　　製版・印刷・裝訂／東豪・弼億・秉成

行企研發中心總監／陳冠蒨　　線上學習中心總監／陳冠蒨
媒體公關組／陳柔彣　　　　　數位營運組／顏佑婷
綜合業務組／何欣穎　　　　　企製開發組／江季珊、張哲剛

發 行 人／江媛珍
法 律 顧 問／第一國際法律事務所 余淑杏律師・北辰著作權事務所 蕭雄淋律師
出　　版／國際學村
發　　行／台灣廣廈有聲圖書有限公司
　　　　　地址：新北市235中和區中山路二段359巷7號2樓
　　　　　電話：（886）2-2225-5777・傳真：（886）2-2225-8052
讀者服務信箱／cs@booknews.com.tw

代理印務・全球總經銷／知遠文化事業有限公司
　　　　　地址：新北市222深坑區北深路三段155巷25號5樓
　　　　　電話：（886）2-2664-8800・傳真：（886）2-2664-8801
郵 政 劃 撥／劃撥帳號：18836722
　　　　　劃撥戶名：知遠文化事業有限公司（※ 單次購書金額未達1000元，請另付70元郵資。）

■出版日期：2024年01月　　　ISBN：978-986-454-324-3
　　　　　　　　　　　　　　版權所有，未經同意不得重製、轉載、翻印。